Allitera Verlag
Krimi

Für Julia,
herzlichst
Michael
Mai 25

Michael Vogtmann, geboren 1952 in Straubing und aufgewachsen bei Würzburg, absolvierte eine Schauspielausbildung an der Falckenbergschule in München. Er hat Engagements an zahlreichen Theatern und Schauspielhäusern. Außerdem wirkt er in vielen Fernsehsendungen und -serien mit (u. a. »Um Himmels Willen«, »Der Bulle von Tölz«, »Polizeiruf 110«). Er lebt und arbeitet als freier Schauspieler, Regisseur und Autor in München und auf Mallorca.

Michael Vogtmann

Winter-sommer

Kriminalroman aus Franken

Allitera Verlag
Krimi

Weitere Informationen über den Verlag und sein Programm:
www.allitera.de

Originalausabe
Mai 2016
Allitera Verlag
Ein Verlag der Buch&media GmbH, München

Umschlaggestaltung: Johanna Conrad, Augsburg
unter Verwendung eines Bilds von © carölchen / photocase.de
Printed in Europe
ISBN print 978-3-86906-838-1
ISBN epub 978-3-86906-897-8
ISBN PDF 978-3-86906-898-5

PRÄLUDIUM

Der Geruch hat sich in seine Seele gefräst.

Es sind nicht die bizarren Bilder von schwarzroten Blutspritzern auf weißem, durchsichtigem Chiffon.

Es ist nicht das Bild von grauer Hirnmasse auf schmutzigbraunen Bühnenplanken.

Nein! Es ist dieser Geruch.

Der Geruch nach dem Schuss. Der Geruch des Todes.

Der Geruch der Hölle.

Die Welt ist zerfetzt von einem grauenhaften Unfall.

Unfall? Das war Absicht! Das war Mord!

»Die Lerche war's, die Tagverkünderin«

Vor der Generalprobe

Es ist der 31. Mai 1974. Nachmittag. Einer dieser goldenen Frühsommertage im Fränkischen, die Friedrich Fichte so sehr liebt.

Der sanfte Wind wie Samt, die Apfelbäume in der späten Blüte, der leicht modrige Geruch vom Fluss.

Er fährt langsam. Er will diese Stimmung in vollen Zügen genießen. Die Handbremse quietscht, das Vorderrad hat einen Achter und die Felge klackert am Schutzblech, doch Fritz hängt an seinem alten Fahrrad. Dies und die unverwüstliche Armbanduhr, das sind die einzigen Dinge, die er von seinem Vater, der gegen Ende des Kriegs als Deserteur erschossen wurde, geerbt hat.

Fritz ist auf dem Weg in das unterfränkische Dorf Winterhausen zur Generalprobe seines Theaterstücks »Romeo und Julia«.

Die Gedanken überschlagen sich in seinem nervösen Kopf, denn es gibt viele Unwägbarkeiten so kurz vor der Premiere.

Die Verantwortung für das gewagte Unternehmen liegt allein bei ihm. Er hat das Stück ausgesucht, hat eine eigene Fassung erarbeitet, hat alles inszeniert und spielt selbst mit.

Er ist früh dran, ihm bleibt noch viel Zeit bis zur Probe, also kann er kurz verschnaufen, noch einmal durchatmen. Er muss sich beruhigen, bevor ihn der Irrsinn dieser ungewöhnlich ehrgeizigen Theaterarbeit einholt.

Mühsam steigt er vom Fahrrad. Seine Hüfte schmerzt wieder. Er windet sich durch das stachelige Gebüsch und versteckt das Rad unter einem ausladenden Weißdornbusch, damit man es von der Straße aus nicht sehen kann. Bald werden die ersten Mitstreiter seiner Theatertruppe vorbeifahren und er möchte ungestört sein.

Er zieht ein Stofftaschentuch aus der Hosentasche, breitet es auf dem Gras aus und setzt sich vorsichtig nieder.

Es ist windstill.

Eine Hummel, vollgesogen mit Nektar, fliegt auf ihn zu und dreht taumelnd kurz vor seiner Stirn ab. Er muss lächeln. Der warme Brummton des Insekts wirkt wie ein Schalter in seinem Kopf. Seine Anspannung löst sich langsam auf.

Jetzt endlich fängt er an, sich wirklich auf die Generalprobe für »Romeo und Julia« zu freuen. Jetzt endlich kann er sich eingestehen, dass sich die selbst auferlegte Herkulesaufgabe gelohnt hat. Seine Mission, mit einem Theaterstück die Versöhnung zweier zerstrittener Dörfer auf den Weg zu bringen, steht offenbar vor einem erfolgreichen Ende.

Lange Zeit war er sich seiner Sache unsicher gewesen. Oft hatten die Zweifel überwogen, ob es sinnvoll ist, der Mühen wert, mit Laienschauspielern aus zwei verfeindeten Dörfern ein gemeinsames Theaterstück zu erarbeiten.

Er reckt sein schmales, langes Gesicht mit den tief liegenden grünen Augen und der römisch scharfen Nase der Sonne entgegen. Mit Behagen spürt er ihre Wärme.

Seine Haut ist blass, unter den Augen liegen dunkle Ringe. Er sieht älter aus, als es seine neunundzwanzig Jahre ahnen lassen.

Das Brummen der Hummeln, die sich an dem Blütenmeer um ihn herum bedienen, wirkt auf ihn mehr und mehr wie ein Betäubungsmittel. Er legt sich auf den Boden und schließt die Augen.

*

Beim Wegdämmern kommt die Erinnerung an die allererste Probe im November letzten Jahres, die sich schnell zu einem Desaster entwickelt hatte. Fritz hatte sich unbeschreiblich auf die erste Probe gefreut und dann kam aus heiterem Himmel der Knall:

Die pubertäre, anmaßende Stimme vom sechzehnjährigen Erich Lux, den er für die Rolle des Romeo ausgewählt hatte, wird ihn noch in seinen Albträumen verfolgen: »Des müssns mir aber schon mal erklärn, Herr Fichte, wieso die Julia sich am Schluss von dem Stück auch noch umbringt und wieso der Romeo so doof ist und nicht merkt, dass die nicht tot ist, und außerdem, bei dem Schmarrn blickt doch keine Sau durch, wer da jetzt wen umbringt und warum …«

Erich! Sein Romeo!

»Mein Vater sagt, dass des alles ganz furchtbar an den Haaren herbeigezogen ist. Auch wenns von dem heiligen Herrn Shakespeare is. Und ich muss des scho mal fragn dürfn, gell! Wieso wird die Julia von der Hartmann aus Sommerhausen gspielt? Wir haben in Winterhausen auch Mädle die des spieln könn, und besser! Hundertpro! Da brauchts ned so eine blasse Gans wie die da …«

Im Laufe der Proben hatte Fritz es oft bedauert, dass er so sehr um Erichs Mitwirkung gekämpft hatte. Wie sich herausstellte, war dieser nur schwer zu bändigen in seiner Eitelkeit und seinem aggressiven Drang zur Selbstdarstellung, und vor allem attackierte er anfänglich immer wieder auf gemeine Art und Weise Rosie, die die Julia spielt.

Der Hauptgrund für Fritz' Festhalten an Erich war dessen erstaunliche schauspielerische Begabung. Ein Naturtalent, ein theatralisches Überfallkommando. Wenn Erich bei den Proben auf der Bühne stand und alles um sich herum vergaß, wenn er sich ernsthaft auf das Spielen konzentrierte, dann war Fritz jedes Mal hingerissen gewesen von dessen Ausstrahlung.

Erich geht beim örtlichen Steinmetzbetrieb in die Lehre. Er ist die auffälligste Erscheinung unter den Jugendlichen im Dorf. Ein für einen Sechzehnjährigen stark entwickelter, muskulöser Körper, schwarze, kräftige Haare bis zur Schulter, freche Kohleaugen, die unter Augenbrauen wie breite Kohlestriche hervorblitzen. Seine Körperhaltung ist die eines römischen Kampfhundes, ständig wittert er nach vorne, selten ist er entspannt. Schnell im Denken und schnell im Reagieren. Er raucht viel und er raucht überall, ohne auf andere Rücksicht zu nehmen.

Fritz war von ihm außerordentlich fasziniert gewesen, als er bei einem Sommerfest auf dem Rathausplatz ein selbst geschriebenes Gedicht mit dem Titel »Was macht Wein mit Stein?« über sein Leben als Steinmetzlehrling vorgetragen – ach was, *vorgespielt* hatte. So kam bei Fritz die Idee auf, die Rolle des Romeo mit Erich zu besetzen. Er behielt den Jungen im Auge und erkundigte sich über ihn bei Michi Schauer, der so etwas wie der heimliche Bürgermeister im Dorf ist.

*

Es ist nun ein Jahr her, dass Michi ihm im Sportlervereinsheim von Winterhausen die Geschichte von Erich erzählt hat.

»Sein Vater is gar ned sein Vater. Also des is ned amtlich, aber schauens ihn doch an, der sieht aus wie ein Italiener. Jetzt trinkns noch a Viertele, Herr Fichte, auf einem Bein steht man schlecht.«

»Ja, gern.« Fritz war in einer Zwickmühle, einerseits durfte er sich als neuer Lehrer nicht betrunken zeigen, andererseits hatte er große Mühe, seinen Drang auf Alkohol und vor allem seine Lust auf diesen herrlichen Wein einzuschränken.

»Wer ist dann der Vater?«

»Na ja, ich will ja nix Falsches sagn, aber des war schon auffällig damals, wie die Hannelore, die Mutter vom Erich, in Sommerhausen gearbeitet hat in dem kleinen Theater dort. Und da war der Boccacci, ein Italiener, der Theaterdirektor, der wo letztes Jahr gstorben is. Und sie, die war total hin und weg von dem Kerl. Die war sozusagen Mädchen für alles. Für alles! Verstanden, Herr Lehrer?«

»Ja, Ja, Herr Schauer, bin ja nicht blöd.«

Das laute, meckernde Lachen von Michi füllte den Raum.

»Nein, nein, blöd sind Sie ganz bestimmt nicht, aber wissen Sie denn überhaupt, wie des geht zwischen Mann und Frau, Herr Fichte?« Das Wort »Frau« betonte er sehr stark.

Da war dem unangenehm überraschten Fritz gegen seinen Willen der Satz herausgerutscht: »Mensch, Michi, immer dieses steife ›Herr Fichte‹, wollen wir uns nicht duzen?«

Es war geschehen. Dabei hält Fritz gern Distanz zu seinen Mitmenschen. Dazu gehört für ihn auch, dass er nur mit wenigen per Du ist. Und jetzt duzte er sich mit Michi Schauer, der mit Vergnügen bei anderen neugierig über den Zaun blickt, am liebsten bis ins Schlafzimmer.

»Dann brauchen wir aber noch ein Viertele, Fritz!«

Sie umarmten sich und Michi gab Fritz einen feuchten Kuss mitten auf den Mund. In der Kneipe wurde es plötzlich still und alle blickten unverschämt neugierig zu den beiden rüber. Fritz wäre vor Scham am liebsten unter den klebrigen Linoleumboden gekrochen.

Michi fuhr sich grinsend durch seine langen braunen Haare, die zottelig sein breites Gesicht mit der dominanten Nase umrahmten. Die Kugelwampe gab seinem großen Körper etwas überirdisch Gewaltiges. Allerdings schmälerten die dünnen, stangenartigen Beine diesen Eindruck wieder.

Michi Schauer ist sehr beliebt im Dorf, denn er ist eine seltene

Mischung aus Klassenclown und seriösem Anwalt. Er hat für alle ein offenes Ohr und ist äußerst eloquent, obwohl er permanent darauf hinweist, wie ungebildet er doch ist.

Er ist mit Bettina verheiratet, der reichen Tochter des Steinwerkbesitzers Hinterwald, und so kann er es sich leisten, seinen Pflichten als Gemeindearchivar eher gemächlich nachzukommen und sich seiner Plattensammlung zu widmen. Er hört Tag und Nacht Rockmusik, vor allem die Rolling Stones.

»Also der Erich, der muss das Talent von seinem italienischen Vater geerbt haben. Wie der das Gedicht re… reti… Wie heißt das?«

»Rezitiert?«

»Ich glaub aber ned, dass der falsche Vater, der Lux Georg, dem Erich erlaubt, dass der in deinem Theaterstück mitspielt …«

»Wieso denn nicht? Der Erich ist der geborene Romeo.«

»Ach, Fritz, ich weiß nicht, ob du wirklich so naiv bist oder bloß so tust. Das ist nämlich so, der Georg, also der falsche Vater vom Erich, der schimpft und stänkert über alles, was aus Sommerhausen kommt.«

»Aber seine Frau hat doch dort gearbeitet, oder?«

Wieder das brüllende Gelächter von Michi.

»Mensch, dadrum gehts doch! Horch zu, es wird a bissle kompliziert. Der Georg, oder besser der Schorsch, is ein höheres Tier bei der Sparkasse in Würzburg und weil er mit Geld umgehn kann, war er immer auch der Kassenwart vom Fußballverein. Und vor ein paar Jahren hab ich ein Versöhnungsspiel organisiert. Zuerst sollte bei uns herüben gspielt werden und dann drüben in Sommerhausen, und …«

»Was, ihr habt schon mal so eine Versöhnungsinitiative versucht? Das wusste ich gar nicht. Was ist draus geworden?«

»Totale Scheiße! Des Spiel is abgebrochen worden, fast hätts Tote gegeben. Dann hat sich rausgestellt, dass der Schorsch von den Einnahmen für sich was abgezweigt hat und schließlich kommt raus, dass der das öfter gmacht hat und warum? Für was? Rat mal!«

»Komm, Mann, spann mich nicht auf die Folter!«

»Magst einen Willi, Fritz, einen doppelten? Komm, sei nicht feig!«

»Okay. Erzähl weiter!«

»Also, des war so: Der Schorsch hat Geld gebraucht für …«

Michi prustete explosionsartig los, er klang wie ein Dampfhammer: »Für'n Puff! Der is immer wieder nach Frankfurt zu einer … einer …« Michi bekam kaum noch Luft vor Lachen. »… zu einer Fortbildung für hö-hö-höhere Sparkassenangestellte … im Puff, Fritz, im Puff!!!«

Mühsam beruhigte er sich wieder.

»Und da hat er sich eine Zeit lang im Dorf kaum noch sehn lass könn. Jetzt rechne mal eins und eins zusammen. Da gibt's das ach so schöne sonnige Sommerhausen mit seinem ach so schönen italienischen Theaterdirektor, der dem Schorsch seiner Frau, der schönen Hannelore, aus dem schattigen, hässlichen Winterhausen, ein Kind macht mit schöne schwarze Haar und schöne schwarze Augen. Zum einen hat der Schorsch jetzt einen Bangert aus Sommerhausen am Hals! Und er muss so tun, als wär des sein eigenes Kind. Aber alle wissen, was los is und jeder kennt die Gschichte. Und zum andern gibts die Schande mit dem veruntreuten Geld, aufgedeckt auch noch von denen auf der anderen Mainseite. Du glaubst doch ned, dass der Schorsch in der Geldgschichte Einsicht gezeigt hat und gesagt hätte, tut mir leid, ich habe einen Fehler gmacht. Bei seiner Sparkasse haben sie alles vertuscht, weil sie ihn gebraucht haben. Und hier im Dorf hat der Rainer Haas, unser Bürgermeister, den Schorsch dazu gebracht, dass er dem Verein was zurückgezahlt hat. Schwamm drüber, jetzt wird einfach nimmer drüber geredet … bei uns in Winterhausen. Aber die Sommerhäuser sticheln immer wieder und machen blöde Bemerkungen. Die einzige Lehre, die der Schorsch aus dem Ganzen gezogen hat, ist die, dass Sommerhausen an allem schuld ist. Und die Wut, die hat er an seinen Erich weitergegeben.«

»Aber der Erich … der ist eigentlich ganz in Ordnung, oder?«

»Na ja, Fritz, der spinnt schon ganz schön ab und zu. Manchmal zieht er durchs Dorf und tut so, als wär er der Größte, als wär er erwachsen. Dann versteckt er sich wieder in der Bierhöhle draußen auf der Höhe und is tagelang ned zu sehen. Irgendwoher hat er sich den Schlüssel besorgt, damit sperrt er seine Höhle ab und lässt niemand rein.«

»Was für eine Bierhöhle?«

Auf seinen Unterarmen bildete sich Gänsehaut. Es fröstelte ihn bei dem Gedanken an einen beengten, dunklen Raum.

»Oben hinter den Steinbrüchen liegt ganz versteckt eine Höhle, wo früher des Bier gelagert worden is, weils da kühl war. Die is aber schwer zu finden und der Eingang ist inzwischen kaum zugänglich … Was ist denn, ist dir nicht gut?«

»Ich … ich hab … nein, alles in Ordnung, ich glaub, ich hab zu viel getrunken.«

Er würde jetzt ganz bestimmt nicht von seiner Klaustrophobie erzählen.

Michi schaute ihn prüfend an und fuhr zögerlich fort. »… na ja, und da versteckt sich der Erich immer wieder. So, und jetzt sei nicht feig, nimm noch einen. One for the road.«

*

Diese erste desaströse Probe vor sieben Monaten stürzte den Zweifler und Zauderer Fritz in eine tiefe Krise. Denn es sah so aus, als ob das Projekt schon am ersten Tag platzen würde.

Michi war empört über Erichs impertinente Attacke auf Rosie und das Stück und blaffte ihn an: »Du bist ein selten blöder Aff. Wir haben alle gemeinsam beschlossen, dass wir des Stück machn wolln. Wir Winterhäuser und Sommerhäuser wolln das gemeinsam machen! Und du hast eingwilligt. Pass bloß auf, dass du ned gleich wieder rausfliegst. Und jetzt halt dein Maul und lies deine Rolle, aber richtig …!«

Mit jedem Satz wurde Erich kleiner, denn Michi war einer der wenigen Menschen, vor denen er Respekt hatte.

»… und wenn du blöder Hund die Rosie noch mal blöd anmachst, dann kriegst es endgültig mit mir zu tun, du blöder Hund, du blöder!« Das war sein rüder Ton, der komischerweise von allen akzeptiert wurde.

Fritz dankte Michi im Stillen, dass er das Thema Rosie angesprochen hatte.

Erich zog sich wie ein getretener Hund in eine Ecke zurück, aber aus seinen schwarzen Augen funkelte es, als wollte er sagen: »Mir fällt schon noch was ein, womit ich euch ärgern kann.«

Rosie hatte während der ganzen Auseinandersetzung fassungslos zugeschaut, dann brach sie in Tränen aus und stolperte schluchzend aus dem Saal. Die Älteste im Raum, Ingrid von Unbühl, lebte schon durch und durch in ihrer Rolle als Julias Amme und lief Rosie hinterher.

Jetzt war Fritz' Autorität gefragt. Er zwang sich zur Ruhe und wollte ansetzen, etwas zu sagen, da kam Ingrid mit Rosie im Arm zurück und rief: »Das kommt mal vor, so ist das am Theater, Kinder!« Ingrid war die einzige ausgebildete Schauspielerin im Team.

Und Fritz sagte mit fester Stimme: »Okay. Lasst uns weitermachen!« Aber die gute, erwartungsvolle Stimmung war wie weggeblasen. Erich war zu keinem klaren Satz mehr fähig und Rosie hatte schon zwei Packungen Papiertaschentücher für ihre Tränen verbraucht. Fritz beendete die erste Probe seufzend vor der Zeit.

*

Rosie, seine Julia!

Die Besetzung der Julia mit der Tochter des mächtigsten Weinbauern aus dem »Feindesland« Sommerhausen – das war Fritz' größter Coup. Als er sie kennengelernt hatte, war für ihn sofort klar gewesen, dass nur sie diese Rolle spielen konnte.

Das war vor über einem Jahr gewesen, am 18. Mai 1973, bei dem großen Festakt zur Einweihung der neuen Brücke zwischen den Dörfern.

Genau an diesem historischen Schnittpunkt der Gemeinden stand für Fritz endgültig fest, dass er seine kuriose Idee verwirklichen wollte, die seit geraumer Zeit in ihm schwirrte. Er würde »Romeo und Julia« mit den Menschen aus beiden Dörfern inszenieren, das Stück, in dem es um tiefe Feindschaft und letztendlich um große Versöhnung geht. Warum nicht das bekannteste Shakespeare-Drama als Impuls dazu verwenden, Entspannung zwischen den Dörfern herbeizuführen?

Vor dem Brücken-Festakt stellte ihm Werner Hartmann, Rosies Vater, seine Tochter Roswitha vor. Dabei sagte er den ausschlaggebenden Satz: »Ich habe gehört, dass Sie neben der Pädagogik auch Theater studiert haben. Da könnens ja meiner Tochter gleich die Flausen ausreden, die will nämlich Schauspielerin werden.«

Rosies Gesicht wurde rosenrot, ihre großen grünen Augen strahlten Fritz an. Ein tiefes Gefühl überschwemmte ihn. Ein Gefühl, dass in diesem Moment etwas Ungewöhnliches entstand.

Sie wirkte nicht wie eine Sechzehnjährige. Mit ihrer dünnen Figur in ihrem gelben kurzen Flatterkleid wirkte sie jünger. Ihre Haut war zartbleich und durchscheinend wie Seidenpapier. Die zierliche Nase passte nicht so recht zu ihrem kräftigen Mund, der fast so breit war wie ihr Gesicht.

Dieses Lachen! Dieses Lachen wirkte so einnehmend, dass einen unwillkürlich Glücksgefühle überkamen. Ihre kräftigen, blonden Haare umspielten ihre knochigen Schultern und den langen zerbrechlichen Hals.

Sie ist ein Engel, eine überirdische Erscheinung ... Blödsinn, Fritz! Er rief sich innerlich zur Ordnung. Sie ist schlicht und einfach ein sechzehnjähriges, unreifes Gör. Aber ... aber ... In seinem Kopf jubelte es stotternd vor Freude: Sie ist die Julia, auf die ich gewartet habe!

Die beiden ignorierten die neugierigen Blicke der Festbesucher und verdrückten sich in eine ruhige Ecke des Festzelts.

»Herr Fichte, wenn Sie Theater studiert haben ...«

»Moment, Rosie, ich habe hauptsächlich Pädagogik studiert, dazu Geschichte und Theaterwissenschaft im Nebenfach. Also, ehrlich gesagt, so viel weiß ich gar nicht vom Theater.« Er korrigierte sich schnell, denn er wollte sie nicht enttäuschen.

»Ja, gut, eine Zeit lang wollte ich zwar Schauspieler werden und ich hab auch ein kleines Theaterprojekt gemacht, aber ...«

»Dann kennen Sie sich doch aus, oder?«, fuhr sie unbeirrt fort. »Mein Papa hat recht, ich will unbedingt Schauspielerin werden, aber ich weiß nix von Schauspielschulen und solchen Sachen. Können Sie mir da helfn?«

Rosie taute immer mehr auf, ihre anfängliche Scheu verflüchtigte sich. Sie spürte, dass Fritz sie ernst nahm. Und er war hingerissen von ihrer Stimme. Das war nicht die Stimme einer jungen Frau, das war eine kräftige, gut sitzende Stimme, als wäre sie schon ausgebildet. Was für ein reizvoller Widerspruch zu ihrem mädchenhaften Körper. Fritz hörte sie im Geist den Text der Julia sprechen: *»Wer bist du, der du, von der Nacht beschirmt, dich drängst in meines Herzen Rat?«*, oder *»Oh Wunderwerk, ich fühle mich getrieben, den ärgsten Feind aufs zärtlichste zu lieben«*.

Er vergaß in seinem vor Begeisterung benebelten Hirn, dass sie Dialekt sprach.

Rosie verhaspelte sich vor Aufregung, als sie diesem fremden Menschen erzählte, dass sie vor einiger Zeit im Würzburger Theater »Romeo und Julia« gesehen hatte. Der Theaterbesuch habe wie ein Blitz bei ihr eingeschlagen, habe sie zu einem anderen Menschen gemacht. Denn sie wusste mit einem Mal, wohin sie in einem Jahr, nach dem Abitur, gehen wollte.

Ihr Vater reagierte auf diesen Berufswunsch erstaunlich gelassen. Aus dem einfachen Grund, dass er sie nicht wirklich ernst nahm, aber Rosie wusste, dass sie ihn wie immer um den Finger wickeln würde. Ihre Mutter Gunda war der Meinung, sie solle aber auf jeden Fall nebenbei noch etwas studieren. »Für was lassen wir dich denn sonst Abitur machen?«

»Herr Fichte, ich will die Rolle der Julia unbedingt für die Aufnahmeprüfung auf die Schauspielschule studieren, und ... und ...« Rosies Augen glühten, rote Flecken wurden auf ihrem Schwanenhals sichtbar. »Können Sie mir helfen?«

Dieser vergaß jegliche Distanziertheit. Wie aus einem anderen Körper fiel ihm ein Satz aus dem Mund: »Ich will das Stück schon seit langer Zeit machen. Jetzt habe ich meine Julia und jetzt machen wir das.«

*

Eine Lerche flattert in grenzenloser Höhe über Fritz und jubiliert in den weiten, blauen Äther, sodass Fritz aus seinem Halbschlaf hochschreckt. Die malerische Wiese, die geschäftigen Hummeln, der zwitschernde Vogel – er muss laut lachen. Was für ein Kitsch! Oder ist es ein Zeichen vom Kollegen Shakespeare?

Gleichzeitig mit dem Lachen kommen ihm die Tränen. Er steckt in einem Gefühlsstrudel, den er kaum kontrollieren kann.

Wie werden die Menschen aus den zwei Dörfern übermorgen bei der Premiere reagieren? Was wird geschehen? Kann das wirklich gut gehen?

Und wieder wandern seine Gedanken zurück zum Beginn der Proben vor einem halben Jahr.

*

Nach dem Eklat mit Erich und Rosie beim ersten Zusammentreffen war die Mannschaft schockiert. Aber dann war ein Ruck durch das

Team gegangen und alle hatten zugestimmt, wie geplant am übernächsten Tag weiter zu proben.

Tom Weidringer, Erichs Freund und als Mercutio besetzt, sagte, dass er es schaffen würde, Erich zum Weiterproben zu bewegen. Er könne sich nicht vorstellen, dass er diese einmalige Chance, sich zu produzieren, mir nichts dir nichts aufgeben würde.

Am gleichen Abend rief Fritz Rosie an in der Befürchtung, dass sie am Boden zerstört war. Aber er spürte sofort ihren ungebrochenen Willen. Sie würde sich doch von diesem Idioten Erich nicht das Ganze verderben lassen. Sie würde auf jeden Fall weitermachen.

Durchatmen. Und warten, ob sich Jungstar Erich dazu herablassen würde, zur zweiten Probe zu erscheinen.

Fritz war sich über eines vollkommen im Klaren: Wenn man so ein heikles Projekt ernsthaft durchziehen will, dann braucht es ein hohes Maß an Disziplin bei allen Beteiligten. Das hatte er seinen Laiendarstellern in den Einzelgesprächen eingeschärft.

*

Zu Beginn der zweiten Probe hatte er mit schweißnassen Händen auf seinem Sessel in dem zugigen Theatersaal des Bürgerhauses von Winterhausen gesessen und auf seine Schauspieler gewartet. Er war nervös, weil er eine Sache überhaupt nicht bedacht hatte: den autofreien Sonntag. Ausgerechnet für den heutigen Tag hatte die Regierung wegen der Ölkrise ein Fahrverbot erlassen. Die Winterhäuser konnten ja zu Fuß kommen, aber ob sich die Sommerhäuser ohne Auto zu fahren tatsächlich auf den Weg machen würden, war die eine Frage.

Und die andere Frage war, ob Erich kommen würde. Und wenn er kam, wie würde er sich verhalten? Was würde Rosie machen?

Konnte das überhaupt noch funktionieren zwischen den beiden?

»Grüß Sie, Herr Fichte!« Tom Weidringer schlenzte mit seiner jüngeren Schwester und dem älteren Bruder herein. Tom und seine Geschwister sind die Kinder von Adi Weidringer, dem letzten Bauern im Dorf. Tom arbeitet gern als Bauer, er liebt die Arbeit auf dem Hof, den er eines Tages übernehmen wird. Er ist trotz seiner sechzehn Jahre schon einen Meter fünfundachtzig groß und immer noch am Wachsen. Zunächst war er enttäuscht gewesen, weil er nicht den Romeo spielen durfte, aber sein angeborener Theaterinstinkt hatte ihm gesagt, dass der Mercutio auch eine wunderbare Rolle sei.

Die Besetzungsprozedur war für Fritz die erste große Herausforderung gewesen. Er hatte mit Michi und seiner Frau Bettina ein Flugblatt entworfen, das einen Aufruf zum Vorsprechen enthielt. Die Blätter sollten an allen wichtigen Stellen ausgelegt werden. Aber als Michi in Sommerhausen in einem Hotel das Flugblatt anbieten wollte, gab es sofort Ärger. Der Wirt beschimpfte ihn als Schmarotzer und als Michi nicht nachgab, drohte er mit der Polizei. In der Apotheke von Sommerhausen wurde Fritz völlig ignoriert, der Apotheker bediente ihn nicht. Als Fritz die Flugblätter auf den Tresen legte, warf der Apotheker sie in den Papierkorb und sagte: »Wir haben unser eigenes Theater, da brauchen wir keine Winterhäuser.«

In Winterhausen waren die Flugblätter am nächsten Tag an allen Stellen, an denen sie ausgelegen hatten, verschwunden. Und im Fußballvereinsheim wurde gegen das Projekt heftig gestänkert und gepöbelt.

Letztendlich hatte sich das Vorhaben doch herumgesprochen und Fritz wartete auf freiwillige Meldungen. Er wartete und wartete, aber es meldete sich nur Ingrid von Unbühl.

Großartig! Nun hatte er schon zwei Darsteller, Rosie und Ingrid.

Fritz sank der Mut. Dann kam der entscheidende Geistesblitz: Er wandte sich an seinen besten Freund, Mogens von Berg. Als Moderator einer beliebten Sendung für Jugendliche beim Bayerischen Rundfunk in München war er der perfekte Ansprechpartner.

Er berichtete mehrmals über das Projekt. Dann verkündete er öffentlich, dass das Ganze auch im Fernsehen dokumentiert werden sollte. Dadurch kam endlich Bewegung in die Sache.

Zu guter Letzt versprach Fritz seinem Ensemble, dass die Einnahmen geteilt würden und auf einmal meldeten sich immer mehr Interessenten. Gott sei Dank waren sie nicht auf die Einnahmen angewiesen, denn Werner Hartmann, der reiche Weinbauer, unterstützte sehr generös das Debut seiner Tochter.

Und Bettina hatte es geschafft, ihren Vater Franz Hinterwald, den Steinwerksbesitzer, zu einer großzügigen Spende zu bewegen. Außerdem mussten sie für die Benutzung des Bürgerhauses keine Miete zahlen.

Schließlich gab es so viele Bewerber, dass sich Fritz die Besetzung frei auswählen konnte. Es war ihm sehr wichtig, dass die verfeindeten Familien in dem Stück nicht deckungsgleich mit der Realität in den Dörfern waren. So besetzte er beispielsweise den Benvolio, den Freund von Romeo, gespielt von Erich aus Winterhausen, mit Ebi Danninger aus Sommerhausen.

Eberhard, genannt Ebi, ist ein herzensguter, liebenswerter Tor.

Er hatte den absoluten Willen, beim Spielen eine einwandfreie Leistung abzuliefern. Das ging meistens daneben. Den Spott mancher Winterhäuser ertrug er jedoch mit stoischer Ruhe. Dann versuchte er wieder, beim richtigen Stichwort aufzutreten und den richtigen Satz im richtigen Moment zu sagen und … wieder falsch.

*

Langsam und unsicher trudelten die Mitspieler zur zweiten Probe ein. Wie würde es weitergehen?

Da kam Erich. Er zeigte allen mit seinem gespielt lässigen Gang, wie locker er die Situation nahm. Woher nahm der Mistkerl bloß sein Selbstbewusstsein? Er schlenderte auf Fritz zu. Der erkannte allerdings an seinen schiefen Schultern und den flackernden Augen seine innere Unruhe. Erich setzte an, etwas zu sagen.

In dem Moment stürmte Rosie durch die Tür, ging mit festem Schritt auf Erich zu. Was würde sie tun? Ihn bespucken? Ihn schlagen?

Rosie baute sich vor ihm auf wie eine griechische Göttin und blickte ihm fest in die Augen. Sie reichte ihm die Hand. Linkisch grinsend ergriff sie Erich. Da zog sie ihn an sich und küsste ihn auf die Stirn. Wie eine Priesterin, die einem Menschenopfer den Segen gibt.

Erich schwankte fassungslos auf einen Stuhl und wirkte für einen Augenblick wie flüssiges Glas.

Jetzt begann Bettina Schauer zu applaudieren und alle anderen fielen mit ein. Erleichterung machte sich breit und das Menschenopfer selbst feixte schief lächelnd in die Runde.

Nun sollte sich jeder vorstellen. Das erste Zusammentreffen war so schnell wieder beendet gewesen, dass es gar nicht erst zur obligatorischen Vorstellungsrunde gekommen war.

»Ich bin die Carolin Schellhas aus Winterhausen und spiel die Gräfin Montague.« Carolin, die beliebte wie beleibte Kindergärtnerin des Dorfes.

»Ich bin die Ingrid von Unbühl aus Sommerhausen und ...« So ging es weiter, jeder Mitspieler nannte seinen Namen und sagte, aus welchem Dorf er kam.

»Und Sie, Herr Fichte, Sie müssen sich auch vorstellen!« Das war der erste Satz von Rosie.

»Ich heiße Friedrich Fichte, bin achtundzwanzig Jahre alt, spiele den Pater Lorenzo und freue mich schon unheimlich auf die nächsten Monate!«

Als Rosie an der Reihe war, nieste Erich laut. War das ein Störversuch oder eine reale Nasenreizung? Erich blickte mit seinen schönen schwarzen Augen arglos in die Runde und entschuldigte sich geflissentlich.

Nach dem Vorstellungsprozedere beschrieb Fritz seine Version eines sehr einfachen Einheitsbühnenbilds. Voller Elan erzählte er, wie die Todesszene von Romeo und Julia als Schattenspiel hinter einem Gazevorhang dargestellt werden sollte, aber er blickte nur in verständnislose Gesichter. Egal, dachte er, ich werde sie schon noch überzeugen.

Anschließend erzählte Bettina Schauer von ihren Ideen, wie die Kostüme aussehen sollten.

Da konnte sich der ehrgeizige Tom nicht mehr halten: »Und was ist jetzt mit dem Fernsehen? Stimmt des, dass da ein Film über uns gemacht wird?«

»Aha, Tom will nach Hollywood!«, stichelte einer aus der Runde.

Fritz räusperte sich. »Ich habe einen Freund in München, der will einen Film über uns machen für den BR. Er ist nämlich Dokumentarfilmer und, jetzt haltet euch fest, das ist der Moderator von der Rockmusiksendung, dem Club 16 im BR. Ihr hört das bestimmt alle, oder?«

Ehrfürchtiges Staunen in der Runde. Die große Welt trat herein.

Michi Schauer war vollkommen begeistert: »Der mit dem komischen Namen, Mogens von Berg? Den kennst du? Das ist dein Freund?«

Die Erwähnung der Filmaufnahmen und des bekannten Moderators brachte die Augen der Anwesenden zum Leuchten. Michi krähte verzückt: »Den Mogens kennst du! Wahnsinn! Der hat als erster ›Sympathy for the devil‹ im Radio gespielt! Wahnsinn!« Euphorie sprühte aus ihm: »Ich hab eine Idee, die Rolling Stones müssten wir einspielen, wenn die Romeo und der Julia tot sind … ähhh, Schmarrn, umgekehrt.«

In Fritz' Theaterganglien zuckte es. Nach dem Tod der beiden Musik einspielen? Shakespeare und Mick Jagger? Die älteren Herrschaften in den Dörfern würden Herzinfarkte bekommen … Andererseits – in seiner Fantasie entstand eine Vision der Szene: Schuss … Stille … Stille … Stille – und ganz leise von weit her: »Sympathy for the devil … Please allow me to introduce myself …« Wieder Stille – und dann die Versöhnung über den Leichen von Romeo und Julia. Was für ein Abschluss!

*

Ein grünlich schimmernder Käfer krabbelt über Fritz' rechten Fuß. Er hat seine Socken und Schuhe ausgezogen. Die Sonne brennt, plötzlich überkommt ihn die Angst.

Was, wenn er mit seinen modernen Inszenierungsideen zu weit gegangen war? In einer Großstadt kann man so etwas machen, in einen Klassiker Rockmusik einbauen. Oder Romeo mit einer Pistole ausstatten anstatt mit einem Dolch. Aber wie werden die Leute aus den kleinen Dörfern reagieren? Ist er nicht doch ein Exot? Ein allzu bunter Vogel? Dieser Gedanke zieht ihn hinunter in ein schwarzes Loch, hinunter in seine tiefsitzende Angst, dass seine Homosexualität entdeckt werden konnte. Es gibt Momente, in denen er meint, dass ihm dieses Außenseitertum auf die Stirn gebrannt ist.

*

Fritz war fünfzehn Jahre alt gewesen, als er im Winter mit der Schule ins Skilager fahren musste. Obwohl er wegen seines Hüftleidens gar nicht Skifahren konnte.

Nach dem Mittagessen saß er melancholisch auf dem sonnigen Balkon des Schullandheimes. Er war bedrückt, weil er sich ausgeschlossen fühlte. Da gesellte sich Herwig Meixner, ein junger Referendar, zu ihm und lud ihn zu einer Schlittenpartie ein.

Sonne, Berge, Schnee. Meixner saß hinter ihm auf dem Schlitten. Das gleißende Licht ließ den Schnee flimmern.

Eine Waldlichtung. Meixner nahm zwei Flaschen Coca Cola aus seinen Anoraktaschen und bot ihm eine an. Er fischte eine kleine grüne Tablette aus einer Schachtel, schluckte sie mit dem Getränk hinunter. Auch Fritz bot er eine Tablette an und hielt sie ihm entgegen wie eine Hostie.

»Was ist das?«

»LSD. Etwas wunderbares, das macht glücklich, es erweitert dein Bewusstsein!«

Und so gingen sie gemeinsam auf einen Trip. Plötzlich waren sie absolut frei. Sie flogen fort aus diesem melancholischen Leben, aus der unerträglichen Welt, fort von zermürbenden Schmerzen, von unerfüllten Sehnsüchten.

Mit einem Mal spürte Fritz Herwigs Hand zwischen seinen Beinen. Die Fingerkuppen von Herwig waren zwei Meter breit, sie streichelten seine inneren Oberschenkel. Herwig öffnete Fritz' Hose, er berührte sein erigiertes Glied mit den Lippen. Der Schlitten wurde ein quietschbunter Hochseedampfer, langsam schaukelnd durchpflügte er den blauen Schnee.

Fritz und Herwig liebten sich.

Doch wie konnten sie weiterleben, ohne dass etwas von ihrer unmöglichen Liebe an die Öffentlichkeit drang? Herwig wohnte in einem kleinen Appartement im Univiertel. Sie mussten äußerst vorsichtig sein. Es gab immer Denunzianten und auf ihr Verhältnis stand die Gefängnisstrafe. Also verließen sie Herwigs Wohnung nicht, wenn Fritz ihn besuchte.

Fritz lebte emotional auf Messers Schneide: Er war verliebt in Herwig, hatte aber Angst, dass diese schwierige Konstellation irgendwann auffliegen würde.

Sein innerer Druck wurde übermächtig, er brauchte dringend einen Menschen, bei dem er sich aussprechen konnte. Aber da bot sich niemand an.

So erzählte Fritz schließlich dem Schulpsychologen von seinem Verhältnis zu Herwig. Ein entsetzlicher Fehler. Eine Woche später kam Herwig nicht mehr zur Schule. Er war versetzt worden. In einer fürchterlichen Auseinandersetzung warf Herwig Fritz vor, er habe alles verraten, weil er keine Konflikte austragen könne, er sei nicht in der Lage, für etwas zu kämpfen. Herwig beschimpfte ihn als liebesunfähigen und kleinkarierten Spießer. Fritz war tatsächlich kein Meister der Konfliktbewältigung, er zog sich in solchen Momenten zurück, wurde unsicher und depressiv.

Der Schulpsychologe zitierte ihn noch einmal zu sich. Fritz startete einen jämmerlichen Versuch, ihn anzugreifen: Der Herr Doktor habe das Arztgeheimnis verraten, und er, Fritz, werde alles tun … alles tun … ja, was denn tun?

Unter dem kühlen, maßlos überheblichen Blick seines Gegenübers brach Fritz gänzlich ein, verhedderte sich, sagte schließlich etwas ganz anderes, als er eigentlich sagen wollte. Der Psychologe wiederum ließ sich auf keine Diskussion ein. Jeder Satz, ja, Fritz' ganze Person perlte an ihm ab wie Wasser an einer Kachel. Stattdessen versuchte er, ihn davon zu überzeugen, dass Homosexualität eine Krankheit sei. Fritz fühlte sich nach diesem Treffen verraten und verkauft.

Seine Noten wurden immer schlechter. Er drohte, in dem Schuljahr durchzufallen. Mutter Wilma kämpfte für ihren Sohn. Sie sprach mit dem Direktor. Dieser klärte sie darüber auf, was für ein lasterhafter Mensch ihr Sohn sei. Falls er das Schuljahr doch noch bestehen sollte, müsse sie dringend auf ihn einwirken, dass er von seinem unmoralischen und undeutschen Lebenswandel Abschied nehme.

Bei dem Wort »undeutsch« flackerten alle Lampen bei Mutter Wilma auf. Schon wieder so ein Altnazi! Schon wieder einer von denen, die Schuld hatten am absurden Tod ihres Mannes kurz vor Kriegsende.

Wilma stand nach dem Gespräch frierend in der zugigen Gasse neben dem Gymnasium und zitterte vor Wut und Hilflosigkeit. Sie konnte die Tränen nicht zurückhalten. Die Erinnerung an Michael, die Liebe ihres Lebens, bestürmte sie.

Michael Fichte, Fritz' Vater, war erst spät zum Militär eingezogen worden, denn als Professor am Musischen Gymnasium wurde er lange Zeit für unabkömmlich erklärt. Dann jedoch wurde er direkt an die Front kommandiert.

Als er im Januar 1945 auf einen kurzen Urlaub nach Hause durfte, lebten Michael und Wilma zwei Tage und zwei Nächte nur für ihren größten Wunsch: ein Kind.

Im April, vier Wochen vor Kriegsende, erfuhr Michael, dass Wilma schwanger war. Jegliche Vernunft, jegliche Vorsicht verließen ihn. Er desertierte. Er kam nicht weit, man fasste ihn. An einem warmen, sonnigen Frühlingstag um sechs Uhr morgens wurde der Vater von Fritz standrechtlich erschossen.

Jetzt erst recht, jetzt halte ich erst recht zu meinem Sohn und wenn er schw… schw… wie heißt das Wort? … schwul ist … dann … ja dann …?

Wilma war zutiefst verunsichert. Sie wollte unbedingt zu ihrem Sohn stehen, aber was war das, homosexuell sein? Was bedeutete das? War das eine Krankheit? Was sollte sie tun? Wie sollte sie sich verhalten? Über eines war sie sich im Klaren: Fritz war ihr Fritz! Ja, er war und blieb ihr geliebter Sohn, komme was da wolle! Erleichtert über diese Erkenntnis ging sie nach Hause, wo er auf sie wartete. Es fiel ihr sehr schwer, die »Dinge« auszusprechen, aber sie war eine gute Zuhörerin und – oh Wunder – endlich hatte Fritz einen Menschen gefunden, mit dem er offen sprechen konnte.

Er bestand das Schuljahr mit Müh und Not. Dann wechselte er auf jenes Musische Gymnasium, an dem sein Vater schon unterrichtet hatte. Fritz tat sich auch hier schwer. Der Grübler verstand oft nicht, warum und wofür er bestimmte Dinge lernen sollte. So war sein Disput mit dem Mathelehrer über seine Weigerung, mit dem Unendlichen zu rechnen, zu einer Schullegende geworden.

Nur die musischen Fächer machten ihm Spaß und er engagierte sich mit Freude im Schulchor und in der Theatergruppe.

Aber selbst mitten im schönsten Chorgesang überfiel Fritz manchmal die Erinnerung an Herwig, der sich nicht mehr gemeldet hatte. Fritz fühlte sich schuldig und schrecklich einsam. Er haderte mit seiner Homosexualität. Bin ich nicht doch krank? War das mit Herwig nur eine Laune?

Einige Jahre später traf er Herwig noch einmal: Fritz war an einem warmen Sommerabend alleine auf der Leopoldstraße Eisessen gegangen. Er betrachtete mit Abscheu die kitschigen Bilder an den Ständen der Straßenmaler. Grässlich diese psychodelischen Motive von bunten Dampfern wie Schlitten im blauen Schnee. Da blieb ihm der Atem stehen. Dieses Motiv kannte er nur allzu gut!

Wer stand da hinter dem Verkaufstisch? Herwig! Sehr blass, sehr mager mit langen strähnigen Haaren, pickliger Haut und tiefen dunklen Ringen unter den Augen. Er verzog keine Miene, als er

Fritz gewahr wurde und Fritz fiel absolut keine Begrüßung ein, die die Situation entspannt hätte. Dann verzog Herwig den Mund zu einem zynischen Grinsen. Er bleckte dabei sein verrottetes Gebiss, als ob er Fritz demonstrieren wollte, dass dieser Schuld war an seiner Selbstauflösung: »Der eine wird verraten und endet als Straßenmaler. Der andere geht den Weg aller Spießer und schleckt Eis.«

Diese Begegnung sollte ihre letzte gewesen sein.

Das Gymnasium, in das Fritz gewechselt war, erwies sich letztendlich doch als Segen und er engagierte sich immer stärker im Chor und in der Theatergruppe. Er war ein gebranntes Kind, was seine Homosexualität anging, und so spielte er eine Zeit lang das pubertäre Pavianverhalten seiner Altersgenossen den Mädchen gegenüber mit. Er hatte sogar eine Freundin mit der er händchenhaltend durch den Park spazierte, aber als sie endlich im Kino den Beweis seiner glühenden Zuneigung ertasten wollte, fiel dieser matt aus. Sie verließ ihn kommentarlos.

Manchmal zog es ihn, den nun Sechzehnjährigen, ins Schwulenmilieu von München. Dort fand er Freiräume und Menschen, mit denen er kiffen und ab und zu auf einen LSD-Trip gehen konnte.

Der brave, nette, durchschnittliche Fritz führte ein Doppelleben. Aber woher das Geld nehmen? Er hatte eine teuflische Auswahl: Entweder ging er auf den Strich und bot sich älteren Männern für Geld an oder er fing an, selbst zu dealen.

Das Muttersöhnchen, das so schön sang, entwickelte sich also zu einem zwielichtigen Dealer.

Eines Tages sprach ihn vorsichtig ein älterer Mitschüler aus dem Schulchor an. Mogens von Berg. Er habe gehört, dass Fritz ihm etwas besorgen könne …

Dies war der Beginn einer großen Freundschaft. Als diese sich noch in einem frühen Stadium befand, hatte sich Fritz in einer betrunkenen Nacht an Mogens rangemacht, dieser hatte eher belustigt reagiert und sich »das« für immer verbeten.

Mogens sah fabelhaft aus, sogar die schöne Französischlehrerin wurde nervös, wenn sie ihn ansprach, um die Besonderheiten des Subjonctif abzufragen. Er war hoch gewachsen, hatte ein markant geschnittenes Gesicht, strohblondes Haar und blaue Augen, aus denen die pure Lebensfreude und der frechste Spott leuchteten. Die

Grundlage für seine positive Einstellung war seine große, verrückte Familie. Er kam leicht in einen Erzählrausch, wenn er über seine fünf Geschwister sprach oder von seinem einmalig großzügigen und freiheitlich denkenden Vater Alfons. Allerdings konnten sich seine Augen schnell verschatten, wenn er an seine geliebte, an Lungenkrebs verstorbene Mutter Merle denken musste. Sie war Dänin, daher sein ungewöhnlicher Vorname.

Mogens hatte stets einen kessen Spruch auf den Lippen. Und seine wunderbare Singstimme verzauberte Fritz immer wieder aufs Neue. Mogens war vernarrt in den Rock 'n' Roll. Wenn er Gitarre spielte und Elvis imitierte, dann lag ihm die Welt zu Füßen.

Sommerferien 1962. Italien, das Land aller Träume. Fritz war mit seinem neuen Freund Mogens von Berg nach Sardinien gefahren, wo dessen Tante lebte. Sie führte dort ein freies Hippieleben mit ihrem Mann, das sie mit dessen reichhaltigen Erbe finanzierten.

Mogens und Fritz waren überwältigt von ihrer Gastfreundschaft und das weitläufige, mediterrane Haus lud geradezu zum Ferienmachen ein.

Die beiden hatten eine großartige Zeit. Schwimmen, tauchen, gut essen, Musik machen. Gemeinsam singen, gemeinsam kiffen.

Dann die Katastrophe.

Alle vier hatten eine Pille eingeworfen, sie fühlten sich brillant, unschlagbar, einmalig. Doch plötzlich veränderte sich das Gefühl bei Fritz und auch bei Mogens. Ein Horrortrip begann.

Fritz sah seine eigene Nase ohne Unterbrechung laufen, roter Rotz stürzte heraus. Er verlor jedes Zeitgefühl. Angstattacken. Sein Kopf lief aus.

Er legte sich zur Beruhigung auf die Erde, die anderen legten sich dazu. Sie starrten in den Sternenhimmel. Krieg der Sterne. Schwarze Blitze. Galaxien fielen wie Felsbrocken auf Fritz, zerquetschten ihn. Mühsames Luftholen.

Mogens hechelte wie ein verdurstender Straßenköter.

Fritz glaubte, ersticken zu müssen. Herzrasen.

Dort wartet einer auf mich! Dort an der Milchstraße! Wir sind verabredet. Ich darf ihn nicht versäumen! Die schwarze Gestalt. Ich darf ihn nicht versäumen, dort, die Gestalt mit Bocksfuß in goldenem Stiefel. Mein Vater! Meine Rettung!

Fritz wollte zu der Gestalt laufen, aber er kam nicht vom Fleck, seine Arme, seine Beine, sie klebten am Boden fest.

Mogens stand auf, er glaubte zu ertrinken. Kletterte wie ein irrer Schimpanse auf den hohen Felsen am Rande des Grundstücks. Stand schwankend am Abgrund.

Sprang.

Fritz, die Tante und ihr Mann grölten vor Lachen.

Grauenvollstes Erwachen.

Mogens stirbt.

Mogens überlebt.

Mogens ist querschnittsgelähmt.

*

Fritz nimmt den großen grünen Käfer vorsichtig zwischen seine Finger. Er schüttelt den Kopf über seine Unerfahrenheit, als er sich erneut die zweite Probe ins Gedächtnis ruft:

»Noch einmal, liebe Leute, mein Freund Mogens wird einen Dokumentarfilm über unsere Arbeit machen und dabei die ... na ja, wie soll ich sagen ... die besondere Situation zwischen den Dörfern beleuchten.«

»Da leuchtet nix!«

»Mensch, sei still, dadrum gehts doch, dass uns allen mal ein Licht aufgeht.«

»Oho, du sprichst schon wie der Willi!«

»Welcher Willi?«

»Der Shakespeare Willi!«

»Ja, Leute, schon sind wir mittendrin. Ich hab im Vorfeld mit jedem von euch gesprochen und jeder weiß, dass es um mehr geht als nur um die Aufführung eines Theaterstücks. Und jeder einzelne hat mir versprochen, dass er sich zurückhält, was Dummheiten gegen das andere Dorf betrifft.«

»Hat das der Erich auch versprochen?«

Erich hatte sich schon eine Weile weggeduckt. Er war immer noch beeindruckt von Rosies überraschender Begrüßung.

»Ja, der Erich auch. Deswegen war ich sehr enttäuscht von ihm vorgestern, aber ich glaube fest, dass wir uns nun zusammenraufen werden!«

Da fiel Erich mit seinem Stuhl um. Nach einem kurzen Moment der Irritation merkten alle, dass er nur Quatsch gemacht hatte, und sie lachten befreit.

»Okay, das war Erich, der Clown. Bravo! Übrigens, Mogens wird erst im Februar dazu kommen können.«

»Herr Fichte, stimmt das, dass der im Rollstuhl sitzt?«

»Ja! Und? Ist das ein Problem?« Ihm verrutschte der Ton, er antwortete zu aggressiv. Ob das jemandem aufgefallen war?

»Deine Idee, Michi, mit der Einspielung von ›Sympathy for the devil‹ ist super. Und das ist mein Stichwort für eine klare Ansage: Ich möchte unsere Arbeit so offen wie möglich gestalten. Jeder kann Vorschläge machen, aber letztendlich habe ich das letzte Wort. Ich entscheide zum Schluss, ich bin verantwortlich für euch Sauhaufen.«

»Höi höi, dann sind Sie der Sauhirt!«

»Ja, ich bin der Sauhirt … ich halte meinen Kopf hin, was immer passiert! Und jetzt zu etwas sehr Erfreulichem: Ich möchte euch meine Assistentin und Kostümbildnerin vorstellen: Bettina, ihr kennt sie ja alle.«

Bettina, Michis Frau, sie wirkte oft so, als ob sie nicht anwesend war, fremd, wie ein Wesen von einem anderen Stern. Als Fritz sie im Juni vor einem Jahr gefragt hatte, ob sie mitmachen wolle, hatte sie schlicht »ja« gesagt. Dann kam sie unverzüglich mit einer Liste der Menschen, die mitspielen wollten, und brachte auch gleich Vorschläge für die Kostüme.

Bettina war eine exzellente Schneiderin. Sie hatte schnell und fachmännisch auf Fritz' Wünsche reagiert, was oft gar nicht leicht gewesen war, denn er hatte sich eine Mischung aus historischen und modernen Kostümen vorgestellt.

Bettina, die mit einer unerschütterlichen Ruhe und Ausgeglichenheit durch das Leben ging, war einer der wenigen Menschen auf dieser Welt ohne Harm. Fritz hatte sich oft gefragt, wo ihre dunkle Seite war. Es gibt keinen Menschen, der nur gut ist – aber vielleicht war Bettina die Ausnahme?

Wie sie still in dem Trubel dasaß und mit ihren klaren braunen Augen in die Welt blickte. Man meinte, dass sie nichts verstand – und doch bekam sie alles mit.

Dann hatte Christel gefragt: »Herr Fichte, sind die Kostüme so wie in der Inszenierung in Würzburg?«

»Nein, die Kostüme werden viel moderner sein. Das ist gut, wenn ihr das in Würzburg gesehen habt, dann kennt ihr ja das Stück. Wer hat es nur gelesen?«

Es meldete sich Toni Nabholz, der Schmied im Dorf und für die Rolle des Capulet besetzt. »Also ich glaub, ich sprech für einige Kollegen mit, auch für die aus Sommerhausen ...«

»Danke, da sind wir aber froh!«

»... dass wir, wie wir das gelesen haben, ehrlich gsagt, nix verstanden haben. Das alte Deutsch! Und die Handlung ist so verworren! Ich hab dann ...«

Jetzt glucksten ein paar von den Jüngeren, denn seine hohe Kastratenstimme passte gar nicht zu diesem großen kräftigen Mannsbild mit der Glatze. Ein Schmied wie aus dem Bilderbuch mit dem voluminösen Doppelkinn und dem phänomenalen Bauch.

»Ich hab dann ...«

Die freche Karin rief: »... erst mal einen Schnaps gebraucht!«

»... im Brockhaus nachgschaut und in ein paar anderen Lexik... Lexikone ... Lexikons und dann hab ich meine Rolle studiert und, na ja, jetzt weiß ich Bescheid ... mehr oder weniger.«

»Toni, wir werden im Lauf der Proben schon noch dahinterkommen, um was es eigentlich geht. Und wenn nicht, du wärst nicht der erste Schauspieler auf dieser Welt, der keine Ahnung hat von dem, was er da treibt. Aber lasst mich noch was zu der Würzburger Inszenierung anmerken, die ihr gesehen habt ...« Wie sagte er das, was er sagen wollte, ohne dass es Rosie verstörte, für die dieses Theatererlebnis so entscheidend war? Denn für Fritz war die Inszenierung altbackenes, langweiliges Theater. »Ich möchte gern einiges anders machen.« Das war von ihm sehr vorsichtig formuliert. Er wollte *alles* anders machen.

»Also, die Balkonszene ... Erich und Rosie! ... die soll absolut lustig werden. Deine Nummer mit dem Stuhl kannst du dann noch richtig ausbauen, Erich. Ich seh doch, was du für ein Talent für komische Szenen hast.«

Das wusste Fritz inzwischen: Du kannst jeden Künstler auf der Welt auf deine Seite ziehen, wenn du ihm nur genügend schmeichelst, bauchpinselst, hofierst, Komplimente machst.

»Und weil du vorgestern deine Vorbehalte gegen die Szene auf deine so charmante Art angesprochen hast, da kann ich dir mitteilen, dass eure Sterbeszene ganz anders wird als in Würzburg. Erstens hast du sowohl Gift als auch eine Pistole bei dir – die ist natürlich präpariert, dass ja nichts passieren kann, du trinkst das Gift, stirbst … Julia erwacht, sieht, dass du tot bist, nimmt deine Pistole und – erschießt sich.«

Fritz war begeistert, denn nun konnte er das erste Mal allen seine grandiose Idee erläutern. Er hatte gar nicht bemerkt, wie ratlos plötzlich alle aus der Wäsche schauten.

Da meldete sich Erich mit einem angriffslustigen Unterton: »Aber im Stück, das Sie uns gegeben haben, steht das ganz anders!«

»Erich, man muss sich nicht sklavisch an die Vorgaben im Stück halten, das haben wir zwei doch schon besprochen, die Todesszene spielt als Schattenspiel hinter einem Gazevorhang!«

»Und das funktioniert?« Ingrid von Unbühl blickte sehr skeptisch. Das waren ja ganz neue Einfälle, worauf hatte sie sich da eingelassen!

»Ingrid, ich halte diese Szene, so wie sie in unserer Übersetzung von Schlegel aus dem 19. Jahrhundert steht, für ungeheuer pathetisch und schwierig und ich glaube nicht, dass …« Jetzt begab sich Fritz auf dünnes Eis, denn er hätte fast gesagt »… solche Leute wie ihr das spielen können«, aber er bekam die Kurve gerade noch: »… man das heutzutage so aufführen sollte. Ich glaube, meine Idee funktioniert hundertprozentig. Das ist Theater! Den Zuschauern muss der Atem stocken! Übrigens, das muss auch bei den Fechtszenen so werden, da darfs hoch hergehen.«

»Was, wir fechten richtig?«, fragte Raimund mit großen Augen.

»Was hast denn du gedacht, Sommerhausener Zipfel, meinst du, wir bewerfen uns mit Watte?«

»Ja, klar, Raimund, wir fechten richtig!«

Raimund Becker aus Sommerhausen, nur fünfzehn Jahre alt, spielte den Thybald. Er war ein guter Sportler, daher fand Fritz die Besetzung passend. »Und es ist wichtig, dass gerade du als Thybald gut fichst.«

»Hä? Dass der gut fickt?«

Oh heilige Pubertät! Was hatte sich der junge Pädagoge Fichte da angetan?

»Ich habe eine großartige Überraschung für euch: Das Fechttraining wird gestaltet von Franz Vocke, dem deutschen Fechtmeister vom Fechtklub Tauberbischofsheim. Ja, der bei Olympia vor einem Jahr dabei war, genau der.«

Auch hier hatte sich Fritz viele Gedanken gemacht, wie er eine Form finden konnte, den Laien das Fechten auf spaßige Weise beizubringen. Gleichzeitig sollten sie in der kurzen Zeit die Szenen so hinbekommen, dass es einigermaßen gekonnt aussieht.

Er hatte im Fechtverein in Würzburg nachgefragt und ihm wurde glücklicherweise Franz Vocke empfohlen. Dieser entpuppte sich als der seltene Fall eines Sportlers, der sich für Theater interessierte.

Franz war deutscher Meister im Florettfechten. Er hatte an den Olympischen Spielen vor einem Jahr in München teilgenommen und war davon schwer traumatisiert, denn er hatte den furchtbaren Terroranschlag auf die Kollegen aus Israel hautnah miterlebt. Der Fechttrainer der Israelis, André Spitzer, war ein Freund von ihm gewesen. Franz hatte aufgrund dessen Ermordung einen so heftigen Schock erlitten, dass er den aktiven Sport aufgab und therapeutisch behandelt werden musste. Später versuchte er, ins normale Leben zurückzukehren, indem er als Fechttrainer arbeitete.

Das Angebot von Fritz hatte ihn ungemein gefreut, denn im Theater zu arbeiten war schon lange sein Traum gewesen.

Es passte ihm allerdings gar nicht, dass Romeo mit einer Pistole im Holster herumlief, und er wollte immer wieder Fritz von dieser Idee abbringen, aber da biss er auf Granit. Wie ein Mantra wiederholte Fritz unermüdlich: »Warts ab. Das wird ein Schock für die Zuschauer, das ist echtes Theater!«

Fritz spürte im Lauf dieser zweiten Probe, wie sich die ganze Truppe allmählich mit Energie und Vorfreude auflud. Als sie nun endlich daran gingen, das Stück zu lesen, jeder in seiner Rolle, war die konzentrierte Begeisterung mit Händen zu greifen.

Aber während des Lesens baute sich in Fritz langsam eine hohe, eine riesige Hürde auf.

Er hatte angenommen, dass sie das Stück so spielen könnten, wie es geschrieben stand. Natürlich hatte er im Vorfeld viel Text gestrichen und einige Figuren herausgenommen, aber in seinem begeisterten, unerfahrenen Kopf hatte er nicht geahnt, dass seine Truppe diese alte Fassung aus dem 19. Jahrhundert unmöglich auf Hochdeutsch spielen könnte, ohne sich absolut lächerlich zu machen.

Die Probe wurde für Fritz immer grotesker. Aus den Mündern seiner freudig erregten Spielerschar klangen die Texte grausig und unfreiwillig komisch. Sie gaben sich die größte Mühe, waren begeistert bei der Sache. Viele hatten zu Hause mit Onkel, Oma oder Ehepartner geübt. Aber es klang nun mal so wie eine ländliche Laientruppe, die beflissen versucht, Shakespeare zu sprechen, ohne dass man ihr den starken Dialekt anhörte.

Das hatte Fritz so nicht gewollt und nicht erwartet. Ihm war nicht bewusst gewesen, wie schwierig es war, mit dem Text aus dieser Fassung umzugehen.

Zudem betonten sie laientypisch immer das Ende: »Was habt Ihr, Vedder? Welch ein Sturm? WoZU?«

»Seht Oheim, der da ist ein MondaGUE.«

»Toni! Raimund! Ihr dürft das Versmaß nicht bedienen!«, warf Fritz ein.

»Das was?«

Komplettes Unverständnis bei Dorfschmied Toni und Dorffußballer Raimund.

»Wills du scho geh? Der Dag is ja noch fern …«, deklamierte Rosie und Fritz unterbrach: »Rosie! Du musst sagen ›Willst du schon gehen?‹ Nicht geh! Geh-en!«

»'s war die Nachdigall und ned die Lerche …«

»NachTigall, Rosie!«

»Sag ich ja, Nachdigall!« Rosie sah verständnislos drein.

Bei Erich war es ähnlich: »Die Lerche wars die Dagverkünderin. Nicht Philo… Philomeelee … Was isn jetzt des wieder für ein Scheiß?«

»Erich, Philomele ist griechisch für die Nachtigall, das hat der Shakespeare wegen dem Versmaß geschrieben, verstehst du?«

»Der Romeo hat griechisch gekonnt, subber.«

Fritz ließ sich seine Verzweiflung nicht anmerken, denn er wollte den Enthusiasmus der Truppe nicht bremsen. Sie verabredeten sich zur nächsten Probe in fünf Tagen.

Fritz durchlebte nun eine Hölle von Zweifeln. Das ging so nicht! Das wurde ihm bei einem langen Spaziergang durch den bunten, sonnendurchfluteten Herbstwald von Winterhausen schmerzhaft klar. Die Bedenken und die Angst vor dem Scheitern bereiteten ihm schlaflose Nächte.

War das nicht ein völlig unangemessener Anspruch, hier mit diesen unbedarften Menschen eine seriöse Theateraufführung einzustudieren?

Fritz stand es klar vor Augen, dass er sich dringend von der naiven Vorstellung verabschieden musste, seine Schauspieler aus dem tiefsten Unterfranken hochdeutsch sprechen zu lassen.

Was tun? Was kann ich ändern? Und wie bringe ich es ihnen bei, ohne ihre Begeisterung zu schmälern?

Das war eine der großen Stärken des komplizierten Menschen Friedrich Fichte, er konnte sich selbst zurücknehmen, eine Situation kühl analysieren und eine geordnete Konsequenz ziehen.

Er hatte sich auch mit Bettina und Michi zusammengesetzt, um sich bei mehreren Schoppen Wein zu beraten. Die beiden reagierten sachlich und sie beschlossen gemeinsam, dass man eben die Gegebenheit mit dem Dialekt so hinnehmen müsse. Eine Pause sei dennoch sinnvoll, damit Fritz die Textpassagen überarbeiten könnte.

Bei der nächsten Probe brachte Fritz es seiner Truppe ganz schonend bei. Er lobte alle, schmeichelte ihnen und sprach von einer rosigen Zukunft, wenn sie denn alle im neuen Jahr wieder zusammenkommen würden.

Am Premierendatum konnte nichts geändert werden. Der 2. Juni 1974, Pfingstsonntag, war schon seit langem fix und als feste Größe in vielen Kalendern der beiden Dörfer eingetragen. Und Fritz wollte auf gar keinen Fall, dass sich die Vorstellungstermine mit der Fußballweltmeisterschaft im Juni überschnitten.

Die Proben wurden bis zum 6. Januar ausgesetzt. Fritz hatte sich in derselben Nacht noch seufzend daran gemacht, eine neue, spielbare, mit dem Fränkischen kompatible Fassung zu erstellen. Ein dramaturgischer Hochseilakt, denn auf keinen Fall durfte es unfreiwillig lächerlich wirken.

»Ich will nicht scheitern! Ich werde nicht scheitern!«

Fritz, der auch im Alltag gut und gerne eins, zwei, drei, viele Gläser trank, schwor sich, so lange dem Alkohol zu entsagen, bis er eine gute Spielvorlage zustande gebracht hatte. Er musste schließlich auch noch unterrichten, sich auf den Unterricht vorbereiten und nachbereiten. Er durfte vor seinen Schülern keine Schwäche zeigen, denn dass die Proben ausgesetzt worden waren, sprach sich in den Dörfern schnell herum.

Die Skeptiker und Neider erhielten Wasser auf ihre Mühlen. Einige leidenschaftliche Gegner des Projekts glaubten schon triumphieren zu können und in den Weinstuben wurde gespottet, intrigiert und verbal gemeuchelt.

Tom Weidringers Schwester Helga, die in Fritz' Klasse ging, saß eines Morgens weinend auf ihrem Platz. Es stellte sich heraus, dass zwei der anderen Schüler, die für das Projekt nicht genommen wurden, ihrer Schadenfreude freien Lauf gelassen und sie auf das gehässigste attackiert hatten.

Im Fußballverein war es hoch hergegangen, Stani Wankel hatte sich mit einem siegessicheren Gegner des Vorhabens fast geprügelt.

In beiden Dörfern rumorte es. Die Unterbrechung tat der Stimmung gar nicht gut. Fritz arbeitete fieberhaft Tag und Nacht.

Sogar am Heiligen Abend saß er am Schreibtisch in seinem kleinen gemütlichen Fachwerkhäuschen am Dorfrand.

Vor einigen Jahren hatte er die Weihnachtsbesuche bei seiner Mutter eingestellt. Es hatte dann immer wieder die übelsten Streitereien mit Richard, seinem Stiefvater, gegeben, und so hatte Fritz beschlossen, über die Feiertage nicht mehr nach Hause zu fahren.

Am ersten Weihnachtsfeiertag entgleisten seine Gefühle dann doch und er fühlte sich von aller Welt verlassen, als er im Radio das Weihnachtsoratorium von Bach hörte, das ihn an seine Kindheit erinnerte. Er hatte ein unendlich schlechtes Gewissen, dass er die Schwierigkeiten mit dem Theaterstück nicht vorausgeahnt hatte, dass er nicht gut genug vorbereitet gewesen war. Was war er für ein Idiot!

Nach einigen harten Wochen höchster Konzentration und Selbstdisziplin zauberte Fritz schließlich einen spielbaren Text für sein Laienensemble hervor und die Proben konnten am Dreikönigstag 1974 weitergehen.

*

Die Lerche hat aufgehört zu trillern, am flirrenden Horizont ballen sich Gewitterwolken.

Für einen kurzen Moment ist es still, totenstill. Fritz schüttelt vorsichtig den Käfer von der Hand, steht auf und ordnet seine Kleider. Das Taschentuch ist feucht und grün vom Gras.

Entschlossen zieht er sein Fahrrad unter dem Busch hervor und arbeitet sich durch das Gestrüpp zur Straße hin.

Da schlägt ihm plötzlich ein unangenehmer Geruch entgegen.

Ein leichter Wind ist aufgekommen und weht beißenden Aasgestank in seine Richtung. Er kann kaum atmen, ohne dass ihm schlecht wird.

Im Straßengraben entdeckt er einen toten Igel. Angewidert wendet Fritz sich ab von den fahlweißen, wimmelnden Maden in dem schimmeligen Fleisch. Er klettert auf sein Klapperrad und zwingt sich dazu, glücklich zu sein.

Hummeln, Sonne, eine Lerche, Aas und Ekelmaden. Ein Stillleben wie aus einem Shakespearestück.

Eine schief tönende Tröte lässt Fritz aufschrecken. Es ist die Hupe einer Ente, eines knallgrünen Citroën. Acht fröhliche junge Menschen sitzen eingequetscht und teils gestapelt in dem kleinen Auto, das Fritz jetzt überholt. Das Verdeck ist zurückgerollt. Es sind Mitspieler aus seiner Truppe.

Die dicke Karin Rheinberger, die Ulknudel des Ensembles, die eine Bedienstete spielt, ruft jubilierend den Text von Julia: *»Ehrwürdiger Herr, ich sag euch guten Abend!«*

Lachend antwortet Fritz mit seinem Text als Pater Lorenzo:

»Für mich und sich dankt Romeo, mein Kind!«

»Es gilt ihm mit, sonst wär sein … Dings … sein Dingsbums zviel … ach Mann, jetzt weiß ichs nimmer.«

Das Auto schlingert gefährlich unter dem quiekenden Gelächter. Hände recken sich nach oben und winken. »Bis gleich, Herr Fichte!«

Ein wohlig warmes Gefühl durchflutet den jungen Lehrer. Er hatte nach den ersten Proben nicht zu träumen gewagt, wie viel Freude an diesem Stück und an der Arbeit sie alle finden würden.

Nach dem holprigen Beginn hatten die Proben Fahrt aufgenommen, eine eigene Dynamik entwickelt. Gerade die Gereiztheit zwischen Erich und Rosie hatte sich positiv ausgewirkt, denn Fritz hatte sie mehrfach darin bestärkt, diesen Druck und die Spannung wie professionelle Schauspieler als Impuls zu benutzen.

Krisen gab es dennoch zur Genüge, zum Beispiel als der Spieler des Montague ausstieg. Eine Sogwirkung trat ein, mehrere wollten es ihm gleichmachen. Fritz musste all seine Überredungskunst aufbieten, damit sie dabei blieben. Der Abtrünnige konnte schnell ersetzt werden.

Und Fritz war vollkommen klar, dass er alleine diese Situationen nie bewältigt hätte. Seine wichtigste Mitarbeiterin wurde Bettina. Ohne Bettina wäre das alles nicht zustande gekommen. Sie hatte ihn zum Beispiel bestärkt, dass er die Balkonszene immer weiter treiben solle in ihrer Slapstickform.

Die erste Probe dieser Szene war ein Höhepunkt gewesen in den letzten Monaten. Erich war zur Hochform aufgelaufen, sogar Rosie musste über ihn lachen.

Fritz hatte die beiden improvisieren lassen.

Während Erich versuchte, den Balkon zu Julia zu erklimmen brabbelte er Sätze auf Fränkisch vor sich hin, »So was blöds, des muss doch geh, Julia, bist du noch da? Wart, ich komm gleich …« Dann holte er sich eine Leiter, diese war zu kurz, dann holte er eine längere. »Oh Godd, is die schwer …« Darauf drehte er sich mit ihr und räumte dabei die halbe Bühne ab, blieb stehen, blickte wie ein Clown und sagte: »Oh Godd is die lang.« Und er fiel beim Hochsteigen zum Balkon immer wieder damit um, bis schließlich die Sprossen brachen und er am Boden lag. Erich hatte das alles geplant und vor der Probe präpariert.

Doch als er am Boden lag, änderte er schlagartig seinen Ton und begann sehr ernsthaft und seriös:

»Was schimmert durch das Fenster dort, es ist der Ost und Julia die Sonne …«

Dann spielten die beiden so glaubwürdig und intensiv zusammen, dass man meinen konnte, sie seien tatsächlich ineinander verliebt. Bettina und Fritz hatten bei dieser sagenhaften Probe geheult wie die Schlosshunde. Und Fritz war wieder einmal sehr stolz über seine Entdeckung dieser beiden Naturtalente.

Bald jedoch begann der übliche Theaterprozess. Denn je häufiger sie die Szene probten, desto weniger lustig wurde sie. Erich hatte mit diesem Vorgang der ewigen Wiederholung keine Erfahrung. Er wurde bockig und seine Laune sank immer tiefer; eine Woche vor der ersten Hauptprobe brach schließlich wieder alles zusammen.

Erich behauptete, dass Rosie an einer Stelle nicht wie abgesprochen reagiert habe und bekam einen Tobsuchtsanfall.

Wieder musste Fritz seine ganze Kraft und Energie auf diesen Verrückten richten und nach langem Hin und Her, Geschrei, Tränen und einer Rosie am Rande des Nervenzusammenbruchs ging es doch wieder weiter.

Auch bei der Sterbeszene der beiden war Bettina für Fritz eine große Hilfe gewesen.

Er hatte sich die Szene so vorgestellt, dass sie hinter einem scharf angeleuchteten Gazevorhang als Schattenspiel abläuft. Die Beleuchtung war kein Problem gewesen, aber es war schwierig, den geeigneten Stoff für den Vorhang zu finden.

Zunächst gab es viel Gelächter bei den Proben zu der Szene. Denn der Knall der Schreckschusspistole war im wahren Sinn des Wortes ohrenbetäubend. Natürlich sind in der präparierten Pistole, die Rosie sich in den Mund schob, keine Kugeln, aber sie muss abdrücken, damit es realistisch wirkt. Michi würde am Bühnenrand stehen und gleichzeitig mit einer Schreckschusspistole schießen.

Damit die Ohren geschützt waren, mussten sich Erich und Rosie auf der Bühne Stöpsel in die Ohren stecken, was die Zuschauer nicht sehen durften. Als schließlich die Szene gut funktionierte und Michi genau in dem Moment schoss, in dem Rosie abdrückte, hatte sie die starke, erschreckende Wirkung, die Fritz sich vorgestellt hatte.

*

Heute, am Tag der Generalprobe, ist sich Fritz aber auch bewusst, dass die mit Hochspannung aufgeladene Aufbruchstimmung, die sich in den letzten Tagen entwickelt hat, letztendlich an seiner Person als Mentor und Lehrer liegt.

Dieses letzte halbe Jahr hatte seinem fragilen Selbstbewusstsein Stabilität gegeben. Er war stolz auf seine Selbstdisziplin, als er in einem Gewaltakt im Dezember dem Stück eine neue Spielfassung gegeben hatte. Dass er so lange ohne Alkohol aushalten konnte, überraschte ihn sehr. Und seine halbwegs gelungene Zähmung der Raubtiere Erich und Rosie machte ihn glücklich.

Wenn es Spannungen gab zwischen den Fraktionen aus den beiden Dörfern, dann hat er es immer wieder geschafft, die Konzentration auf den Inhalt der Proben zu lenken, entweder durch einen ironischen Spruch oder durch Strenge oder meistens mit überzeugenden Argumenten.

Er hatte gespürt, wie seine Selbstsicherheit mit jedem gelungenen

Probentag zunahm, wie ihm die Aufgabe mehr und mehr zusagte, aus einer laienhaften Truppe ein akzeptables Ensemble zu formen. Er war sich von Tag zu Tag sicherer, dass diese Theaterarbeit nach außen strahlte, dass diese kleine Zelle der Verschwörung die Atmosphäre im vergifteten Tal veränderte.

Große Genugtuung verspürte er, wenn er sah, wie die Bewohner der beiden Dörfer am Bahnhof von Winterhausen auf einmal miteinander sprachen statt sich mit leerem Blick anzuschweigen.

Jetzt müssen wir nur noch eine großartige Premiere hinlegen und meine Mission wird ein Erfolg, denkt er.

Dennoch bröckelt seine Selbstachtung immer wieder. Die kleinen Krisen lassen den sensiblen Fritz innerlich taumeln, verzagen. Wenn es ihm nicht gut geht, ist ihm zum Beispiel sein leichtes Hinken äußerst unangenehm. Er fühlt sich unwohl, wenn er so über die Bühne gehen muss, aber er lässt es sich nicht anmerken.

Dieses Hinken gemahnt ihn immer wieder an das traumatischste Ereignis in seinem Leben. Er kann den schrecklichen Unfall, der Auslöser war für seine Klaustrophobie, nicht aus dem Gedächtnis bannen.

Nein, er kann sie nicht verdrängen, die Begegnung mit dem Tod in den Ruinen des Nachkriegsmünchen.

*

Obwohl der zehnjährige Fritz gut mit anderen Menschen umgehen konnte, obwohl er beliebt war bei seinen Freunden und in der Schule – dennoch war er am liebsten allein. Alleine mit den Büchern von Erich Kästner, Astrid Lindgren und Mark Twain. Und mit den Geschichten von Karl May konnte seine überschäumende Fantasie davongaloppieren. Am liebsten reiste er zusammen mit Old Shatterhand, Winnetou, Hadschi Halef Omar und Kara Ben Nemsi durch das wilde Kurdistan, um den Schatz im Silbersee zu suchen. Die stille Isar war der Rio de La Plata und die zahlreichen zerbombten Häuser von München verwandelten sich in die Schluchten des Balkan.

Ein Sonntagmorgen im März. Endlich Osterferien. Die Sonne schien, aber war es war noch recht kühl.

Fritz zog los, um die Ruinen zu erforschen, fremde Gegenden zu entdecken, Abenteuer zu bestehen. Flink wie eine Gämse kletterte er durch die Geröllfelder Kurdistans. Als er eine schier unbezwingbare Wand in den Kordilleren erklommen hatte, geschah das Unglück: Die freistehende Ruinenmauer stürzte ein und begrub ihn unter sich.

Seine rechte Hüfte war zerschmettert. Stundenlang schrie er vor Schmerzen, brüllte panisch um Hilfe. Niemand hörte ihn.

Dafür nahm er irgendwann ein Tropfen rechts neben seinem Kopf wahr. Wasser kam aus einer rostigen Leitung. Jede kleinste Bewegung versetzte ihn fast in Ohnmacht vor Schmerzen. Dennoch gelang es ihm, den Kopf so zu drehen, dass er das Wasser auflecken konnte. Ein Tag und eine Nacht vergingen grauenvoll quälend. Kein Zeichen von außen.

Einsam, gepeinigt von unermesslichen Schmerzen und Kälte, verloren im Universum. So musste es sich anfühlen zu sterben, dachte er. Fritz gab die Hoffnung auf Rettung auf. Das Grauen einer weiteren eiskalten Nacht wollte er nicht noch einmal erleben.

Er fiel in ein Fieberdelirium und flehte Winnetou um den Gnadenschuss an. Er wollte sterben. Er versuchte, nicht mehr zu atmen. Tränenlos, unendlich erschöpft wartete er auf den Tod.

Der kommt zu Beginn der nächsten eisigen Nacht.

In der Stadt war unterdessen eine große Suchaktion gestartet worden. Der Goldschmiedeladen von Fritz' Stiefvater Richard in der Altstadt wurde zum Anlaufpunkt der Hilfskräfte. Die Polizei suchte intensiv, Freunde und Nachbarn halfen. Mutter Wilma war nicht zu trösten, Halbschwester Irene bekam einen Migräneanfall. Sie warteten zu Hause weinend auf eine Nachricht.

Als die gnädige Klaue des Todes den zehnjährigen Fritz Fichte berührte – genau in diesem Moment wurden die Mauersteine über ihm weggeräumt.

Ein irrwitziges Hundegekläff holte ihn zurück ins Leben.

Was waren das für Lichter? Scheinwerfer, Blitzlichter, Blaulicht, Sirenen! War das der Himmel?

Ein nächtlicher Spaziergänger, Herr Oberamtsrat Albert Pickel, hatte seinen Hund Sanny zu später Stunde noch ausgeführt. Diese hässliche Promenadenmischung aus Pinscher und Spitz hatte Fritz erschnuppert und Alarm geschlagen.

Das erste, was der kleine Fritz spüren konnte, war die liebevolle

Hand von Mama Wilma, die seinen Kopf streichelte. Endlich wurde ihm warm. Dann fühlte er den bohrenden Stich einer Spritze in seiner rechten Armbeuge und versank in tiefen, kristallenen Schlaf.

Die Zeitungen stürzten sich auf diese Geschichte:

»Sanny der Superhund.«

»Sanny holt Fritz an die Sonne.«

»Eine Fernsehserie für Sanny – besser als Lassie.«

»Sanny für den Orden ›München leuchtet‹.«

»Exklusiv aus dem Schwabinger Krankenhaus: Sanny bringt Fritz eine Leberkässemmel ans Krankenbett.«

»Exklusiv: Der kleine Fritz erzählt von seiner Nahtoderfahrung.«

Schnell begann für Fritz eine ganz eigene Art von Verarbeitung der surrealen Erfahrung mit dem Tod. Ein kurioser Effekt trat ein: Er fand Gefallen an seiner Situation. Er genoss es, derartig im Mittelpunkt zu stehen.

Das war doch etwas Feines, so ein Unfall, da wurde man von allen Seiten gehegt und gepflegt. Mama Wilma brachte frische Brezen, die Selleriesuppe brauchte man nicht zu essen, die kleine Irene sang ihm ein Lied vor und sogar Stiefvater Richard zeigte sich fürsorglich. Die gesamte Schulklasse besuchte Fritz, er bekam Geschenke und die Krankenschwestern waren ja so nett!

*

Fritz tritt heftig in die Pedale. Je näher er dem Bürgerhaus kommt, wo die Generalprobe stattfinden wird, desto stärker spürt er sein Herz klopfen.

Kommen überhaupt genügend Zuschauer zur Premiere und zu den Vorstellungen?

Wird Inge endlich mal den richtigen Text sagen?

Setzt die Musik zum geplanten Zeitpunkt ein?

Bleiben die Burschen bei den Fechtszenen diszipliniert?

Hoffentlich hält sich der Beleuchter heute an die Anweisungen!

Braucht der kurzatmige Pankraz eventuell mitten auf der Bühne eine Spritze wegen seiner Diabetes?

Fritz steigt vom Fahrrad und tut so, als ob das keine Schwierigkeit wäre, obwohl die Hüfte schmerzt.

Und wie reagieren wohl die beiden Bürgermeister?

Er hat sich einen schlauen Schachzug ausgedacht, denn er hat die zwei zur Generalprobe eingeladen.

Wolfgang Hartmann, der Bürgermeister von Sommerhausen, ist gleichzeitig der Onkel von Rosie. Der Bürgermeister von Winterhausen, Rainer Haas, hat die Einladung ebenfalls angenommen. Die beiden schüren zwar nicht die Konflikte zwischen den Dörfern, aber sie tragen auch nicht dazu bei, Frieden zu schaffen.

Es wird von enormer Wichtigkeit sein, dass sie die Inszenierung akzeptieren. Und sie müssen sie unbedingt ohne Vorbehalte unterstützen, denn das darf nicht vergessen werden, beide Dörfer hatten Geld für das Projekt bewilligt.

Da stehen sie auf der obersten Stufe der Treppe zum Theatereingang, die zwei Herren, und sprechen intensiv miteinander. Das ist ein gutes Zeichen. Sie wissen natürlich, dass sie von allen Seiten beobachtet werden, und sie gestikulieren und posieren wie zwei Provinzbürgermeister, die der Welt zeigen, dass sie keine Provinzbürgermeister sein wollen. Fritz ahnt, dass sie bereits das eine und andere Achterl Wein getrunken haben, hoffentlich gemeinsam, sinniert er. Wehmütig denkt er daran, mit welcher Mühe er sich heute den Wein versagt hat.

Er steigt die Stufen zu ihnen hoch und begrüßt sie ehrerbietig. Dann dreht er sich um und als er auf die vielen aufgeregten und erwartungsvollen Mitspieler und Mitarbeiter blickt, von denen es vor dem Bürgerhaus wimmelt, breitet sich ein zufriedenes Lächeln auf seinem Gesicht aus.

Er muss daran denken, wie er das erste Mal vor dem Bürgerhaus stand, so wie jetzt. Aber damals wollte er gar nicht eintreten. Denn das Haus präsentierte sich nicht besonders ansehnlich mit den kleinen, düsteren Fenstern wie Schießscharten, mit den dunkelgrauen, schmuddeligen Mauern und dem schwarzen Schieferdach. Eine abgetretene Granittreppe führte zu zwei schweren Eisentüren, die sehr abweisend wirkten.

Aber dann war er freudig überrascht gewesen, weil sich das Innere umso anziehender zeigte. Das Foyer war angenehm beleuchtet und ein neuer Boden aus mattgelbem Stein erzeugte gemütliche, warme Stimmung.

Der mit hellem Holz ausgekleidete Theatersaal strahlte eine ruhige Atmosphäre aus. Er wurde von der breiten Bühne dominiert, die nicht sehr tief war. Dieses »schmale Handtuch« wie Michi es nannte, hatte Fritz vor einige Probleme im Szenenarrangement gestellt. Aber letztendlich hatte er aus der Not eine Tugend gemacht, indem er die meisten Szenen wie Breitwandkino inszenierte.

Das dunkelblau umrahmte Bühnenportal schloss mit einem Vorhang in mattem Samtrot.

Der Balkon mit drei Reihen Zuschauersitzen, die mit dunkelblauem Tuch beschlagen waren, wirkte leicht, als ob er im Raum schwebte. Fritz hatte die Proben gern von hier aus betrachtet, er glaubte fest daran, dass der Platz ihn in seiner Kreativität beflügelte.

Zwei hohe hölzerne Türen öffneten den Blick auf den runden Vorplatz. In seiner Mitte erhob sich eine absterbende Pappel, an die sich eine grasgrüne Bank lehnte, bei der die Farbe abblätterte.

Hier sitzt heute breitbeinig Michi Schauer und hält Hof, umringt von rauchenden, feixenden, aufgeregten Menschen. Die meisten haben schon ihre Kostüme angezogen. Der zaundürre Otto Ertel aus Sommerhausen als Graf Paris stolziert wie eine Vogelscheuche in einem bodenlangen schwarzen Mantel über den Platz. Der dicke Pankraz aus Winterhausen in einem pompösen bunten Umhang sieht aus wie ein zweibeiniger Wal mit Pelzbesatz.

Alle fühlen sich wichtig, alle strahlen eine eigenartige Würde aus.

»Herr Fichte, die Hose is ja aus Kunstleder, da schwitz ich jetzt schon«, ruft Thybald Raimund Becker aus dem Garderobenfenster empört heraus.

Raimund, frech, eitel und immer zum Raufen aufgelegt. Bei den Fechtproben vor einigen Tagen war er so ungestüm gewesen, dass er Tom fast das Auge ausgestochen hätte. Es war eine ausgesprochen heikle Situation gewesen, denn Tom explodierte vor Zorn, schrie Raimund mit unflätigen Ausdrücken an, und da war das Wort »Arschsommerhäuser« noch das harmloseste.

Dann passierte es. Urplötzlich standen sich Sommerhausen und Winterhausen kampfbereit und feindselig gegenüber. Die Situation wie bei Shakespeare. Doch die Realität war kein Spiel mehr, sie war äußerst brisant, es stand kurz vor einer Schlägerei.

In diesem Moment kam Karin aufgeregt in den Raum gelaufen und rief: »Das Klo ist verstopft!« Dieser Ausruf wirkte gerade deshalb sehr komisch, weil es ein ernstes Anliegen war. Karins Satz nahm augenblicklich die verpestete Luft heraus, alle mussten befreit lachen und Fritz konnte sich wieder mit seinem Fechttrainer Franz Vocke auf die Probe konzentrieren. Aber in dieser Situation fühlte sich Fritz wieder einmal am Rande des Abgrunds. Wieder einmal nahe daran, alles hinzuwerfen. Tatsächlich lagen seine Nerven oft blank. Viele der Mitwirkenden kamen immer wieder zu spät. Fritz war sich dessen bewusst gewesen, dass die Theaterarbeit für alle eine große zusätzliche Belastung war neben Beruf und Privatleben, aber die Unpünktlichkeit störte die Arbeit ungemein.

Toni, der Schmied, hatte ein massives Alkoholproblem, er war manchmal kaum fähig zu proben. Viele hatten große Schwierigkeiten, sich den Text zu merken oder die abgesprochenen Abläufe auf der Bühne nachzuvollziehen. Immer wieder gab es Spannungen unter den zwei Dorfgruppen. Inge ließ es sich manchmal auf schnippische, zickige Art anmerken, dass sie sich zu Höherem berufen fühlte. Die Hauptdarsteller Erich und Rosie waren mitunter kaum zu bändigen. Der übereifrige Ebi Danninger wollte alles besonders gut machen, aber er ließ immer wieder ein Requisit fallen oder stolperte über ein Kabel.

Nervenaufreibend war auch das permanente Geschwätz hinter der Bühne. Er konnte mahnen und um Stille bitten, nichts half, es war oft Zum-aus-der-Haut-Fahren.

Wie oft hatte er für sich gedacht: Was für eine Schnapsidee, diese zwei Dörfer zueinander zu führen, und dann auch noch mit diesem außerordentlich schwierigen Shakespeare! Diese Dorftrottel haben keine Ahnung, worum es da geht, die haben nur Most, Streit und Bratwurst im Kopf. Am liebsten ständig auf der Lauer liegen und im günstigen Moment dem Nachbarn ein paar Zentimeter Land klauen. Und dennoch – es war eine gute Zeit!

Als die ersten Kostüme hinzukamen, als die Scheinwerfer Atmosphäre erzeugten, als die Musikeinspielungen endlich klappten, als das große Theaterrad in Schwung kam, da spürten alle: Hier entsteht etwas Ungewöhnliches, etwas, worauf alle stolz sein können!

Es sind die magischen Momente des Theaters, die jede Widrigkeit vergessen lassen. Die fantastischen Momente, in denen man den Eindruck hat, dass alle gemeinsam zu den Sternen fliegen. Die unbeschreibbaren Momente, wenn das ganze Ensemble in einen gleichmäßigen Rhythmus kommt, wenn alle wie auf einer großen Welle gemeinsam atmen. Wenn die Würde des Schauspielers unantastbar ist! Dann, ja dann lohnt sich alle Mühe.

Fritz lässt den Blick über den Platz schweifen. Wo ist Erich? Der ist doch sonst immer mit den anderen zusammen und führt große Reden?

Sein Blick fällt auf Ingrid von Unbühl, die auf einem schattigen Platz sitzt und meditiert.

Ingrid, das Klischee vom Klischee einer alten, einsamen, erfolglosen Schauspielerin. Eitle Geschichten aus früheren Zeiten. Fritz kann solche Künstler gar nicht leiden. Er hatte als Zivildienstleistender in einem Altersheim für Künstler gearbeitet und diese rückwärtsgewandten, aufgeblasenen Eitelkeiten der alternden Schauspieler gingen ihm gehörig gegen den Strich.

Bald jedoch sollte sich seine Haltung ihr gegenüber ändern.

Sie war die erste Person gewesen, die er in Sommerhausen besucht hatte.

*

»Grüß Gott, Frau von Unbühl!«

Girrendes Schauspielerinnenlachen: »Sagen Sie doch gleich Inge … Gründgens, der große Regisseur, hat immer die Schauspieler geduzt.«

Nein, nicht schon wieder duzen!

Überfallartige Geschwätzigkeit, feiner Tee, gelbblonde halblange ungewaschene Haare, ein faltiger, schmaler Mund, sehr rot geschminkt. Scherenschnitte an den Wänden. Fünf Katzen.

Fritz fiel nichts ein außer: »Lassen Sie die Katzen raus, Inge?«

»Nein, wo denken Sie hin? Ich habe von Emmi Neuber zwei übernommen, bei ihr durften sie auch nicht raus, die Arme hatte ja nur eine kleine Wohnung drüben in Winterhausen … Ja, ich habe nach dem Tod von Emmi ihre Katzen übernommen, mein Gott, sie war ja so arm dran, obwohl ihr Sohn – na lassen wir das …«

Fritz war hin und her gerissen zwischen seiner Aversion gegen Frau von Unbühl und seiner Neugier auf Dorfgeschichten. Was sind diese Dörfler für Menschen? Oft kauzig und doch freundlich, teils dröge und dennoch lustig. Heute verschlagen und morgen aufrichtig, soeben abweisend und jetzt offenherzig. Ein eigentümlicher, widerspruchsvoller Menschenschlag hier im fränkischen Dschungel.

»Haben Sie es tatsächlich gewagt, Kontakt mit einer Person aus Winterhausen zu pflegen, Inge?«

»Ja, klar, der Quatsch mit dieser Feindschaft interessiert mich nicht … Ich habe die Emmi auf … auf dem Sozialamt kennengelernt. Na ja, was soll man machen? Ich habe nie in die Rente eingezahlt. Und die Emmi hatte zwar eine kleine Rente, aber die hat hinten und vorne nicht gereicht. Dabei hätte ihr Sohn ihr etwas geben können.« Inges Augen wurden stechend böse. »Aber dieser Kerl hatte jeden Kontakt abgebrochen. Sie hatten einen furchtbaren Streit. Das hat der Emmi das Herz gebrochen.«

»Was für ein Streit?«

»Ich weiß es nicht so genau, die Emmi wollte nicht darüber sprechen. Der Andreas, so heißt ihr Sohn, Andreas Neuber, der war vor Gericht wegen … ach Gott, ich weiß nicht, er hat was angezündet und dabei ist jemand gestorben. Aber er war unschuldig, er wurde freigesprochen. Und die Emmi hat wohl irgendein Geheimnis von ihrem Sohn gekannt. Noch einen Tee?«

Als Inge aufstand, um die Delfter Porzellanteekanne vom Stövchen zu holen, stolperte sie leicht. Sie machte eine affektierte Drehung und ging zwei Schritte rückwärts.

Fritz fragte lachend: »Was machen Sie denn da, Inge?«

Frau von Unbühl antwortete sehr ernst: »Wenn man stolpert, muss man rückwärts über die gleiche Stelle zurückgehen, wenn man das nicht tut, bringt das Unglück!«

»Machen Sie das auf der Bühne auch?«

»Da erst recht!«

Abergläubisch war sie auch noch.

»Es gab also einen schrecklichen Krach zwischen Mutter und Sohn und dann den Bruch. Daraufhin hat sich Andreas in München verkrochen, er macht da irgendwas mit Gastronomie. Ach ja, vielleicht ist er Ihnen bei der Brückeneinweihung aufgefallen. Der kommt in Jeans und rotem Hemd fünf Monate nach der Beerdigung seiner Mutter!«

»Ein etwas pummeliger Mensch mit einem Kindergesicht?«

»Ja, der.«

Fritz erinnerte sich, wie bei der Brückeneinweihung jener Andreas mit theatralischen Gesten intensiv auf Werner Hartmann einredete. Diesem war das offensichtlich unangenehm. Als Fritz in Hartmanns Blickfeld kam, schien er froh zu sein, aus dem Gespräch mit Andreas Neuber fliehen zu können.

»Fritz, lassen Sie uns über die Amme reden und wie ich sie spielen könnte, also bei Gründgens hat ja die Amme …«

Fritz unterbrach sie unhöflich.

»Warum haben Sie so viele Scherenschnitte mit dem Sensenmann als Motiv? Sind die von Ihnen?«

»Nein, nein, die sind von der Emmi. Sie hatte sich immer wieder mit dem Tod beschäftigt. ›Der Tod gehört zur Kunst wie die Schönheit‹, sagte sie immer.« Inge zögerte, wollte noch etwas sagen, schluckte es jedoch hinunter. »Aber lassen Sie uns über die Amme reden, bitte! Also beim Gründgens damals …«

Da platzte dem geduldigen Fritz der Kragen. Diese Art von Schauspieler brachte ihn auf die Palme: »Tun Sie mir einen Gefallen, Frau von Unbühl, hören Sie auf mit diesen alten Geschichten, das interessiert niemanden. Lassen Sie Ihre Schauspielerinnenattitüde hier in diesem Raum, ja!« Das hatte viel zu laut und herrisch geklungen. Fritz erschrak über sich selbst.

Stille. Inge rührte in ihrer Teetasse, Fritz spielte mit der Zuckerzange. Plötzlich ein ehrlicher Ton von Ingrid, plötzlich der leise Ton aus dem Abgrund der einsamen Erkenntnis: »Ich weiß, was los ist. Glauben Sie, ich bin so blöd, dass ich mir in meinem Alter, in meiner Situation, irgendwelche Illusionen mache? Gescheitert! Nie den Ansprüchen genügt! Glauben Sie, ich wüsste nicht, was echt ist und was Attitüde? Ich habe immer versucht, aufrecht durchs Leben zu gehen. Weitgehend ist mir das gelungen. Ich würde mich sehr freuen, die Amme zu spielen, und sei es nur in so einem armseligen Projekt mit Laienschauspielern. Ich würde so gern meinen Teil beitragen, diese dumme Feindschaft zu beenden. Falls Sie mich wollen, ich bin bereit. Falls nicht … es gibt Schlimmeres!«

»Natürlich spielen Sie die Rolle. Auf eine schöne Zusammenarbeit, Inge.«

Sie umarmten sich. Der abgestandene Geruch aus ihrem schwefelgelben Haar war Fritz nicht mehr unangenehm.

*

Fritz begrüßt auf dem Vorplatz seinen Freund Mogens. Er beugt sich geschickt zu ihm im Rollstuhl hinab und umarmt ihn.

Der streckt ihm lächelnd den hochgereckten Daumen entgegen: »Alles klar, ich hab ein schönes Interview mit dem Pfarrer von Sommerhausen, Herrn Windisch. Er hat mir einiges erzählt über diese zwei Dörfer, das ist viel Material. Alles läuft gut!«

Mogens positive Energie, die ihn trotz seiner Behinderung selten verlässt, ist für Fritz immer wieder ein Quell der Freude.

Rasch geht er in den Hinterhof, um das Rad abzustellen.

Was ist hier los? Seine Julia, Rosie Hartmann, sitzt zusammengesunken auf einem Mauervorsprung. Zitternd, tränenüberströmt. Die Eingangstür knallt mit einem Scheppern zu, Fritz hört aus dem Innern ein wildes Geschrei: »So eine blöde Ziege, typisch Sommerhäuser-Arroganz, so eine scheißblöde Kuh!«

Da geht die Tür wieder auf, ein junger Mann rast heraus, Erich natürlich.

»Das war die blödeste Idee, die Sie jemals ghabt ham, Herr Fichte! Ihr dolles Projekt, dieser Versöhnungsschmarrn, Verbrüderungsscheiß ist hiermit gescheitert! Ich lass mich doch ned verarschen!« Wie eine irrgewordene Hyäne tobt Erich wieder zurück durch die Tür.

Fritz zwingt sich zur Gelassenheit.

Es ist ja nicht das erste Mal, dass sein Romeo, Erich Lux, einen Tobsuchtsanfall bekommt. Erich und seine Allüren eines drittklassigen Provinztenors! Aber muss das unbedingt heute stattfinden, zwei Tage vor der Premiere? Dieser narzisstische Dreckskerl. Fritz nimmt Rosie in den Arm. Langsam beruhigt sie sich.

»Ich hab ihm bloß gesagt, dass er gestern bei *›Glaub lieber mir, es war die Nachtigall‹* mir wieder ins Wort gfallen is … und dann hat er wieder den falschen Text gsagt! Und ausgerechnet bei meinem *›Komm Nacht! Komm Romeo du Tag in Nacht‹*, da hat er hinter der Bühne einen Schuhlöffel falln lassn … aus Metall! Haben Sie des ned gehört? Das hab ich ihm gesagt und dann is er schon wieder ausgflibbd.«

»Rosie, du weißt doch, worum es geht. Nimm die Wut in dein Spiel, dreh sie um in eine hohe Spannung zu Romeo. Du hast es immer wieder erlebt in den letzten Monaten. Er geht dann doch super mit dir um, er weiß, dass er dich braucht, ihr spielt fantastisch miteinander, ihr zwei seid unschlagbar. Bitte, versuch das wegzustecken. Du kannst ihn ja nach der letzten Vorstellung erschießen, aber jetzt, bitte, geh rein und spielt miteinander!«

Den großen Zampano spielen, das liegt Fritz gar nicht. Er ist der festen Überzeugung, dass man mit geschickten Reden und Witz jeden Konflikt lösen kann.

Also, jetzt nur die richtigen Worte finden! Fritz betritt entschlossen das Haus und öffnet mit Schwung die Tür der Gemeinschaftsgarderobe. In der entferntesten Ecke des großen Raumes tigert Erich mit rotem Kopf hin und her.

Einige Mitspieler verdrehen die Augen, machen Gesten der Verzweiflung. Niemand sagt ein Wort.

Fritz nähert sich Erich vorsichtig wie einem menschenfressenden Saurier. »Erich, komm, beruhig dich, Rosie hat nur …«

»Die soll ihr Maul halten, die tut so als wär sie was Bessers.«

»Erich, du bist ihr wieder ins Wort gef…«

»Ach so, ich? Sie hat mir des falsche Stichwort … Sie haben des doch mitgekriegt und jetzt verteidigen Sie die auch noch! Sie haben sie immer verteidigt! Meinen Sie ich bin so blöd und krieg ned mit, dass die Ihr Liebling is? Verreck soll sie, die blöde Sau!«

Langsam kocht in Fritz Wut hoch.

Da stellt sich Erich provokant vor ihn hin. Er, der dem großgewachsenen Fritz kaum bis an die Schultern reicht. Mit schiefem Grinsen sagt er: »Mich wundert das eh, dass ausgerechnet so einer wie Sie eine junge Frau in Schutz nimmt.«

Fritz kann sich kaum noch beherrschen, mühsam hält er seine Stimme leise. »Wie meinst du das?« Er nagelt Erich mit seinem Blick fest. Diesen verlässt der Mut, er dreht sich linkisch weg, schlurft davon und murmelt vor sich hin: »Na ja, von einem Hinterlader kann man eh nix erwarten.«

Fritz sieht rot. Er schreit. Er, der sanfte, verständige Lehrer, der stolz darauf ist, während der Proben nie geschrien zu haben, schreit Erich eine Minute lang ohne Luft zu holen an.

Am Ende seines Ausbruchs ruft er keuchend, leer, ausgepumpt: »Das wars! Du kannst gehen! Geht alle heim! ›Romeo und Julia‹ findet nicht statt!«

Stille. Alle eingefroren.

Da geschieht etwas Unerwartetes.

Erich beginnt heftig zu atmen, schnell, immer schneller. Er hyperventiliert. Fällt um.

Tom stürzt sich auf ihn, schüttelt ihn.

Plötzlich zittert Erich wie ein Epileptiker. Tom nimmt ihn wie ein Baby in den Arm und Erich verfällt in einen Weinkrampf.

Alle starren auf ihren Regisseur. Wie reagiert er? Der schickt sie hinaus. Schweigend setzt sich Fritz neben Erich. Langsam beruhigt dieser sich. Er wagt es nicht, Fritz in die Augen zu schauen.

»Erich, was ist mit dir?« Schweigen. »Erich, da ist doch irgendwas, willst du's mir nicht sagen?«

Langes Schweigen. Tränen, Schlucken, Schniefen.

»Herr Fichte, ich ... ich weiß nicht, ich hab ... so ...«

»Angst?«

»Mhm ... ja, ich glaub schon.«

»Vor was denn?«

»Dass ich ... Herr Fichte, kann ich des irgendwie wieder gut machn, was ich zu Ihnen gsagt hab?«

»Nun, das war wirklich schlimm. Ich weiß nicht, ob ich das einfach so ...«

Erich schluchzt laut auf.

»Herr Fichte! Bitte! Nehmen Sie meine Entschuldigung an?«

»Wovor hast du Angst, Erich? Ich habe immer gedacht, du bist der Coolste hier, du kennst keine Hemmungen, du bist der Oberhirsch, also was ist?«

Lange Pause.

»Die Rosie ... also ich bin doch aus Winterhausen und die Rosie ist Sommerhäuserin, na ja ... und mein Vater sagt, wenn ich schon mit so einer zusammen spiel, dann soll ich sie fertig machn, ich soll sie an die Wand spieln.«

Fritz muss fast schmunzeln: »›An die Wand spielen‹, das hat er so gesagt?«

»Ja, wenn ich wüsst wie das geht ... und ich soll ja ned ... auf keinen Fall ... ich soll ... ned nedd zu ihr sein.«

Pause.

»Herr Fichte, wolln Sie immer noch, dass des Stück abgsagt wird?«

»Jetzt mal langsam! Hab ich euch nicht immer gesagt, wie idiotisch so eine Feindschaft ist? Und dass ihr euch selber weh tut, wenn ihr so was pflegt und immer und immer wieder diese blöden Gehässigkeiten, die nix, aber auch gar nix bringen. Jetzt hast du den Salat! Jetzt ist genau das eingetreten, was ich gesagt habe. Dir und mir und der Rosie und der ganzen Truppe geht's beschissen. Und kannst du, verdammt noch mal, nicht versuchen, netter zur Rosie zu sein, die ist doch ein tolles Mädel! Jetzt sag mal ganz ehrlich, ist die denn wirklich so schrecklich? Sag ehrlich!«

Da wird Erich knallrot und ruft überlaut: »Nein! Überhaupt ned!«

Jetzt fällt es Fritz wie Schuppen von den Augen, auf einmal weiß er, woher der Wind weht. Er ist überrascht, dass ihm das nicht eher aufgefallen ist. Erich ist in Rosie verliebt!

Er versucht, das Grinsen zu verkneifen.

»Erich, auch große Schauspieler haben immer irgendwie ein bisserl Angst vor der Premiere, das kann ich dir nicht nehmen.«

»Heißt das, dass wir doch spielen?«

Pause. Fritz will ihn noch etwas kochen lassen.

»Ich weiß ja nicht, ob der Herr Jungstar sich herablassen wird, mit diesem … diesem eigenartigen Regisseur weiterzuarbeiten und mit dieser so schrecklichen, abstoßenden, hässlichen, unbegabten Julia zusammen zu spielen.«

Erich schluckt heftig.

»Ich möchte unbedingt weiter machen. Machen wir weiter, bitte! Machen wir übermorgen Premiere, bitte!«

»Okay, Erich, wir machen weiter!«

Er sieht nun aus wie ein kleiner Junge, der seinen verlorenen Teddybären zurückbekommt. Ein weiches Bubenlächeln überzieht sein Gesicht. Ein tiefer Seufzer.

»So, jetzt gehst du und holst die anderen herein. Entschuldige dich auch bei ihnen. Und zieh dich schleunigst um, es ist schon spät.« Er hilft Erich wieder auf die Beine. »Übrigens, große Schauspieler machen ihrer verehrten Partnerin immer ein schönes, liebevolles Premierengeschenk.«

Da wird Erich wieder tiefrot und stolpert davon.

»Viel Gebete tun Not mir, um den Himmel zu bewegen, dass er auf meinen Zustand lächle«

Vor der Premiere

Wolfgang Hartmann, der Bürgermeister von Sommerhausen, steht bebend in Fritz' Garderobe. Ständig wischt er sich mit seinem karierten Taschentuch die Tränen aus den Augen. Er kann kaum sprechen und setzt wieder und wieder an. Fritz würde ihn gern hinauskomplimentieren, denn er ist durchgeschwitzt und müde. Aber er ist sehr glücklich, weil die Generalprobe fantastisch gelaufen ist.

»Herr Fichte, ich gratuliere! So was hab ich noch nie gesehen!«

Hat er denn schon so viel gesehen? In Boccaccis kleinem Theater musste er als Oberhaupt des Dorfes immer zu den Premieren gehen, aber sonst?

»Das ist sehr schön, dass es Ihnen gefallen hat, Herr Hartmann, aber das war ja erst die Generalprobe.«

»Das wird ein Riesenerfolg übermorgen, da bin ich ganz sicher. Und was haben Sie denn aus meiner Nichte gemacht? Sie ist so schön, so begabt. Und dann dieser schreckliche Selbstmord, da hab ich aufgehört zu atmen, das hat mich umgehauen.«

Bettina steckt den Kopf herein: »Herr Fichte, die Kollegen warten.«

»Kommen Sie noch mit in das Vereinsheim, Herr Hartmann?« Der zuckt zusammen. »Um Gottes Willen, nein!«

Na klar, das ist Feindesland, das wäre zu viel des Guten gewesen.

»Ich warte im Auto auf Rosie. Das wird toll übermorgen, also bis dahin.«

Schnell zieht sich Fritz um. Sein Kostüm ist nass vom Schweiß, denn die Hitze des Tages hat kaum nachgelassen, es ist auch um dreiundzwanzig Uhr noch drückend schwül. Alles hofft auf ein Gewitter.

Er geht aufgewühlt und freudig zu seiner zufriedenen, abgekämpften Spielerschar. Glückliche Gesichter. Diese Generalprobe war ein Abflug, denn jeder hat sein Bestes gegeben und alles hat funktioniert. So wird es auch bei der Premiere werden.

Aber nicht alle sind glücklich. Die abergläubische Ingrid macht ein sauertöpfisches Gesicht: »Na, das kann was werden, eine gute Generalprobe verheißt nichts Gutes!«

Was sehen da die müden Augen von Fritz? Auf einem Stuhl fläzt sich Erich, was macht er da? Er streichelt für einen Moment die Hand von Rosie, ohne dass die anderen es bemerken! Und Rosie sitzt mit steifem Rücken da. Sie wirkt so, als wäre sie nicht von dieser Welt – aber sie zieht ihre Hand nicht zurück.

»Liebe Leute, das war eine großartige Probe! Danke. Das einzige, was noch nicht so ganz hinhaut, ist die Applausordnung. Schaut euch das noch mal auf dem Zettel an. Die Herren Bürgermeister sind übrigens sehr zufrieden.« Kleine Notlüge von Fritz, denn mit Rainer Haas, dem Winterhäuser Bürgermeister, hat er noch gar nicht gesprochen, aber er hat ihn im Zuschauerraum lachen gehört.

Tom meldet sich grinsend: »Herr Fichte, Sie haben wieder vergessen, Ihren Ehering abzuziehen. Ein Pater mit Ehering!« Dieser Ring! Fritz war tatsächlich einmal verheiratet gewesen. Es war eine kuriose Scheinehe mit einer lesbischen Sportlerin. Aber den Ehering hat er nie abgenommen, aus »Sicherheitsgründen«, wie er es Mogens gegenüber formulierte.

Der spricht auch noch ein paar Worte.

»Ich weiß, wie schwer es manchmal für einige von euch war, dass immer die Kamera dabei war, aber ich verspreche euch, dass ich nichts zeigen werde, was jemanden diskreditiert oder ihm schadet. Na ja, vom Erich zeig ich alles, vielleicht kommt der dann ganz groß raus als Liebhaber oder bekloppter Bösewicht.« Erich reißt die Augen auf und grinst: »Ich, wieso?« Alle lachen.

»Jedenfalls danke ich euch von ganzem Herzen für die Mitarbeit. Wir filmen natürlich übermorgen die Premiere und dann werden wir das Material sichten. Ihr könnt euch schon darauf freuen, wenn wir hier oder in Sommerhausen das Werk vorstellen.«

»Lieber in Winterhausen!«

»Nix, in Sommerhausen.«

»Ich bin noch im Gespräch mit dem Sender, ob wir weiter machen und den Werdegang von einigen von euch verfolgen, zum Beispiel, ob Julia wirklich Schauspielerin wird. Oder Michi bei den Stones das Tamburin spielen wird. Also, danke. Bis Sonntag!«

Sie verabschieden sich gut gelaunt. Einige wollen noch auf einen

Absacker ins Vereinsheim, aber die meisten begeben sich erschöpft nach Hause. Fritz bemerkt mit Freude, wie sich Julia nun doch entspannt und Erich beim Abschied am Arm streichelt.

Jetzt braucht er unbedingt einen großen Humpen Wein. Schnell strampelt er mit dem Rad in Richtung Kneipe.

Verdammt, schon wieder geht das Licht nicht. Das Kabel am Dynamo ist herausgerissen, gestern war es doch noch in Ordnung.

Blitze am Nachthimmel.

Im Lokal ungewöhnlich viele Menschen. Die Fenster stehen weit offen, trotzdem dichter Zigarettenqualm. Laute Stimmen mischen sich mit dem entfernten, leisen Donner.

Fritz sperrt das Rad nicht ab und wirft sich ins Getümmel. Er erblickt Michi und Rainer Haas. Dieser ist umringt von Leuten, die höchst interessiert seinem Bericht lauschen. Aber vielleicht wollen sie nur hören, dass die schlechten Sommerhäuser auch noch schlechte Schauspieler sind. Haas lacht laut, seine Zuhörer wirken fröhlich und der Bürgermeister ist in seinem Element, er liebt das Bad in der Menge.

Als er Fritz entdeckt, streckt er ihm den erhobenen Daumen entgegen. Fritz kippt gierig ein Viertel Wein in sich hinein, lässt sich ein Käsebrot geben und setzt sich zu Michi. Doch plötzlich verschiebt sich die Aufmerksamkeit weg von Haas zu einer lauten, lallenden Stimme in der Tiefe des Lokals. Georg Lux ist völlig betrunken. »Ihr seid alle Arschlöcher, ihr habt keine Ahnung!« Er pflügt sich wankend durch die Menge, baut sich vor Fitz auf, schnauft schwer. Blutunterlaufene Augen, sein Atem stinkt nach Schnaps und Zigaretten. »Du hast meinen Erich versaut! Du Scheißschwuchtel hast meinen Erich versaut!« Und unvermittelt schlägt er Fritz mit der flachen Hand ins Gesicht. Durch den Schwung verliert er das Gleichgewicht und taumelt Michi in den ausgestreckten Arm. Einige andere Männer stürzen sich kampfbereit auf Georg und wollen ihn verprügeln. Fritz greift ein: »Lasst ihn, er soll heimgehen.« Die Männer nehmen Erichs pöbelnden Vater unter ihre Fittiche und transportieren ihn vor die Tür.

Ausgelaugt schüttet Fritz das nächste Glas Wein in sich hinein. Der Raum dampft von der Hitze trotz der geöffneten Fenster, Michi bestellt eine Lokalrunde »Willis«, alle reden aufgeregt und laut durcheinander, als ob sie den Vorfall wegschnattern könnten.

Rainer Haas ist auch nicht nüchtern, er setzt sich zu Fritz und Michi, die ›Willis‹ kommen. Der Bürgermeister legt leutselig den Arm um Fritz: »Zufrieden, Herr Fichte?«

»Na ja, einigermaßen.«

»Ich war noch nie im Theater, aber das hat mich umgehauen. Und ich schwör Ihnen, meine Frau wird übermorgen Rotz und Wasser heulen.«

Michi fragt grienend: »Kommst du mit deiner Frau?«

Unruhig flackern die Augen des Bürgermeisters: »Blöde Frage, freilich mit meiner Frau!«

»Entschuldigung, man wird doch noch fragen dürfen.«

Rainer Haas ist im ganzen Kreis bekannt für seine erotischen Eskapaden und es ist kein Geheimnis, dass seine Frau deswegen schon einmal mit den drei Kindern ausgezogen ist. Nach einigen Tagen kam sie aber wieder zurück.

Der Schnaps wird gereicht, Fritz stürzt ihn mit einem Zug hinunter, er ist bereits angeschlagen von dem schnellen Trinken. Er schwitzt übermäßig.

Plötzlich gibt es einen ohrenzerfetzenden Schlag wie eine Explosion. Der Donner des ersehnten Gewitters. Wie aus Kübeln fängt es an zu schütten. Blitze zucken in kurzen Abständen über den Himmel und erhellen den nahegelegenen Fluss. Der Donner ist so laut, dass man sich kaum unterhalten kann.

Stromausfall. Michi kräht: »Hoffentlich ist das bis übermorgen wieder gerichtet, sonst müssen wir bei Kerzenschein spielen.«

Der Strom kommt wieder, mit lautem Gejohle wird das kommentiert. Noch ein Schoppen. Und noch einer. Und noch ein Schnaps.

Fritz ist komplett betrunken, schläft fast auf seinem Stuhl ein. Michi schüttelt ihn, er steht mühsam auf und wankt durch den strömenden Regen zu seinem Fahrrad. Die kalte Dusche macht ihn wach, aber wo ist das Fahrrad? Es ist nicht mehr da! Fritz flucht laut vor sich hin, es ist ziemlich weit zu seinem kleinen Häuschen am Dorfrand. Was tun? Da entdeckt er das Rad in einem Graben, jemand hat es dort hineingeworfen. Er zieht es auf die Straße, steigt auf. Keine Luft in den Reifen. Die Ventile sind herausgeschraubt. Betrunken, müde, durchnässt und verärgert schiebt er sein Fahrrad nach Hause.

Das Gefühl des Sieges ist in die Gewitternacht entschwunden.

*

Samstagmorgen, sechs Uhr dreißig.

»Guten Morgen, liebe Zuhörer des Bayerischen Rundfunks. Wir bringen nun Kulturnachrichten aus München und Bayern. Das Münchner Theaterkollektiv ›Rote Rübe‹, mit aggressiv-grotesken Agitationsstücken erfolgreich, hat eine neue ›Straßenrevue‹ herausgebracht: ›Terror‹. Sadistische Carabineros tauchen ihr Opfer kopfüber in einen Eimer und fragen: ›Schmeckt Scheiße besser als Widerstand?‹ Angesichts der subventionierten Einfallslosigkeit und Langeweile des Münchner Theaterestablishments …«

»Um Gottes Willen, ich habe vergessen, den Radiowecker abzustellen.« Fritz fährt aus seinem bleiernen Schlaf hoch und schreit auf vor Schmerz. Es fühlt sich an, als würde eine Kreissäge durch seinen Kopf fahren.

»Und hier ein kleiner Vorbericht von unserem Mogens von Berg aus dem unterfränkischen Dorf Winterhausen, wo sich eine kleine kulturpolitische Theatersensation anbahnt.«

Er stellt elektrisiert das Radio lauter, taumelt stöhnend in die kleine Küche, reißt zwei Tabletten Aspirin aus der Schachtel und schluckt sie mit Wasser aus dem Hahn hinunter.

Mogens' Bericht ist noch zurückhaltend euphorisch, denn er will die Premiere nicht vorwegnehmen, aber er erwähnt alle Hauptdarsteller und vor allem Fritz sehr positiv. Doch was ist mit Fritz? Zitternd steht er vor seinem Bett, deprimiert, schlecht gelaunt. Ist es der Kater? Soll er sich noch mal ins Bett legen oder gleich aufstehen? Der Bericht erfreut ihn gar nicht. Er hat Angst.

Lieber Gott, lass morgen alles so gut gehen wie gestern Abend. Vielleicht hat Ingrid Recht und alles geht schief?

Fritz hangelt sich zur Toilette, ihm ist schlecht, sein Magen rebelliert, er übergibt sich, inklusive Aspirin. Das verschafft ihm etwas Erleichterung und er legt sich wieder ins Bett.

Um neun Uhr wird er vom Klingeln des Telefons geweckt.

»Na, alter Säufer, hast du meinen Bericht im Radio gehört?«

»Mogli … ich hab noch geschlafen. Woher weißt du, dass ich gesoffen habe?«

»Erstens kenn ich dich und zweitens war ich schon im Frühstücksraum, wo du und die Produktion das Tagesthema sind.«

»Oh Gott, Mann, mir gehts nicht gut …«

»Das ist ein guter Grund, dass ich dich zum Essen einlade, ich muss dir was Interessantes erzählen.«

Fritz bereitet sich ein kleines Frühstück zu und greift sich die Zeitung. Als er den Lokalteil aufschlägt, bekommt er einen Schock, ein großes Foto von ihm springt ihm entgegen. Ach ja, vor einer Woche hat er mit einem Reporter der »Main-Post« gesprochen, aber hat der auch fotografiert? Fritz kann sich nicht erinnern. Dass die das gleich so groß machen müssen. Aber ein bisschen fühlt er sich doch gebauchpinselt.

Nach dem ersten Schluck Tee kommen seine Lebensgeister zurück. So ein Zeitungsbericht, das ist hervorragend, da kommen die Leute, das wird ein Erfolg! Das wird ein Erfolg!

Und ein Szenenfoto von Rosie und Erich, natürlich auf dem Balkon. Wie sich Rosie wohl fühlt? Und Erich? Ach Gott, sein Vater! Was für ein Dummkopf! Jetzt fällt es Fritz wieder ein. Wie Vater und Sohn wohl miteinander zurechtkommen?

Das Telefon klingelt erneut. »Guten Morgen Herr Fichte, hier ist Hannelore Lux.«

Sein erster Gedanke: Warum ruft nicht ihr Mann an? Er müsste zu Kreuze kriechen.

»Darf ich Ihnen sagen, wie leid es mir tut, was gestern Abend passiert ist?«

»Na ja, Frau Lux, schöner wärs, wenn Ihr Mann mir das selber sagen würde.«

»Der ist weggefahren, hat sich ganz früh ins Auto gesetzt und ist los, er will ein paar Tage zu seiner Mutter nach Bad Mergentheim.«

»Kommen Sie denn morgen zur Premiere?«

»Ja freilich, ich lass mir doch den Erich als Romeo nicht entgehen.«

»Kann ich ihn mal sprechen?«

Frau Lux lacht etwas zu laut: »Der ist im Steinwerk und will da irgendwas basteln.«

»Ja, Frau Lux, dann freu ich mich, Sie morgen zu sehen, schönen Tag.«

Die heiße Dusche spült Fritz' schlechte Laune weg. Ein Spaziergang, das wird jetzt guttun.

Es hat nach dem Gewitter abgekühlt, das Blau des Himmels sieht aus wie mit einem Glasreiniger geputzt. Die Luft kann man schlürfen wie frisches schattenkaltes Quellwasser.

Fritz stellt das demolierte Fahrrad, das er in der Nacht wütend neben die Tür geworfen hat, ordentlich an die Wand.

Er holt die Post aus dem Briefkasten. Rechnungen, Werbung, ein Brief von seiner Mutter, im Stehen reißt er ihn auf, darin eine Ansichtskarte aus München: »Alles Gute« von Mama. Ein warmes Gefühl durchflutet ihn, er freut sich schon darauf, wenn seine Mutter zur letzten Vorstellung kommen wird.

Dann eine Ansichtskarte, auf der Julias Balkon in Verona abgebildet ist. Kein Absender, keine Unterschrift, nur eine merkwürdige Information: »4. Akt / 3. Szene Vers 2354«.

Was bedeutet das? Die Karte ist in München gestempelt.

Fritz steckt sie stirnrunzelnd mit der anderen Post in seine Windjacke und marschiert los.

Von seinem Häuschen braucht es nur wenige Schritte, um in der Natur zu sein. Fritz will niemandem begegnen.

Aus einem kleinen Garten, der von einer alten hüfthohen Mauer umgeben ist, weht ein leichter Hauch von Rosen. Mauerwurz und Heckenrosen nisten in den Spalten. Sie verdecken einen Stein mit einer kaum erkennbaren verwitterten Jahreszahl: 1525.

Diese uralte Mauer bringt Fritz oft zum Grübeln. 1525, das ist genau 449 Jahre her. Bauernaufstände, Martin Luther. Der Reformator und Revolutionär Thomas Müntzer in Franken.

Sommer- und Winterhausen hatten sich sehr früh der neuen Bewegung angeschlossen, wurden protestantisch und blieben es bis heute. Der wilde Florian Geyer, ein Anführer der Aufständischen, hatte hier gewirkt.

Liegt in dieser Zeit der Ursprung für die Feindschaft zwischen den Dörfern? Hat sich vielleicht das eine Dorf auf die Seite der Fürsten geschlagen und war mitverantwortlich für das Köpfen, die Scheiterhaufen, die Schändung von Frauen und ähnliche Gräuel? Waren diese Mauersteine mit Blut besudelt?

Fritz ahnt, dass er tief graben muss, um den Ursprung des Konfliktes herauszufinden. Er nimmt sich wieder einmal vor, endlich im Archiv des Dorfes nachzuforschen oder sogar im Staatsarchiv in München.

Nach einigen Minuten strammen Gehens dreht sich Fritz um, sein Blick gleitet über das sonnensatte Flusstal. Wie hat Mogens es genannt? Ein »architektonisches Wunderwerk der Natur«. Was für eine harmonische Pracht. Die beiden Dörfer schmiegen sich an die Ufer des Flusses wie Vogelnester.

Er sinniert: Sie glänzen, als ob sie sich für die Premiere morgen extra herausgeputzt hätten. Sie strahlen einen tiefen Frieden aus – aus der Ferne.

Dann reißt er sich von der Aussicht los, will noch ein Stück gehen, auch wenn die Hüfte sticht, denn die Bewegung tut gut und der schneidende Kopfschmerz lässt nach.

Unvermutet steht er am Rand eines Steinbruchs. Er nähert sich vorsichtig der Felskante und blickt hinunter. Ein Zittern geht durch seinen Körper, zwanzig Meter unter ihm das schwarze Wasser eines kleinen Sees.

Das Gejohle von ein paar Jungen, die in das eiskalte Wasser springen, dringt zu ihm hinauf. Da erblickt ihn einer der Badenden und winkt ihm zu: »Hallo, Herr Fichte, kommen Sie runter! Baden!«

Nie, nie könnte er da hineinspringen. Der kalte Schweiß bricht ihm bei diesem Gedanken aus, er hat Angst vor engen Räumen, Angst vor schwarzem Wasser.

»Herr Lehrer, super Artikel in der Zeitung!«

»Herr Lehrer, dolle Sendung im Radio! Super! Kommen Sie, das Wasser ist gar ned kalt.«

»Machts gut und passt auf euch auf! Bitte!« Fritz zieht sich ängstlich zurück und geht weiter.

Wie von einem Magnet angezogen geht er an der Auffahrt zum Steinwerk vorbei und tatsächlich, in diesem Moment kommt Erich auf seinem Fahrrad aus dem Tor.

Zuerst bemerkt er Fritz nicht und rast wie ein Verrückter an ihm vorbei, dann bremst er schleudernd ab, dreht sich um und grinst ihn an.

»Herr Fichte!« Erich wirkt aufgeregt. »Herr Fichte, ich weiß, was da los war gestern im Vereinsheim … aber mein Papa ist ja weggefahren«, dann, wie zu sich selbst: »Gott sei Dank.«

»Ach, Erich, am besten wir reden nicht darüber. Ich kann mich ja nach der Premiere mal mit deinem Vater treffen. Aber was hast du da auf dem Gepäckträger?«

Erich läuft knallrot an, verlegen schaut er in die Ferne. »Versprechen Sie mir hoch und heilig, dass Sie niemandem was erzählen?«

»Das verspreche ich dir bei allem, was mir heilig ist.«

Erich nimmt die kleine Pappschachtel, die auf den Gepäckträger geschnallt ist. Er öffnet sie mit bedachtsamen Griffen und holt etwas Schweres, in Seidenpapier gewickelt, heraus. Er blickt Fritz tief in die Augen, jetzt ganz sicher und souverän:

»Mein Premierengeschenk für Rosie.«

Er hält es ihm mit beiden Händen hin wie ein Diadem aus den Kronjuwelen. Doch es ist viel wertvoller. Ein hellblaues Ei aus Stein, groß wie ein Gänseei und blankpoliert.

Fritz ist überwältigt. Er muss schlucken, jetzt bloß keine Tränen vor Rührung.

»Das ist blauer Marmor aus Brasilien, ganz selten und wertvoll. Das wollte ich zur Innungsprüfung vorlegen und jetzt kriegts meine … äh … die Rosie.«

Behutsam verstaut Erich es wieder, schwingt sich aufs Rad und rast grinsend davon.

Fritz schlendert verzaubert weiter. Der Hüftschmerz ist weg.

Als er durch die Siedlung läuft, rufen wohlwollende, gut gelaunte Menschen aus Fenstern, Haustüren und Gärten. »Toi, toi, toi für morgen! Wir sind alle schon sehr gspannt, Herr Lehrer!« Zeitung und Rundfunk zeigen offensichtlich ihre Wirkung.

Zu Hause kramt er sofort das Reclam-Heft von »Romeo und Julia« heraus und schlägt 4. Akt / 3. Szene, Vers 2354 auf: *»Mein düstres Spiel muss ich allein vollenden.«*

Was, um Himmels Willen, soll denn das bedeuten? Er wirft die Karte in den Papierkorb, will sich nicht mit negativen Gedanken belasten.

Da ertönt eine Autohupe. Es ist Mogens mit seinem Spezialauto für Behinderte. Da Fritz kein eigenes Auto besitzt, ist er manchmal auf Mogens angewiesen. Das behagt Fritz allerdings gar nicht, denn sein Freund fährt mit diesem kuriosen Gefährt wie ein Rennfahrer und hört dazu Musik in unbeschreiblicher Lautstärke. Sein ganzer Stolz ist ein neuer Uher-Kassettenrekorder mit dem er alles aufnimmt, was nur im Entferntesten nach Rockmusik klingt, um es dann in seiner Sendung zu präsentieren. Als ob es ein neues Weltwunder sei, führt er Fritz alle technischen Möglichkeiten des Apparats vor. Doch der hat dafür im Moment kein Interesse.

»Bitte, Mogli, ich will nur ›Stairway to heaven‹ hören. Und fahr nicht so wild, bitte.« Fritz lässt sich im engen Sitz zurückfallen. Dieses Lied, ihr gemeinsames Lied, tausendmal gehört, ist für die zwei Freunde zur Privathymne geworden.

»Das spielen wir morgen, das ist das Lied für die Premiere. Stairway in den Theaterhimmel! Jetzt musst du unbedingt die neue Black-Sabbath-Nummer hören, ›Paranoid‹, irrsinnig toll. Und dann spiel ich dir noch drei neue Nummern vor: ›I shot the sheriff‹, ›Killing me softly‹ und …«

»Theo, wir fahrn nach Lodz«, ruft Fritz.

Beide müssen lachen.

»Mogli! ›Shot, killing, black, paranoid‹, was ist das für ein gespenstisches Zeug, das brauch ich jetzt nicht, machs aus und erzähl mir deine interessanten Geschichten.«

»Nachher beim Essen, okay?«

Als sie das Restaurant mitten in den Weinbergen von Würzburg erreichen, kommt sofort der Geschäftsführer zum Auto gelaufen.

»Grüß Gott, Herr von Berg, schön dass Sie uns wieder mal beehren und mit so einem berühmten Kollegen! Grüß Gott, Herr Fichte!« Fritz ist perplex und verlegen, diese Begrüßung kann nur eine Folge des Fotos in der Zeitung sein.

Mogens schmunzelt. »Ich hab uns schon angekündigt, Fritz. Wie du weißt, bin ich öfter hier. Das einzige, ich betone, das einzige Lokal in der Gegend, wo man als Rollstuhlfahrer willkommen ist, wo man nicht hinter seinem Rücken hört ›Beim Adolf hätts das nicht gegeben‹.«

Ein schattiger Platz in der vordersten Reihe der Terrasse mit Blick über die Stadt. Spargelcremesuppe, saure Zipfel und dieser herrliche Frankenwein. Halt! Fritz zögert kurz. Eigentlich will er nicht schon wieder Alkohol trinken, er hat noch einen Rest von gestern im Kopf … Ach, was solls, hier gibts den besten Wein der Welt. Also bestellt Fritz einen Schoppen unter dem skeptischen Blick seines Freundes. Mogens trinkt nie Alkohol.

»Schieß los, Mogli.«

»Wusstest du, dass Werner Hartmann einen unehelichen Sohn hat?«

»Wow, wie aufregend, so was soll öfter vorkommen.«

»Ist dir Andreas Neuber ein Begriff?«

»Ja, von dem hat die Unbühl erzählt. Der war bei der Brückeneinweihung anwesend. Der Sohn von Frau Neuber, die vor zwei Jahren gestorben ist.«

»Genau. Und die Geschichte geht so: Die Emmi, die Mutter von Andreas, war mit einem gewissen Severin Neuber verheiratet. Der wurde im Krieg schwer verwundet. Er hat diesen Schock nie überwunden und nach seiner Rückkehr hat er jahrelang mit schlechter Laune und Trübsinn seine Frau terrorisiert. Sie floh immer wieder in die Stadt und lernte dort den Scherenschnitt und die Liebe. Das heißt sie hatte ein Affäre mit … rate!«

»Werner Hartmann. Meinst du, ich kann noch ein Viertel bestellen?«

»Ich meine nichts, du meinst.« Mogens hat schon längst resigniert, was dieses Thema anbelangt. Er hat gelernt, dass man mit alkoholgefährdeten Menschen nicht diskutieren kann.

»Mogli, mich interessieren diese Dorfgeschichten sehr, aber heute hab ich gar keinen Nerv dafür, machs bitte kurz.«

»Ich erzähl dir das auch nur, weil du unbedingt wissen willst, wo diese Abneigung gegen die Sommerhäuser herrührt. Jedenfalls hat die Emmi Neuber angegeben, dass ihr Kind, der Andreas, nur das Kind von ihrem Mann sein konnte, obwohl jeder im Dorf gewusst hat, dass das nicht möglich war, denn die Kriegsverletzung vom Severin hatte ihn zeugungsunfähig gemacht. Er ist dann auch ein Jahr nach Andreas Geburt gestorben.«

Plötzlich schüttelt Fritz lachend den Kopf: »Mein Romeo, der Erich, ist kein echter Winterhäuser, sondern ein Italiener, und dieser Andreas ist auch ein – das heißt im alten Deutsch ein Kegel, ein uneheliches Kind! Wenn das so weitergeht mit den Enthüllungen, stellt sich raus, dass alle jahrhundertealten Streitereien unsinnig sind, weil es sowieso keine echten Sommerhäuser und Winterhäuser gibt. Das ist wie im Theater, nichts ist wahr, alles ist Schein. Wie mein Freund Shakespeare schon sagte: ›Die ganze Welt ist Bühne.‹«

»Dieser Andreas hat nie erfahren, dass der Werner Hartmann sein leiblicher Vater ist.«

»Ach komm, das ist sehr unwahrscheinlich. In so einem Kaff bleibt nichts geheim. Er ist bestimmt damit gehänselt worden.«

»Ich erzähl ja auch nur Gerüchte, da is nix bewiesen.«

»Und von wem hast du das alles erfahren?«

»Unbühl. Und, du wirst lachen, vom Pfarrer Wagner!«

»Der kennt bestimmt alle Winterhäuser-Dorfgeschichten. Aber gibt es nicht auch bei den Protestanten ein Beichtgeheimnis?«

Mogens grinst: »Vielleicht ist das bei denen nicht so bindend? Jedenfalls war Andreas, als er dreiundzwanzig Jahre alt war, vor drei Jahren, mit einer Tochter von einem Nürnberger Großgastronomen verlobt. Alles wunderbar, große Zukunft. Und dann sind die beiden zu einem Grillpicknick in den Wald gefahren, es entsteht ein Waldbrand und statt der Würstel wird die Verlobte gegrillt.«

»Mahlzeit!«

»Verzeihung. Hab vergessen wie sensibel du bist. Also: Sie kommt in dem Flammeninferno um. Andreas kann sich retten. Er kommt vor Gericht, zeigt sich offenbar komplett geschockt von dem Vorfall und wird freigesprochen.

Kurz danach muss es einen dramatischen Streit zwischen Emmi, seiner Mutter, und ihm gegeben haben, denn sie wusste, dass er pyroman veranlagt war. Er sagt sich von ihr los. Kurz darauf stirbt sie an gebrochenem Herzen.«

»Das ist eine tolle Geschichte, aber das kann nicht der Kern des Konflikts zwischen den Dörfern sein.«

»Nein, Fritz, aber ein kleiner Mosaikstein, und wer weiß, was da noch alles unter der Oberfläche brodelt.«

»Da brodelt noch viel, das ist so wie überall auf der Welt, in Ouagadougou und jedem Igludorf und in New York und Wladiwostok. Wo lebt dieser Mensch eigentlich?«

»In München, sagt die Unbühl.«

»Oh, Mogli, erwähne diese Stadt nicht! Ich habe so eine große Sehnsucht nach München, ich muss wieder mal raus hier! Oh Mann, Bayern München Europapokalsieger und in zwei Wochen Weltmeisterschaft, ich glaube ich muss bald dorthin und Fußballatmosphäre schnuppern.«

»Du bist gut, jetzt machst du erst mal eine weltmeisterliche Premiere. Ich würde dich dann gern nach München mitnehmen, aber du hast ja noch die Vorstellungen.«

»Du hast recht. Auf morgen! Mein Glas ist schon wieder leer. Herr Ober, noch ein Viertel!«

Das dritte Glas in kurzer Zeit … Mogens schaut verkniffen weg, er möchte gern etwas sagen, immer wieder ärgert ihn der verantwortungslose Umgang seines Freundes mit Alkohol, aber Mogli schluckt alles hinunter und tut so, als wäre nichts.

»Aber noch mal zurück zum ›brodeln‹. Du hast doch den Pfarrer interviewt. Was hat der zum Thema Feindschaft gesagt?«

»Er sagt, dass das alles aus der Konkurrenz der beiden Dörfer herrührt. Sommerhausen war immer der privilegierte Ort. Winterhausen immer auf der Schattenseite. Der Sandboden von Sommerhausen macht die Leute leicht und schnell, der Lehmboden von Winterhausen macht seine Bewohner schwerfällig. Hier habe ich etwas Wunderbares im Dorfarchiv gefunden, das werde ich in meine Dokumentation einbauen. Das ist ein Brief von 1887, den der damalige Pfarrer Bock an das Konsistorium in Bayreuth geschickt hat. Er berichtet über die Eigenart der Winterhäuser Gemeinde. Ich finde, das Schriftstück sagt viel:

›Andererseits fällt sie, die Winterhäuser Gemeinde, durch eine konservative Schwerfälligkeit und eine gewisse Wertschätzung der Sitten auf, im Gegensatz zu den rechts des Maines wohnenden Ortsnachbarn. Ein äußeres Bild dafür ist schon die enge, gedrungene Bauart des Marktes und die Gleichartigkeit fast sämtlicher Dächer und Giebel, die von der Höhe besehen ein eintöniges, geradezu düsteres Bild im Gegensatz zu dem buntbewegten Gesamteindruck von Sommerhausen geben. Zur Gewalttätigkeit gesellt sich leicht Härte und unbarmherziger Geiz. Der größte Teil der Einwohnerschaft gehört zu dem minderbemittelten Bürgerstand, der sich durch einen eisernen Fleiß emporzuarbeiten bestrebt. Dieser Fleiß nimmt leider oft den Charakter einer zusammenraffenden Habsucht an, der nicht zurückschreckt auf Kosten der Ehrlichkeit schneller zu Besitz zu gelangen.‹«

Fritz muss wieder lachen: »Das ist gar nicht so falsch beschrieben, auf der anderen Seite stimmt es natürlich ganz und gar nicht.«

»Ja, aber da sind noch tiefere Gründe für die Animositäten. Es gab immer wieder Streit wegen der Fähre, es wurden eigenmächtig auf beiden Seiten die Anlegestellen verlegt. Und ein Hauptmotiv ist in der Zeit der Reformation zu suchen: Die beiden Dörfer waren protestantisch. Aber Winterhausen wollte in der Gegenreformation wieder katholisch werden, was aber nicht möglich war, denn die Grafen Rechteren-Limpurg, denen das Dorf gehörte, residierten in Sommerhausen und blieben protestantisch.

16. Jahrhundert. Zeit der Reformation in Franken, Bauernkriege, das Land ist im Ausnahmezustand. Sommerhausen und Winterhausen sind Lehen der Grafen, die sich den Lutherischen angeschlossen haben. Du weißt: Cuius regio eius religio.«

»›Wessen Gebiet, dessen Religion‹, oder: ›Wes der Fürst, des der Glaub‹.«

»Brav, Fichte, setzen! Eins! Man merkt, dass du auch Geschichte studiert hast.«

Mogens fuhr fort: »Und dann kam die Gegenreformation. Die ganze Gegend um Sommerhausen und Winterhausen herum wird wieder katholisch, nur die Grafen Rechteren-Limpurg widersetzen sich. Sie bleiben protestantisch, das hat irgendwas mit dem Monopol auf das Weingeschäft zu tun. So, und jetzt kommts! Es gibt in Winterhausen ein Nest von Katholiken, die in Guerrillamanier immer wieder in Sommerhausen einfallen und Terror ausüben. Als Antwort des protestantischen Grafen kommt es 1525 zu einem Massaker in Winterhausen, wo nicht nur die widerständigen Katholiken getötet werden, sondern auch viele unbeteiligte Dorfbewohner, also Protestanten. Aber du hättest den Pfarrer Wagner sehen sollen, als er das erzählt hat. Er will immer noch nicht verstehen, dass auch seine Reformierten zu solchen Gräueltaten fähig waren. Hier hast du den Kern für alle Schwierigkeiten, Fritz! Aber meine Hauptfrage an dich ist: selbst wenn du die Ursache jetzt gefunden hast, was hilft es dir, die bestehende Feindschaft zu beenden?«

»Na ja, das klingt alles sehr plausibel, was du erzählst, aber ich will noch mehr wissen, will noch tiefer in der Vergangenheit graben, erstens einfach aus dem Grund, weil es mich historisch interessiert, woher diese Menschen kommen, was das für ein merkwürdiger Menschenschlag ist. Denn manchmal frag ich mich hier, ob ich mich nicht in einem anderen Sonnensystem befinde und dann, Mogli, lach nicht, ich habe so einen fernen Gedanken, dass ich ein historisches Stück schreibe, das man dann jedes Jahr hier aufführen könnte.«

»Ich lache gar nicht, das ist eine großartige Idee. Aber es kommt noch ein starkes anderes Motiv für den Konflikt hinzu, das du in deinem Stück wahrscheinlich nicht verwenden kannst. Der Neid und die Eifersucht auf das andere, schönere Dorf Sommerhausen zieht sich wie ein roter Faden durch die Geschichte von Winterhausen. Das strahlende Nachbardorf wird nach dem Krieg immer mehr herausgeputzt, wobei die Familie Hartmann eine große Rolle spielt. Die reißen sich Ländereien unter den Nagel und bauen ihre Weinberge aus. Es gibt eine große Landreform, eine sogenannte Flurbereinigung, bei der die Weinberge vergrößert werden und die Hartmanns immer reicher. Also ›zusammenraffende Habsucht‹, wie Pfarrer Bock über die Winterhäuser schrieb, gibts auch im anderen Dorf. Pfarrer Wagner hat eine Andeutung gemacht, dass zum Beispiel der Wolfgang Hartmann, der Onkel von Rosie und Bürgermeister von Sommerhausen … du weißt wer das ist?«

»Als ob ich das nicht wüsste, du Depp!«, lacht Fritz zu laut. »Der war gestern total aus dem Häuschen nach der Generalprobe. Blöde Frage, Doofkopf.« Ihm verrutscht der Ton, der Alkohol zeigt Wirkung.

Mogens fährt unbeirrt fort. »Jedenfalls war der charmante, unbestechliche Wolfgang Hartmann ein starker Befürworter des Brückenbaus und dafür muss unterm Tisch ziemlich viel Geld geflossen sein. Das pfeifen die Spatzen von jedem Dach.«

Sie sind mit dem Essen fertig, Fritz hat ein rotes Gesicht, er schielt leicht.

»Jetzt brauch ich einen Fernet für den Magen.«

»Fritz, muss das sein?«

»Oh Mann, du immer, ich brauch was zum Verdauen!«

Nach dem Unfall im LSD-Rausch hat Mogens keine Droge, keinen Alkohol und keine Zigarette mehr angerührt. Stattdessen hatte er sich intensiv mit dem Suchtthema auseinandergesetzt und er versuchte, auch in seiner Jugendsendung immer wieder Bezug darauf zu nehmen, in der Hoffnung, dass er bei den Jugendlichen ein kleines bisschen aufklärend wirkt. Aber viele dumpfe Reaktionen lassen ihn in dieser Frage oft resignieren. Umso mehr macht ihm der übermäßige Alkoholkonsum seines Freundes zu schaffen.

Fritz kippt den Schnaps in einem Zug hinunter. Plötzlich wird er totenblass und rennt zur Toilette. Mogens sitzt hilflos in seinem

Rollstuhl. Er wird immer wütender. Der Geschäftsführer, der alles registriert hat, will ihm helfen, aber Mogens winkt barsch ab. Nach einer langen Zeit kommt Fritz zurück, käsig im Gesicht, wässrige Augen, feuchte Haare.

»Entschuldige, Mogli.«

Mogens wird scharf: »Was heißt ›entschuldige‹, da sitzt ein viel tieferes Problem als ein ›entschuldige‹ lösen könnte.«

»Ach komm, das ist die Hitze, der gestrige Abend, die Anspannung, da macht der Kreislauf schlapp und mir tut die elende Hüfte weh.«

»Fritz! Alkoholikergeschwätz. Komm hilf mir, falls du noch kannst. Wir gehen, nein, du schwankst und ich fahre im Rollstuhl. Hinkende Alkoholikerschwuchtel schiebt hässlichen Krüppel. Ich habe schon gezahlt.«

Die Heimfahrt verläuft schweigend.

Fritz verschläft die Stunden bis zum späten Nachmittag wie ein Toter, dann duscht er heiß und kalt und trinkt einen kräftigen Kaffee.

Mit einem Mal weiß er nichts mehr mit sich anzufangen. Kein Fußball im Radio. Den Text von Pater Lorenzo will er nicht schon wieder memorieren. Die Zehennägel sind geschnitten, das Geschirr ist abgewaschen und Staubwischen wäre lächerlich.

Er ruft bei seiner Mutter in München an. Enttäuscht legt er auf, als sie sich nicht meldet. Was tun? Was machen all die anderen? Autowaschen, einkaufen, Gartenzaun streichen, streiten?

Es ist das erste Mal seit Monaten, dass sein Telefon nicht permanent klingelt: »Herr Fichte, ich kann heut nicht zur Probe kommen, mein Sohn / Mutter / Mann / Pferd ist krank.« – »Herr Fichte, ich kann morgen nicht kommen, ich hab keinen Babysitter / Auto kaputt / Besuch bekommen / Dach eingestürzt / Hund überfahren / Kuh kalbt …« Tausende Fragen, Bitten und Forderungen, und Fritz hatte alles geduldig ertragen und beantwortet.

Und heute? Kein einziger Anruf.

Dieses Gefühl von Leere und Langeweile ist Fritz fremd. Der Ballast der Verantwortung für die Theaterproduktion drückt ihn, die Spannung mit Mogens.

Er setzt sich auf seine kleine Terrasse, starrt vor sich hin. Von ganz weit her aus einem anderen Universum kommen ihm Tränen. Die dunkle Welt des Fremdseins auf diesem Planeten stürzt auf ihn ein. Verfluchte Empfindsamkeit. Verfluchte Gefühligkeit. Verdammtes Alleinsein. Verdammte Verletzbarkeit. Angst, Angst, Angst … wovor?

Da zerreißt der schrille Ton der Türklingel die Stille. Er schleppt sich zur Tür. Was ist das? Ein Fleurop-Auto. Ein gut aussehender junger Mann mit langen, leuchtend blonden Haaren steht vor der Tür. Ein Blumenbote.

Dieser starrt ihn mit großen blauen Augen an. Fritz starrt mit feuchten Augen zurück – es knistert in der ersten Sekunde, es flickert, es flackert, es begehrt.

»Herr Fichte?«

»Ja?«

Fritz würde den Jungen am liebsten sofort in sein Schlafzimmer zerren.

»Ich hab einen Blumenstrauß für Sie.«

»Was sonst, wie der Gerichtsvollzieher sehen Sie nicht unbedingt aus.«

Wie der lacht!

»Sind Sie extra am Samstagnachmittag hierher gefahren?«

Was kann ich tun, dass der hier bleibt? Diese Augen! Der macht mich verrückt!

»Kommen Sie doch kurz rein, im Haus ist es nicht so heiß.«

Fritz packt den Strauß achtlos. Er nimmt gar nicht wahr, was für ein wunderschöner, knallbunter Wiesenstrauß es ist. Und der Absender interessiert ihn auch nicht, er hat nur Augen für den hübschen Jungen.

Fritz unterschreibt den Lieferschein, seine Hand zittert.

Und jetzt? Sag irgendetwas, Fritz! Schnell!

»Wollen Sie morgen zu unserer Premiere von ›Romeo und Julia‹ kommen? Ich hätte noch eine Karte für Sie.«

Der junge Mann schluckt und stottert konsterniert: »Ich … ich … ja, ich würde gern kommen.«

Kleine Schweißperlen auf seinem flaumartigen Oberlippenbart

»Das ist großartig, ich lass die Karte auf Ihren Namen zurücklegen, wie heißen Sie?«

Geschafft, Fritz!

»Willi, Willi Zettel.«

»Was?!«

Fritz schreit so laut, dass ein pickendes Spatzenpaar vor der offenen Eingangstür erschrocken aufflattert.

»Was haben Sie gesagt? Wie heißen Sie?«

Fritz' Lachen klingt wie das Wimmern eines hungrigen Babys.

»Wilhelm Zettel, was ist da dran so witzig?«

»Alles! Willi, alles!«

Sein sonderbares Lachen steigert sich.

Willi steht mehr und mehr verdattert im Hausflur.

»Das kann kein Zufall sein, Willi. Willi, das ist diesmal kein Schnaps, das ist William Shakespeare und Zettel, so heißt die Figur aus dem Sommernachtstraum. ›Zettels Traum‹!«

»Herr Fichte, ich muss weiter, ich freu mich auf morgen.«

Willi gibt ihm seine Hand und sie lassen ihre Hände länger ineinander liegen, als es schicklich ist.

Bedächtig schließt Fritz die Tür und fängt wieder an zu lachen, laut, dröhnend laut.

»Ein Traum, Zettels Traum!« Sein bedrückendes Gefühl des Fremdseins ist mit dem Fleurop-Auto verschwunden.

Die gute Laune wird noch größer, als er die Karte zu dem Blumenstrauß liest: »Toi, toi, toi für morgen wünschen von ganzem Herzen Mama, Irene und Richard.«

Nun weiß er, was er machen wird – gar nichts. Oder besser gesagt, er wird sich's auf dem Sofa gemütlich machen, einen Tee – keinen Alkohol. Musik, ein Buch. Welches Buch? Natürlich die Sonette, Shakespeares Gedichte für seinen angebeteten »fair boy«.

Akribisch richtet Fritz den Tee, dazu die hauchdünnen feinen englischen Plätzchen. Doch keine Musik. Ruhe. Leise, zaghafte Vorfreude auf Willi.

Als er seine langen Glieder auf dem Sofa platziert hat, beschleicht ihn eine entspannte Müdigkeit, er kann kaum den Zeilen folgen.

Sonett 150

Zu jung ist Liebe, weiß noch nichts von Sünde,
und doch entstammt die Sünde ihrer Huld.
...
den Sieg der Lust, nichts hält sie ab vom Zie...

Ob Willi morgen kommt?

Zufriedenheit erfüllt Fritz, gepaart mit gespanntem Hochgefühl für den morgigen Tag.

Sonett 129

Des Geistes Sturz in unermeßne Schmach,
Das ist die Tat der Lust, und bis zur Tat
Voll Mord und Meineid, Blut und Ungemach,
Wild, maßlos, grausam, roh und voll Verrat;

Warum habe ich ausgerechnet das aufgeschlagen? Nein, heute nichts mehr, nichts …

Er schläft ein, die Anstrengung der letzten Monate fordert ihren Tribut. Das Telefon läutet, er geht nicht dran. Weit entfernt eine Polizeisirene, es interessiert ihn nicht. Fritz schläft fast zwölf Stunden, nur einmal geweckt von Hubschrauberlärm.

»Denn du wirst ruhn wie frischer Schnee auf eines Raben Rücken«

Tag der Premiere
Pfingstsonntag 1974.

Der Morgenhimmel wölbt sich königsblau über dem Fluss. Das Tal vibriert vor Erwartung. Kirchenglocken rufen zum Pfingstgottesdienst.

Bei den Menschen im Kirchenhof ist die Anspannung mit Händen zu greifen. Alles schnattert durcheinander, es gibt nur ein Thema, die Premiere. Die Dörfler sind feierlich gekleidet, man hat den Eindruck, noch feierlicher als sonst an so einem Tag. Alle, alle sind gekommen – nur Fritz nicht. Er hatte sehr früh im Dorf klargestellt, dass er aus der Kirche ausgetreten ist und dank Pfarrer Wagners liberaler Einstellung wurde das von den anderen Bewohnern auch einigermaßen akzeptiert. Wagner ist ein aufgeschlossener Kirchenmann und pflegt ein freundschaftliches Verhältnis zu Fritz. Er hatte bei ihm sofort einen Stein im Brett, als Fritz erfuhr, dass er in einer legendären Predigt über verschiedene Lebensformen sprach und über die dafür notwendige Toleranz.

Und heute zieht Pfarrer Wagner in seiner Predigt sogar eine Verbindung zwischen dem Pfingstwunder und der Sprache Shakespeares. Er betet, dass der Gottesgeist als »Kraft aus der Höhe« auf alle Beteiligten des Theaterstücks komme. Als er mit Nachdruck sagt: »… auch auf alle Beteiligten aus Sommerhausen«, geht ein überraschtes Raunen durch die Versammelten. Zum Abschluss bittet er um den Segen für eine schöne, spannende Theaterpremiere. Angeregt plaudernd strömen die Menschen aus der Kirche.

Fritz hat während des Frühstücks seinen Part als Pater Lorenzo noch einmal konzentriert durchgearbeitet. Er versteht nicht, dass er nicht nervös ist. Ist das ein gutes Zeichen? Man muss doch vor der Premiere nervös sein!

Obwohl … er spürt ein starkes Herzklopfen, aber aus einem anderen Grund. Willi! Ob er kommt? Ob das was werden kann? Fritz seufzt tief. Seine große Sehnsucht nach Wärme, nach Geborgenheit sprudelt in ihm hoch. Endlich mal eine feste Beziehung haben! Einen Menschen, der auf dich wartet! Endlich mal ein geregeltes Sexualleben.

Das Telefon klingelt. »Herr Fichte, hier ist die Rosie. Sie haben gesagt, ich darf Sie jeder Zeit anrufen!«

»Ja, Rosie, um Gottes Willen, ist was passiert?«

Sie kichert.

»Nein, nein, aber ich bin so nervös, was soll ich machen?«

Fritz schmunzelt erleichtert.

»Atmen, spazieren gehen, schlafen, Staub wischen, keine Ahnung.«

»Ich komm grade aus der Kirche, viele haben mich in den Arm genommen und mich angschaut, als wär ich krank. Manche haben mir ›Toi, toi, toi‹ zugerufen und dann bin ich noch aufgregter gworden.« Sie atmet laut schnaufend aus. »Hilfe, ich glaub ich werde doch nicht Schauspielerin. Dabei freu ich mich so, ich leg auf, bis nachher, Sie lieber, toller Herr Fichte.«

Das war ja eine Liebeserklärung! So aufgedreht hat Fritz seine Hauptdarstellerin noch nie erlebt.

Er ruft Mogens an.

»Na, Mogli, noch sauer?«

»Mann, du weißt, ich bin nie sauer, nur … na ja … der Alkohol, aber lassen wir das jetzt. Wie gehts dir? Hast du Premierengeschenke?«

»Von mir bekommt jeder ein kleines Blumensträußchen und du?«

»Ich hab in einer Buchhandlung Ansichtskarten gefunden mit dem Motiv von Julia auf dem Balkon in Verona.«

»Was? Hast du …?« Konnte es sein, dass Mogens diese ominöse Karte an Fritz geschickt hatte? Wieso aber sollte er so eine merkwürdige Aktion starten?

»Was meinst du?«

»Ich hab genau so eine Karte bekommen mit einer geheimnisvollen Botschaft – das warst du nicht, oder?«

»Ich? Wieso sollte ich? Ist das etwas Unangenehmes?«

»Nein, nein, alles gut.«

»Fritz, ich freu mich so auf heute Abend, das wird ein Triumph! Ich muss aber los, ich will noch die Vorpremierenstimmung in beiden Dörfern einfangen. Bis nachher!«

Fritz geht spazieren, duscht ausführlich, legt sich noch einmal hin, geht ein letztes Mal den Text durch.

Vom Kirchturm schlägt es vier Uhr. Jetzt hält er das Warten nicht mehr aus und macht sich fertig für das Theater, sein Theater, sein Werk.

Allmählich steigt der Adrenalinpegel. Vielleicht doch ein Gläschen zur Beruhigung? Oh nein, Fritz, Beherrschung! Er schließt sorgfältig die Tür seines Häuschens ab und geht los, leicht hinkend, mit einem großen Korb im Arm, worin die Blumensträuße als Premierengeschenke liegen. Das Fahrrad lässt er stehen, er geht bewusst langsam. Das wird ein Triumph!

Der feine schwarze Anzug schlackert um seine große Gestalt, er hat abgenommen. Die Luft flimmert von der Hitze. Sofort beginnt er zu schwitzen und zieht sein Jackett aus.

»Es hätte ein bisschen kühler sein können, da sind die Kostüme wieder total nassgeschwitzt.« Und dann denkt Fritz auf dem gesamten Weg nur daran, welches Waschpulver er morgen für sein teures weißes Hemd nehmen soll und wann er sein Bühnenkostüm in die Reinigung geben kann und dass er vielleicht eine billigere Reinigung nehmen sollte und ob der Knopf an der Anzughose noch lange hält – nervöse Übersprungsgedanken auf dem Weg zur Premiere.

Als er dem Bürgerhaus näher kommt, traut er seinen Augen kaum. Der Weg zum Vorplatz ist mit Blumenstöcken gesäumt. Bunte Papierfahnen schmücken die armselige Pappel, die Bank ist neu gestrichen und alles ist sauber gekehrt. Vor den frisch geputzten Fenstern des Gebäudes strahlen Blumenkästen, auf dem Dach flattert die Fahne von Winterhausen im leichten Wind. Über dem Eingangsportal steht geschrieben »Willkommen«. Ob damit auch die Zuschauer aus Sommerhausen gemeint sind?

Bettina kommt aus der Tür gelaufen und ruft strahlend: »Na, Herr Regisseur, wie finden Sie's?«

Bevor Fritz antworten kann, schiebt sich der dicke Bauch von Michi heraus, er grölt: »Servus, Fritz! Der Wahnsinn, hä!«

Beide haben offensichtlich auf Fritz gewartet und wollen nun stolz ihr Werk präsentieren.

Voller Freude geht Fritz in seine Garderobe und legt dort achtsam seine Sachen ab. Er hat als einziger ein Zimmer für sich allein, alle anderen sind in zwei Großgarderoben untergebracht.

Geschenke! Von Bettina ein Obstkorb mit Früchten aus dem eigenen Garten und von Michi? Bestimmt eine Platte der Stones. Er reißt das Geschenkpapier auf. Genau: »Let it bleed.«

Rasch geht Fritz zum Theaterraum. Das Foyer strahlt und blitzt, überall Blumen.

Auf der Bühne wird noch gehämmert. Schade, denn Fritz liebt die gespannte Stille im Theater vor der Vorstellung, aber es ist ja noch so früh.

Noch drei Stunden bis zum Beginn.

Er spürt einen kühlen Zug – verärgert läuft er zu dem kleinen Fenster in der Ecke des Ganges, das schon wieder offen steht, dadurch zieht es gewaltig. Fritz kann solche Unachtsamkeit nicht ausstehen. Merkwürdig, der Griff ist kaputt, abgeblätterte Farbe auf dem Boden. Es lässt sich nicht schließen, er lehnt es an.

Als er auf der Toilette ist, hört er die Tür seiner Garderobe klappern. Eilige Schritte entfernen sich. Neugierig schaut er, was das bedeutet. Kein Mensch zu sehen. Auf seinem Tisch liegt etwas, was vorher nicht da war. Ein schweres, quadratisches Geschenk, groß wie ein Handteller.

Er öffnet die Verpackung, eine bemalte Karte fällt heraus: »DANKE! Toi, toi, toi! ERICH.« Dazu ein poliertes Stück Muschelkalk mit einem eingeschlossenen Ammoniten.

Fritz drückt ihn an seine Brust und flüstert bewegt: »Danke, Erich!«

Dann geht er noch einmal in den Bühnenraum und bittet den Techniker, den Gazevorhang herunter zu lassen. Es funktioniert, Fritz ist zufrieden.

Er rennt ins Foyer. Kommt *er*? Kann sein, aber nicht zweieinhalb Stunden vor Beginn!

Fritz schaut in die Garderoben und verteilt dort seine Blumen mit den Karten. Zupft an diesem Kostüm, rückt einen Stuhl etwas vor, dann geht er wieder zurück.

Schrecklich, diese Stunden vor einer Premiere.

Michi kommt angerannt, Panik in den Augen und flüstert kleinlaut: »Fritz, ich kann des ned! Ich hab meinen Text vergessen!«

»Ganz ruhig, Michi, sprich mir nach:

Zwei Häuser, beide gleich an Rang und Stand
Hier in Verona, wie ihr's gleich erlebt,

Entfachen alten Hass zu neuem Brand,
Bis Bürgerblut an Bürgerhänden klebt.«

Fritz hatte Michi auserwählt, den Prolog zu sprechen.

»Ach Gott, ja, jetzt hab ich's wieder. Nee, nee, nee, ich werd nie Schauspieler.«

»Michi! Der Mick Jagger hat mal gesagt, dass er immer noch Lampenfieber vor jedem Auftritt hat.«

»Ehrlich? Ja, dann is gut.«

Im Foyer stapelt sich das Essen. Würste, Brezen, Käse und Unmengen an Getränken.

Ein kleines Glas, für den Kreislauf. Nein, eine Weinschorle, das ist gut gegen den Durst. Bettina kredenzt ihm eine Weinschorle, er rennt vor die Tür, Willi könnte doch schon da sein. Nein. Dafür trudeln die Damen ein, die für die Garderobe zuständig sind, sie grüßen gut gelaunt. Warum kommen die eigentlich nur aus Winterhausen, nicht aus beiden Dörfern? Daran hat niemand gedacht.

Plötzlich zerreißt grollender Lärm die Ruhe. Ein Hubschrauber kommt im Tiefflug herangebraust. Alle laufen neugierig auf den Vorplatz. In der offenen Hubschraubertür sitzt Mogens Kameramann Jörg und filmt. Auf dem Vordersitz der lachende Mogens, der den erstaunten Gesichtern zuwinkt. Das muss der Hubschrauber gewesen sein, der in der Nacht ein paar Mal über die Dörfer gedonnert ist.

Fritz ist verdattert, aber er freut sich wieder mal über seinen Freund, der keine Mühen scheut, ungewöhnliche Bilder einzufangen.

Ein Motorroller knattert heran. Ingrid von Unbühl in einem weißen, weiten Gewand und mit frisch gewaschenen Haaren. Wie sie mit ernster Miene über den Platz schreitet, sieht sie aus wie ein Racheengel aus einer griechischen Tragödie.

»Inge, Sie sind aber früh!«

»Ach, ich kann vor Premieren nicht ruhig zu Hause sitzen. Außerdem macht mir diese heitere Atmosphäre Sorgen, da kommt irgendwas!«

»Kassandra von Unbühl!«, ruft Fritz belustigt.

Ingrid antwortet humorlos: »Ich habe ja eigentlich damit gerechnet, dass es von unseren Gegnern irgendwelche Bosheiten geben wird. Boykottaufrufe oder Anschläge, aber da ist ja nix, nur Friede, Freude, Eierkuchen.«

»Sie sagen das so, als wären Sie enttäuscht. Ich glaube, dass nach den Berichten von den beiden Bürgermeistern die Leute beruhigt waren.«

»Na, na, na, wenn Sie sich da mal nicht täuschen!«

Da ruft Michi aus einem Fenster: »Jetzt is aber Schluss, du alte Miesmuschel! Komm und helf mir die Platznummern verteilen.«

»Wer, ich?«

»Ja, du, is sonst noch so eine Unke auf dem Platz?«

Beleidigt stolziert Ingrid in das Haus.

Der Wind wird stärker und bringt etwas Kühlung.

Noch zwei Stunden.

Immer mehr Mitarbeiter treffen ein, die zwei Kassenwarte richten ihr Plätzchen im Foyer her, Helfer für den Einlass kommen schwatzend heran. Sie alle begrüßt Fritz persönlich und man wünscht sich gegenseitig viel Glück und toi, toi, toi.

Fritz spürt mehr und mehr den Sog des Unausweichlichen vor einer Premiere, er wird immer nervöser.

Du kannst nicht mehr fliehen! Nein, Fritz, kein Alkohol.

In der Garderobe macht er Atemübungen, geht nach draußen, frische Luft schnappen. Ist *er* noch nicht da? Geht wieder zurück.

Ob er wohl kommt … Kann ich meinen Text … Was, wenn ich stecken bleibe … Wir haben keine Souffleuse … Kommen überhaupt alle, die sich angemeldet haben … Hoffentlich gibt es keine Unruhe … Was habe ich mir da angetan … Ich freue mich schon auf den Wein hinterher bei der Feier … Wie spät ist es jetzt … Ich muss aufs Klo … Mein Mund ist so trocken … Hoffentlich klemmt der Vorhang nicht … Habe ich den Herd zu Hause ausgemacht … Muss noch mal die Beleuchtung kontrollieren … Ist das Willis Hauptberuf, Blumenbote …

Wieder nach draußen. Er begrüßt Tom mit seiner großen Familie. Toms Vater fühlt sich sichtlich unwohl in dem dunklen Anzug, seine mächtigen Bauernhände ragen aus den Ärmeln wie Baggerschaufeln.

Auch einige andere Mitspieler sind eingetroffen mit ihren Familien, alle herausgeputzt. Feierlich gewandet und laut plappernd überspielen sie die große Anspannung.

Da erscheint Erich, allein. Zigarette im Mundwinkel, in Jeans und T-Shirt, als ob er gestern noch alle James-Dean-Filme angeschaut hat. Es wird still, als er betont lässig den Platz überquert, den anderen knapp zuwinkt. Er geht lächelnd auf Fritz zu und mit einem großen Seufzer fällt er ihm in die Arme. An seinen schweißnassen Händen und den blutig abgekauten Fingernägeln kann Fritz Erichs Zustand erkennen. »Meine Mama kommt später, Herr Fichte.«

»Danke, Erich, für das wunderbare Geschenk! Danke!« Um Gottes Willen, man darf sich nicht bedanken vor der Premiere, das bringt Unglück, unwillkürlich schaut sich Fritz nach Ingrid von Unbühl um, aber sie hat diesen Fauxpas nicht mitbekommen.

Scheinbar entspannt schlendert Erich ins Theater.

Fritz möchte sich gern zurückziehen, aber dann könnte er Willi verpassen, also begrüßt er weiter die langsam eintrudelnden Gäste. Erleichtert registriert er, dass Mogens von seiner Hubschraubertour auch endlich da ist.

»Fritz, das war das Größte! Pfingstliche Premierenstimmung aus zweihundert Metern Höhe, toll!«

Fritz will Mogens fragen, ob er Willi gesehen hat, da fällt ihm noch rechtzeitig ein, dass dieser ihn gar nicht kennt.

Das Gebrabbel und Gebabbel wird auf einmal stärker, denn Rosie trifft ein. Mit ihr der gesamte Hartmann-Klan: Vater Werner, Mutter Gunda, Bruder Heinz, Tante Gerlinde, Onkel Wolfgang mit Frau und Tochter und Sohn. Und sie begrüßt ihre begeistert schnatternde Schulklasse, die fast vollzählig mit einem Bus gekommen ist.

Was für eine schöne junge Frau, diese Rosie. Was für eine Ausstrahlung. Der breite, stark geschminkte rote Mund dominiert ihr blasses Gesicht. Ihre tiefgründigen Augen lodern vor Intensität. Königin! Nein, noch nicht. Prinzessin! Königin wird sie werden, mit Sicherheit. Mogens räuspert sich.

»Fritz, darf ich dir Herrn Schmidt von der ›Würzburger Zeitung‹ vorstellen? Oh, da ist ja auch mein Kollege Kociumaka vom Studio Nürnberg. Darf ich sitzen bleiben?« Diesen Witz von Mogens kennt Fritz, er ist nur immer wieder erstaunt wie verklemmt und verlegen die Leute darauf reagieren.

Kociumaka begrüßt Fritz wie einen alten Bekannten. »Wir haben uns bei der Brückeneinweihung kennengelernt.« Fritz kann sich nicht daran erinnern.

Noch eine Stunde.

Ein heftiger Schlag auf die Schulter, wie mit einer Eisenhand, das kann nur Vocke, der Fechttrainer sein. Er grüßt kurz und zackig wie auf der Planche und stellt gut gelaunt seine überaus attraktive, schwarzhaarige Frau Anita vor. Sie ist Ärztin an der Uniklinik in Würzburg.

Dann eilt er weiter zum Aufwärmtraining für die Schauspieler.

Der dicke Intendant des Würzburger Theaters walzt sich ihm schwitzend in den Weg. Er hat einen maßlos überheblichen Gesichtsausdruck, der deutlich zeigt, was er denkt: Das kann ja was werden.

Fritz lässt sich nicht beeindrucken und denkt bei sich: Na, dem werden wir zeigen, wie man Shakespeare inszeniert.

Simon Birringer, der Leiter der Kripo Würzburg, mit Frau. Was will der denn hier? Ach ja, der hat ein Ferienhaus in Sommerhausen.

Frau Lux, Erichs Mutter. Scheele Blicke von einigen Mitbürgern, ob ihr Mann noch erscheint, er wird doch bei aller Abneigung gegen die Sommerhäuser nicht den großen Auftritt seines Mehr-oder-weniger-Sohnes versäumen? Na ja, man könnte es verstehen, wenn er wegbliebe.

Oho, der stellvertretende Landrat gibt sich die Ehre, welch illustre Gesellschaft. Man hat sich ja auch schon bei der Brückeneinweihung kennengelernt.

Franz Hinterwald, Bettinas Vater, kommt etwas linkisch auf ihn zu: »Toi, toi, toi, Herr Lehrer. Bin gespannt, was Sie mit meinem Geld gemacht haben!« Es klingt wie eine Drohung. Er ruft herrisch seine Frau zu sich, damit auch sie Fritz alles Gute wünscht.

Pfarrer Wagner mit seiner sauertöpfischen, ewig beleidigt dreinblickenden Gattin und den zwei kleinen Töchtern. Ob die das Stück überhaupt verstehen? Herr Wagner ist ins Gespräch vertieft mit Karl-Heinz Windisch, dem Sommerhäuser Pfarrer. Die beiden können sich eigentlich nicht ausstehen, aber Fritz hat die Hoffnung, dass das Theaterprojekt womöglich auch bei den beiden die Verkrampfung löst.

Vor lauter Anspannung und ungeduldigem Warten auf Willi vergisst Fritz fast, dass er sich umziehen, schminken und die Requisiten kontrollieren muss.

Vor allem muss er sich um seine Truppe kümmern.

Zögerlich und müde, ja, plötzlich sehr müde, begibt sich Fritz zum Eingang.

Er kommt nicht. Ich muss die Enttäuschung, dass er nicht da ist, wegstecken, sonst kann ich mich nicht konzentrieren. Aber es ist noch eine Dreiviertelstunde bis Beginn, er kann ja noch kommen. Schluss mit den Gedanken! Ich muss mich vorbereiten.

Auf den Stufen dreht er sich noch einmal um.

Da! In der Ferne eine leuchtend blonde Haarmähne! Fritz durchzuckt es, die Müdigkeit ist wie weggeblasen, er könnte schreien vor Freude. Aber trotzdem, er muss sich jetzt unbedingt um seine Aufgaben kümmern. In der Pause ist immer noch Zeit für eine Begrüßung.

Auf dem Gang gibt es Ärger. Jörg, der Kameramann, filmt in der Männergarderobe. Michi weist ihn laut zurecht. »Das geht ned, wir haben ausgmacht, dass bei der Premiere hinter der Bühne ned gfilmt wird!« Mit einem Schulterzucken zieht Jörg ab.

Fritz schlüpft in sein Mönchsgewand und schminkt sich. Dann nimmt er nachdenklich die Armbanduhr seines Vaters ab. »Wie schön das wäre, wenn du jetzt dabei sein könntest, Papa.« Den Ehering lässt er am Finger, man soll bei der Premiere genauso auf die Bühne gehen wie bei der Generalprobe.

Dann versammelt er die ganze Truppe in der Herrengarderobe.

Zittern die Wände? Klirren die Fensterscheiben? Wölbt sich der Boden – vor Spannung und Aufregung? Die Gesichter kommen auf ihn zu. Riesige Pupillen, ein Haufen Freaks mit wirren Haaren, seltsame Klamotten. In sich gekehrt, nach außen gekehrt. Verrückte. Geliebte Narren!

Jetzt das große Ritual: Sie bilden einen Kreis, fassen sich an den Schultern und schweigen eine Minute lang.

Was für eine Kraft!

Was für eine Lust!

Was für eine Energie!

Alles bewegt sich auf einen großen Abend hin.

Ein Zitronenfalter setzt sich unbemerkt auf Rosies Schulter, verharrt dort einen Augenblick und flattert dann zum Fenster hinaus.

Alle umarmen sich und spucken sich dreimal über die Schulter.

Bettina klopft an der Tür. »Noch fünf Minuten!«

Rainer Haas, der Bürgermeister, wartet schon auf dem Gang. Er wird noch eine Ansprache halten.

Als er auf die Bühne geht, verstummt das erwartungsvolle Gerede im Zuschauerraum schlagartig. Hat da jemand gepfiffen?

Er spricht kurz und in sorgsam gewählten Worten. Er schafft es, jetzt schon eine gute Stimmung herzustellen. Respekt, Herr Bürgermeister!

Langsam verlischt das Saallicht.

Auf dem Vorhang erscheint, von einem Diaprojektor erzeugt, das Plakat, das sich Fritz zusammen mit Mogens und Bettina ausgedacht hat. Es ist dem berühmten Plakat von »Vom Winde verweht« nachempfunden und darüber steht:

02. JUNI 1974
BÜRGERHAUS WINTERHAUSEN 19H30
»ROMEO UND JULIA« VON W. SHAKESPEARE
IN EINER BEARBEITUNG UND IN DER REGIE VON
FRIEDRICH FICHTE
ROSIE HARTMANN ALS JULIA
ERICH LUX ALS ROMEO

Der erste Applaus kommt auf.

Nun tritt Michi sehr langsam und feierlich auf, kann jedoch nicht verhindern, dass seine Knie zittern. Aber er klingt sicher beim Prolog, in welchem dem Publikum mitgeteilt wird, dass die unter einem unglücklichen Stern stehenden Liebenden, Romeo und Julia, verfeindeten Familien angehören, dem Tode geweiht sind und durch ihren Tod ihre streitenden Familien versöhnt werden.

Fritz hatte Michi bei den Proben eingebläut, die Worte wie »Streit«, »Liebe«, »langer Hass«, »Tod der Kinder« oder »versöhnen« sehr stark zu betonen – »als ob du dich mit deinem breiten Arsch draufsetzt« – und danach immer eine kleine Pause zu machen.

Das Publikum ist elektrisiert, jeder versteht, worum es heute geht.

Die Vorstellung läuft großartig. Es fließt, es strömt. Alle Mitwirkenden drängen sich an der schmalen Seitenbühne und schauen zu, wenn sie nicht dran sind.

Erhitzte Gesichter, höchst angespannte Körper, Konzentration in den Augen.

Rosie und Erich stehen so selbstbewusst und würdevoll auf der Bühne, als hätten sie ihr Leben nichts anderes gemacht.

Die Balkonszene ist ohnegleichen, Erich dreht auf wie im Rausch und gibt dem Affen Zucker. Die Zuschauer lachen sich kaputt, der Zuschauerraum wird zum Tollhaus – wie zu Shakespeares Zeiten.

Rosie atmet mit Erich in einem gemeinsamen Rhythmus, sie fordert ihn heraus, hört zu und spricht wie verzaubert. Beim Satz *»Wenn sie dich sehen, so ermorden sie dich«* herrscht plötzlich betroffene Stille, es geht ein Engel durch den Raum.

Ingrid wiederum spielt sehr verhalten, wodurch sie wie ein Magnet die Aufmerksamkeit auf sich zieht.

Doch dann – um Gottes willen! Was ist das? Tom als Mercutio verhaspelt sich! Er weiß nicht mehr weiter! Ausgerechnet Tom, der von der ersten Probe an seinen Text konnte, er steht schwankend auf der Bühne, glotzt stumm und mit blödem Gesicht sein Gegenüber Ebi Danninger, den Benvolio, an.

Wer hilft? Fritz fällt der Text nicht ein. Michi weiß gar nichts, Bettina rudert kopfschüttelnd mit den Armen. Niemand ist eingeteilt zum soufflieren.

Doch da sagt Ebi, cool wie ein alter Burgtheaterschauspieler: »Wolltest du nicht sagen: *›Gebe Gott, dass ich dich nicht nötig habe‹*?«

Tom schreit erleichtert auf: »Ja klar, Mensch, genau das wollt ich sagen, Ebi … Freund Benvolio!«

Die Menschen biegen sich vor Lachen, sie applaudieren wie verrückt. Man hat das Gefühl, die Decke des Theaters fliegt davon.

Aus diesem Übermut heraus fechten Tom und Raimund wie Profis bei der Olympiade, der harte Hund Franz Vocke wischt sich verstohlen Tränen der Rührung aus dem Gesicht.

Dann spricht Rosie sehr leise den letzten Satz vor der Pause: *»Ich will zum Mönch, ob er nicht Hilfe schafft. Schlägt alles fehl, hab ich zum Sterben Kraft.«*

Die Zuschauer hält es nicht auf ihren Sitzen, keine Teilung mehr in Sommerhausen und Winterhausen, sie werden ein einziger enthusiastischer Körper. Begeisterte Bravorufe. Frenetischer Applaus.

Wie soll das enden? Es sind noch zwei Akte zu spielen.

Fritz kann seine angeborene Skepsis nicht wegstecken. Kann so eine Euphorie gut gehen? Soll ich den Miesepeter spielen und pädagogisch wertvoll die Bremse reinhauen?

Nein, dafür spielen wir Theater! Was kann es Schöneres geben als so einen Abend.

Pause.

In seiner Garderobe ist es angenehm still. Da klopft es zaghaft. Die Tür öffnet sich vorsichtig, ein Rosenstrauß mit dem Fleurop-Logo erscheint, dahinter ein blonder junger Mann. Fritz bleibt das Herz stehen. Wie schön er ist. Sie berühren sich nicht, sie blicken sich nur in die Augen und verabreden sich zur Premierenfeier.

Im Foyer und auf dem Vorplatz brodelt es. Die Menschen reden wild durcheinander, lachen laut, rauchen, strahlen, essen, trinken, sind gelöst wie lange nicht. Aber erlöst?

»Der Romeo – eine Sensation … Diese Julia, man möchte sie in den Arm nehmen … Und unser Lehrer Fichte, sehr edel, der kann das … Michi, wie würdevoll … Dass die so fechten können … Und von der von Unbühl hab ich jedes Wort verstanden … Und Tom-KarinStaniOttoPankrazCarolinToniEbiRaimund toll, toll, toll … super … Wahnsinn!«

Die Glocke läutet zum zweiten Teil.

Das Stück wird immer dramatischer. Einige Zuschauer wischen sich unauffällig die Tränen aus den Augen.

Jetzt die letzte Szene, der Höhepunkt.

Langsam senkt sich der Gazevorhang, das Licht verändert sich zu einem Gruftlicht. Eine dumpfe, morbide Atmosphäre entsteht, als die Figuren nur noch als riesige Schatten zu sehen sind. Es wird noch stiller im Zuschauerraum, nur ab und zu ein Schniefen, ein Nasehochziehen, ein Schlucken. Kollektives Schluchzen, als Erich sehr leise zur vermeintlich toten Rosie sagt: *»Oh mein Herz, mein Weib, der Tod hat über deine Schönheit nichts vermocht, noch bist du nicht besiegt …«*

Bei dem Satz von Fritz als Pater: *»Ein Graun befällt mich, oh ich befürchte sehr ein schlimmes Unglück«*, da ruft eine Zuschauerin: »Oh Gott, nein!«, dass Fritz fast lachen muss. Nein, jetzt bloß nicht die Konzentration verlieren, alles läuft grandios auf den großen Showdown hin. Alle Beteiligten stehen in den Bühnengassen, schauen bibbernd zu, halten die Daumen.

Es ist totenstill, als Romeo das Gift trinkt und stirbt.

Wird Rosie die Spannung halten?

Mit einer sorgfältigen Bewegung nimmt sie die Pistole aus Romeos Holster, sie spannt den Hahn mit einem lauten »Klick«, sodass wieder einige Zuschauer aufstöhnen.

Rosies Hand zittert ein wenig, das wirkt im Schatten riesengroß.

Sie setzt die Pistole an die Lippen, ein kaum hörbares Metallgeräusch, als Zähne und Eisen sich berühren.

Sie schiebt die Mündung in den Mund.

Michi hält die echte Schreckschusspistole weit von sich, einige auf der Seitenbühne halten sich die Ohren zu.

Rosies Finger am Abzug riesig auf der Schattenwand.

Sie beugt den Finger … drückt ab.

Schuss! Und dann! – noch ein Schuss!

Zwei Schüsse? Warum zwei Schüsse?

Die Szene ist brutal realistisch. Blut und Hirn auf dem Gazevorhang.

Absolute Stille. Das Publikum paralysiert.

Das ist Theater!

Das ist großartig bizarr, die Ästhetik der Apokalypse, so muss Theater sein!

Was ist das?

Ein unmenschlicher Schrei sprengt die Bühne. Erich schreit.

Unruhe unter den Zuschauern, Wolfgang Hartmann ruft aus dem Zuschauerraum: »Das war bei der Generalprobe aber nicht so!«

Erich springt auf, brüllt wie von Sinnen, rüttelt an Rosie. Zu spät.

Die Pistole war echt. Rosie ist tot.

Please allow me to introduce myself
I'm a man of wealth and taste

Was ist das? Die Musik!

Niemand atmet. Die Welt ist untergegangen.

Pleased to meet you
Hope you guess my name

Jemand muss etwas tun! Tut etwas! Sagt etwas! Diese Musik zerreißt einem das Ohr!

But what's puzzling you
Is the nature of my game

Der Geruch fräst sich in Fritz hinein … dieser Geruch nach Blut und verbranntem Fleisch, nach Schießpulver, Bühnenschweiß und Tränen. Fritz will schreien, aber er flüstert nur: »Musik aus!«

But what's confusing you
Is just the nature of my game
Just call me Lucifer
'Cause I'm in need of some restraint

»Musik aus!«

Ruft den Notarzt, die Polizei! Geht weg von der – Leiche! Deckt Rosie zu! Tut etwas! Macht das Saallicht an!

When the blitzkrieg raged
And the bodies stank

Haltet die Leute zurück! Niemand darf auf die Bühne! Niemand darf irgendwohin. Alles ist falsch, nichts stimmt, alles ist Lüge!

And I was 'round when Jesus Christ
Had his moment of doubt and pain

»Musik aus!«

Haltet Rosies Mutter auf, sie darf das nicht sehen! Bringt die Leute nach draußen! Hört auf zu atmen, hört auf zu denken, hört auf zu sehen …

So if you meet me
Have some courtesy
Have some sympathy, and some taste

»Musik aus, verdammt noch mal!!!«

Endlich Stille. Totenstille.

Alles schwarz. Schwarze Qual, kein Licht, kein Zuhause, keine Hoffnung.

Langsam entsteht in den Köpfen der Anwesenden die Gewissheit über das Unbeschreibliche, das Entsetzliche.

Fritz handelt in Trance. Er wird sich später nicht mehr erinnern können, was er gesagt und getan hat.

Michi liegt am Bühnenrand und kotzt in den Zuschauerraum.

Simon Birringer, der Kriminaler, und Emil Wagner, der Pfarrer, haben instinktiv die Situation erfasst. Sie versuchen gemeinsam, mit dem anwesenden Feuerwehrmann irgendeine Ordnung in das panische Chaos zu bringen. Sie stehen vor der Bühne und lassen niemanden hinauf. Die verwirrten, entsetzten Menschen schicken sie in das Foyer und auf den Vorplatz.

Wo ist Erich?

Ingrid hat geistesgegenwärtig ihre Mitspieler in die Garderobe getrieben. Einige werden von Weinkrämpfen geschüttelt, andere starren betäubt vor sich hin. Stani Wankel stammelt wie ein Verrückter immerzu vor sich hin: »Was isn los? Was isn passiert? Wie gibts denn das?« Bettina läuft wild auf dem Gang hin und her, sie schreit plötzlich gellend: »Ich hab ihm die richtige Pistole hingelegt!«

Mogens sitzt aschfahl in seinem Rollstuhl vor der Bühne und möchte hinauf, niemand hilft ihm. Mutterseelenallein knetet er seine Hände.

Rosies Mutter Gunda kniet in einem stummen Schrei, mit aufgerissenen Augen, am Bühnenboden bei ihrer Tochter. Sie versucht zitternd den zerschossenen Mund zu küssen.

Heinz, Rosies Bruder, läuft wie ein tollwütiger Hund kopfschüttelnd im Kreis um die beiden herum. Vater Werner und Tante Gerlinde stehen etwas abseits, gestikulieren, zittern und halten sich krampfhaft aneinander fest.

Wo ist Erich? Wo seine Mutter Hannelore?

Auf dem Vorplatz versammeln sich die Menschen im matten Lichte der einzigen Laterne wie eine Herde Schafe nach einem Wolfsüberfall. Unmerklich hat sich eine Trennlinie gebildet zwischen Sommerhausen und Winterhausen.

Es fallen die Worte »schrecklicher Unfall«. Da kommt von der Gegenseite: »Unfall? Des war kein Unfall, des war Absicht!«

»Vorsicht. Pass auf was du sagst!«

»Pass selber auf!«

Die Stimmung kippt, die Luft fängt an zu sirren vor Aggression. Die Trennlinie wird schmaler, ein Ruf von der Sommerhäuserseite:

»Das war Mord!«

Die klägliche Stimme von Karlheinz Windisch, dem Sommerhäuser Pfarrer: »Ruhe, hört auf!«

»Idioten!« – »Verbrecher!« – »Ruhe, aufhören!«

Der Klang der Sirenen von Polizei und Rettungsdienst, die rasch näher kommen, unterbricht die bösartigen Rufe.

Fritz hat Rosie mit einem Bühnentuch zugedeckt. Eine kaputte Neonlampe flackert nervös auf der hinteren Bühne. Blasse Gesichter, ratlos.

Als der Notarzt erscheint, schicken die Polizisten alle, die noch auf der Bühne verharrt haben, hinaus, auch Rosies Familie.

Simon Birringer hat das Kommando übernommen. Der Notarzt hebt das Tuch von Rosie hoch und sagt trocken, als er den zermatschten Kopf ohne Schädeldecke sieht: »Was soll ich da machen? Der Leichenwagen kommt gleich.«

Alle Türen stehen offen. Jetzt sind sämtliche Räume hell erleuchtet. Man sieht vom Vorplatz bis zur hinteren Bühnentür. Wie in einer griechischen Tragödie tritt eine gelblich bleiche Frau mit schlurfendem Schritt herein. Erichs Mutter Hannelore. Sie hat in einer Hand eine brennende Zigarette und in der anderen Erichs blutbeschmierte Kostümweste.

Alles starrt auf sie. Kurz vor Rosies Leiche unter dem Tuch fängt sie an zu wanken. Fritz ergreift die Initiative, rennt zu ihr, fängt sie auf. Leise fragt er: »Wo ist der Erich?«

Hannelore schaut ihn an wie einen Außerirdischen.

»Hannelore! Wo ist der Erich?«

»Weg.«

»Wohin?« Sie schüttelt nur den Kopf.

Plötzlich entsteht eine Aufregung bei den Polizisten. Wo ist die Pistole? Wo ist die Tatwaffe?

»Frau Lux, wissen Sie etwas? Wo die Pistole ist? Hat der Erich die mitgenommen? Frau Lux, ich hab Sie was gefragt!«

»Die Pistole?« Sie lächelt irre. »Freilich, die hat der Erich.«

Jemand aus der Sommerhäuser Gruppe ruft: »Der Erich war das!«

»Ja, klar, wer sonst?«

Simon Birringer versucht zu beschwichtigen und dringt zunächst kaum durch. Nach und nach gelingt es ihm doch, mit seiner ruhigen tiefen Stimme die Menschen zum Schweigen zu bringen. Der kleine drahtige Mann mit dem auffälligen Schnurrbart strahlt eine starke Autorität aus.

Aber die Stimmung bleibt gereizt, Böses liegt in der Luft.

Personalien werden aufgenommen.

Der Leichenwagen hält auf dem Vorplatz, ein Metallsarg wird ausgeladen. Die Bestatter wollen sich mitten durch die Menge schieben, aber Fritz zischt sie an: »Durch die Hintertür, bitte!« Zu spät. Rosies Mutter klappt mit einem gurgelnden Schrei zusammen, ihr Sohn Heinz tanzt wie ein betrunkener Boxer von einem Bein aufs andere und schlägt mit der bloßen Faust gegen die Wand. Seine Tante Gerlinde kann ihn nur mühsam beruhigen. Er bleibt nervös, er atmet schnell, wirkt wie eine Bombe.

Fritz beobachtet fröstelnd, wie Rosie in den Sarg gelegt wird, wie der Sarg mit einem grässlichen Geräusch geschlossen wird, wie die dunkel und kalt schimmernde Metallbox mit seiner Julia in dem flackernden Licht weggetragen wird. Er bekommt weiche Knie, spürt, wie sein Kreislauf wegsackt. Da fühlt er eine Hand in seiner. Willi schaut ihn tränenüberströmt an. Nun spürt Fritz wieder seine Kraft. Er umarmt Willi und flüstert: »Zettels Albtraum. Lass uns wegfliegen, sofort, weit weg.«

Dann reißt er sich abrupt von ihm los und geht zu Birringer, der mit den Männern von der Spurensicherung spricht.

»Herr Fichte, wir brauchen unbedingt die Tatwaffe, wir müssen Erich schnellstens finden. Er ist dringend tatverdächtig, können Sie uns helfen?«

Fritz erschrickt bis aufs Mark. Dringend tatverdächtig? Erich? Das kann nicht sein. Was soll er jetzt sagen?

»Haben Sie eine Ahnung, wo er sein könnte?«

Fritz fällt die ominöse Ansichtskarte ein. Sollte Erich die geschrieben haben? Unmöglich, die ist in München abgestempelt worden. Außerdem muss die Karte ja nichts mit dem Mord zu tun haben. Aber er muss die Karte der Polizei geben.

Fritz stottert, er war schon immer ein schlechter Lügner: »Ich habe keine Ahnung, wo er sein könnte.« Ihm ist klar, dass sich Erich nur in der Bierhöhle verstecken kann.

»Herr Fichte, wieso haben Sie eigentlich eine Null-Acht genommen?«

»Was?«

»Die Null-Acht! Wieso Sie ausgerechnet die genommen haben?«
»Meinen Sie die Pistole?«
Fritz kennt diese Bezeichnung nicht. »Na ja, ich hab irgendeine Pistole genommen, die hat uns das Theater in Nürnberg zur Verfügung gestellt.«
»Die Null-Acht ist nicht irgendeine Pistole. Sie wird stark mit Hitlers Offizieren in Zusammenhang gebracht. Wieso haben Sie die genommen?«
Fritz ist völlig perplex.
»Ich hab nie genau drüber nachgedacht, aber sie hat so toll ausgesehen im Gürtel von Romeo, so martialisch. Ich wollte ein starkes Zeichen für Julias … Selbst… Mord.«
Birringers Ton wird schärfer.
»Ich hab das eh nicht kapiert, Sie hätten es, wie es bei Shakespeare steht, beim Gift und einem Dolch belassen können. Eine Pistole, die ›Parabellum‹ heißt! ›Bereite den Krieg‹! Und jetzt haben wir den Scherbenhaufen, es wird Krieg geben zwischen den Dörfern, Herr Lehrer Fichte.«
Birringer sieht ihn voller Verachtung an. Sein Blick sagt deutlich: Wie kann man nur so dumm sein. Wie kann man nur so einen Käse inszenieren, nur um eine blödsinnige Aktualität ins Stück zu bringen und dann auch noch nicht genau über sein wichtigstes Requisit Bescheid wissen.
Da kommt Fritz ein niederschmetternder Gedanke: Wenn das die bevorzugte Waffe im Dritten Reich war, dann wurde Vater mit so einer Pistole erschossen! Die Vorstellung von der Exekution seines Vater entsteht in seinem Kopf.
Das Gefühl, komplett versagt zu haben, nimmt immer stärker Besitz von ihm. Nein, ich bin kein guter Lehrer, ich bin kein guter Psychologe und ich bin absolut kein guter Theatermacher! Fritz fällt immer tiefer ins Nichts.
Birringer reflektiert: »Falls der Pistolentausch wirklich Absicht war, dann hat der Täter eine beachtliche kriminelle Energie entwickelt. Er musste genau die gleiche Pistole besorgen – die kostet übrigens einiges! – und sie dann in einem unbeobachteten Moment austauschen. Ob dieser Erich dazu fähig war? Aber damit muss ich Sie nicht aufhalten, das ist jetzt mein Job.«
Der hält Erich tatsächlich für den Täter, das darf nicht sein!

»Der Erich, Herr Birringer, unmöglich, der war verliebt in die Rosie!«

»Das gibt es nicht, er hat doch zwei Tage vorher noch geschrien, dass er sie umbringt.«

»Nein! Er hat geschrien, sie soll verrecken.«

»Wo ist da der Unterschied? Es gibt genug Ohrenzeugen und Motive hat er haufenweise.«

Jetzt erzählt Fritz von der Karte. Das beeindruckt den Kommissar gar nicht.

»Das ist kein Beweis, dass ers nicht war. Er konnte die Karte von jemandem schicken lassen. Er hätte nach München gefahren sein können und sie dort eingeworfen haben.«

»Blödsinn, Herr Birringer!«

»Vorsicht, Herr Fichte, achten Sie auf Ihre Worte.«

»Kann denn ein Sechzehnjähriger an einem Tag nach München fahren und so etwas machen und vor allem warum?«

»Weiß ich nicht, muss man recherchieren. Vielleicht Eifersucht, Hass auf das andere Dorf, Eitelkeit, Narzissmus, Wahn, Drogen, er hat doch bestimmt Haschisch geraucht. Sie sehen, es gibt viele Möglichkeiten.«

Fritz möchte schreien und bekommt nur ein Krächzen heraus:

»Nein! Nein! Erich war das nicht!«

Fritz ertrinkt tiefer und tiefer in Hilflosigkeit.

Birringer sieht ihn nur kalt aus schmalen Augen an. Was soll er mit einem Dorfschullehrer auch diskutieren.

Fritz erinnert sich in einem Sekundenbruchteil an die erbärmlichen Momente in seinem Leben, in denen er gegen solche Berge von Selbstüberzeugung und Selbstgewissheit nur mit dümmlichen, kraftlosen Argumenten ankam.

»Sie wissen doch irgendwas, Herr Fichte, sagen Sie uns, wo der Erich sein kann!«

Wenn sie Erich finden und ihn verhören, dann würde sich die Beschuldigung schnellstens in Luft auflösen. Also sagt Fritz, dass er Erich in der Höhle vermutet.

Da fällt Fritz auf, dass es mit einem Mal still ist im Bürgerhaus. Eine unheimliche Stille. Wo sind die Menschen hin?

Als ob Birringer seine Gedanken lesen kann, erklärt er: »Wir haben die Leute heimgeschickt. Die müssen sich beruhigen.«

Wie zum Hohn klirrt eine zerberstende Fensterscheibe. Jemand hat einen Stein geworfen und mit schriller Stimme »Rosie!« geschrien. Und noch eine Scheibe geht zu Bruch.

Fritz hört draußen die Polizisten rufen. Wie ferngesteuert schlurft er auf dem Flur hin und her, hin und her. Nach einer Weile läutet das Telefon. Birringer nimmt den Anruf entgegen. Es ist ein Kollege mit der Meldung, dass Erich in der Bierhöhle nicht zu finden ist.

»Herr Fichte, Sie sollten jetzt auch heimgehen und schlafen. Wir kriegen den Erich schon, morgen sehen wir uns wieder, und – ziehen Sie sich um!«

Fritz blickt an sich herunter und schämt sich unvermittelt in Grund und Boden. Er hat immer noch das Lorenzo-Kostüm an, und abschminken muss er sich auch noch. Wie lächerlich er sich vorkommt, in dem Kostüm, das niemand mehr anziehen wird.

Er bekommt kaum die Tür von seiner Garderobe auf, so kraftlos ist er. Auf dem Tisch liegt ein Zettel von Mogens: »Fritz, ich muss dringend nach München zu meinem Arzt. Ich melde mich. Lass uns zusammenhalten in diesem Meer von Tränen. Mach das Radio an, Nachrichten.«

Fritz blickt in den Spiegel. Er registriert nicht, dass das sein Gesicht ist. Eine Maske starrt ihn an und er erschrickt maßlos: ein verschmiertes, uraltes Gesicht mit zuckenden Augen wie aus einem Zombiefilm.

Fritz schminkt sich in Zeitlupe ab. Kein Gefühl. Alles taub, elend.

Fritz geht in die Sammelgarderobe, wo sich der Kommissar mit einigen Kollegen bespricht und schaltet das Transistorradio an.

»Und hier ein Telefonbericht von unserem Nürnberger Korrespondenten Manfred Kociumaka zum schrecklichen Unfall bei der Theateraufführung in Winterhausen …«

Da fragt Birringer bissig: »Unfall?«

Auf dem Nachhauseweg setzt Fritz bewusst einen Fuß vor den anderen, sehr langsam, sehr achtsam, um den stechenden Schmerz in seiner Hüfte zu kompensieren. Die warme Nachtluft bringt keinen Trost. Sie duftet nach Massaker, riecht nach Krieg, die Ausdünstung des Todes liegt über dem Tal.

Ich darf nicht stolpern, ich muss vorwärts gehen.

Der Mond steht glänzend und klar am Himmel. Shakespeare-Mond. Er wirft ein gespenstisches Licht auf die beiden Dörfer, wo in den meisten Häusern die Fenster hell erleuchtet sind. Sie werden es noch lange bleiben in dieser Nacht.

Oh Du verhasster Schlund! Du Bauch des Todes!

Endlich zu Hause. Drei Uhr. Ein Glas Wein, nein, eine Flasche Wein und eine Flasche Schnaps! Dann nichts mehr hören, nichts mehr sehen, nichts mehr wissen.

Beim zweiten Schluck stellt er verblüfft fest, dass es ihm nicht schmeckt. Er probiert noch mal, da wird ihm schlecht, er übergibt sich fünfzehn Minuten lang im Bad. Er versucht, sich einen Schlaftee zu machen, die Kanne rutscht ihm aus der Hand, seine schöne alte Teekanne, die er von seiner Halbschwester Irene geschenkt bekommen hat. Er kniet sich hin, um die Scherben zusammenzukehren, dann sackt er in sich zusammen, bleibt einfach am Boden liegen und schläft ein. Nach einer halben Stunde ist er wieder wach. Gerädert schleicht er in sein Bett, versucht zu schlafen. Das Schlafzimmer tanzt Karussell. Er steht auf, zieht sich an und geht hinaus.

Hinter den Weinbergen kann man schon die Morgendämmerung erahnen. Fritz geht wie ferngesteuert zum Fluss.

Die Pappeln rauschen leise, eine Nachtigall trällert, drüben in Sommerhausen jault ein Hund dem untergehenden Mond hinterher.

Merkwürdige Unruhe auf der Brücke. Vorsichtig nähert sich Fritz dem Brückenaufgang. Das Aufheulen eines Motors erschreckt ihn, das Auto rast mit quietschenden Reifen davon.

Er traut seinen Augen nicht, mitten auf der Fahrbahn ist mit kräftiger roter Farbe etwas aufgemalt worden: Ein dicker Pfeil deutet nach Winterhausen und darunter steht: »MÖRDER!«

Er streicht mit den Händen über die Schrift und die frische Farbe klebt daran fest. Schnell versucht er das Wort zu verschmieren, eine schreckliche Ahnung beschleicht ihn.

Fritz' Schritte führen ihn in Richtung Steinwerk.

Sein übernächtigter Zustand wirkt wie eine Droge, er fühlt sich hellwach, kann immer klarer sehen. Auch die Geräusche des heraufdämmernden Tages dringen deutlich an sein Ohr.

Das große Tor ist verschlossen, aber die kleine Tür daneben lässt sich öffnen. Was bedeutet das? Es ist Pfingstmontagmorgen, heute arbeitet niemand.

Die ersten Sonnenstrahlen streicheln das Haus der Besitzer, Familie Hinterwald. Das imposante Gebäude thront direkt neben dem Werk.

Aus der großen Werkshalle ist das schabende Geräusch der Gitter zu hören, die die riesigen Felsbrocken Tag und Nacht zersägen. Aber irgendetwas stimmt nicht. Das Geräusch klingt unregelmäßig, es quietscht laut.

Er geht argwöhnisch in die Halle, da schlägt ihm ein beißender Geruch entgegen. Die wertvollen Sägen qualmen. Die Wasserkühlung ist offensichtlich ausgefallen. Ausgefallen? Wie kann das passieren? Da gibt es bestimmt eine Sicherung. Vielleicht absichtlich abgestellt?

Aber er muss die Steinsäge abschalten, verzweifelt sucht er den Schalter. Die Sägeblätter schlagen Funken. Der Stein beginnt zu glühen. Als er zu dem Haus der Besitzer laufen will, fällt sein Blick auf ein Fahrrad, das in der Ecke liegt. Erichs Fahrrad. Was hat es hier zu suchen?

Fritz rennt zum Haus, klingelt wild. Bettinas Vater kommt schlaftrunken zur Türe, stolpert mit Fritz zum Werk. Er schaltet die riesigen Sägen ab und steht fassungslos davor.

»Da hat jemand dran rumgefummelt, da hat jemand das Wasser abgestellt und die Sicherung. Der muss sich ausgekannt haben.« Er schaut sich um, sieht das Fahrrad. »Der Erich war das! Herr Fichte, das darf alles nicht wahr sein. Meine Frau hat die ganze Nacht geweint, wir haben noch mit der Bettina telefoniert, die macht sich die schlimmsten Vorwürfe. Und der Michi ist gar nicht ansprechbar. Wir sind erst vor einer Stunde eingeschlafen. Aber wieso stellt der Erich das Wasser ab, spinnt der total?«

Fritz erzählt von der Straßenmalerei. Herr Hinterwald schaut ihn nachdenklich an. »Sabotage! Vielleicht waren das die aus Sommerhausen? Wir müssen die Polizei anrufen.«

Nach wenigen Minuten biegt ein Polizeiauto mit Blaulicht um die Ecke. Die Beamten sind hauptsächlich an dem Fahrrad interessiert und schwärmen aus, um Erich zu suchen, aber der ist nicht zu finden.

Von einer Sekunde auf die andere wird Fritz unendlich müde. Die Polizisten fahren ihn freundlicherweise nach Hause. Da macht ihn das Gespräch im Polizeifunk wieder wach:

»Der Kerl ist nicht zu finden!«

»Schmarrn, wir kriegen den schon.«

»Habt ihr noch mal die Höhle durchsucht?«

»Ja, klar, Mensch wir sind ja ned von gestern, oder? Wir haben sogar den kleinen See untersucht, aber da ist er nicht reingehüpft.«

»Oh, Mann, das wär ja noch schöner, zwei Tote an den Feiertagen.«

Hämisches Lachen.

Fritz geht sofort ins Bad, um die rote Farbe von den Händen zu waschen. Er reibt und bürstet und schrubbt so lange, bis sie sauber sind.

Wieder legt er sich ins Bett, wieder ist er sofort hellwach. Er braut sich einen Kaffee, setzt sich auf die Terrasse und blickt verloren in den glutroten Sonnenaufgang.

Wenn dieser Albtraum vorüber ist, könnte ich mit Willi zusammen leben, vielleicht nach München ziehen, nie wieder Theater! Ich will ein ruhiges Leben, ein Leben ohne Tod, ohne Mord, ohne Krieg. Das ist es: den Tod leugnen, den Tod verhöhnen. Vielleicht ein Theaterstück schreiben (doch wieder Theater), in dem der Tod getötet wird, in dem es keine Konflikte gibt, in dem es nur einen gütigen verzeihenden Gott gibt, nur Paradies, nur Schönheit, nur Willi, nur Liebe.

Darüber schläft Fritz in seinem Korbstuhl endlich ein.

Ein Schuss! Mit einem Schrei wacht Fritz auf und beruhigt sich gleich wieder. Es war ein Böllerschuss aus dem Weinberg zur Vertreibung der Vögel.

Noch ein Schuss.

Das ist merkwürdig, es ist doch noch gar nicht Zeit für die Böller? Und noch einer, es klingt wie in einem Gefecht. Und wieder einer, viel näher, als käme er mitten aus dem Dorf.

Sein Herz beginnt zu rasen. Wird da im Dorf geschossen? Er kann im gleißenden Morgenlicht eine Karawane von dunkel gekleideten Männern erkennen. Einer zieht mit einem Handkarren tatsächlich den schweren Schussapparat für die Vogelabwehr. Er hört ein Rufen wie auf dem Fußballplatz: »Rosie, Rosie …« Das sind Sommerhäuser! Was wollen die? Wo wollen die hin?

Der gespenstische Zug bewegt sich zum Dorfausgang in Richtung Anhöhe, wo sich die Bierhöhle befindet. In dem Gegröle kann er die Stimme von Heinz Hartmann, Rosies Bruder, ausmachen: »Erich! Erich! Wir kriegen dich!« Polizeisirenen kommen näher. Die Winterhäuser flüchten in ihre Häuser, stehen hinter den Fenstern.

Das Telefon klingelt: »Birringer. Herr Fichte, Sie müssen sofort zu der Bierhöhle kommen, Erich hat sich da drin verbarrikadiert. Wir kommen nicht rein, die Eisentür ist verrammelt.«

Fritz überfällt Schüttelfrost: »Herr Birringer, ich komm schnellstens, aber ich kann unmöglich in die Höhle hineingehen, ich habe Klaustrophobie.«

»Egal, kommen Sie, schnell. Vielleicht können Sie helfen, den Mob zu beruhigen.«

Fritz rennt los.

»Wie soll ich das bloß aushalten? Meine Hüfte!« Er flucht und läuft trotzdem schneller. Die Schmerzen in seinem Bein nehmen ihm die Luft, dennoch bewegt er sich vorwärts so schnell er kann.

Er schlägt sich auf kleinen Umwegen zu der Höhle, denn er will den Sommerhäusern nicht begegnen.

Fritz kann sich kaum aufrechthalten vor Schwäche und Schmerz.

Der Zug der Sommerhäuser ist noch nicht da. Einer der vielen Polizisten will Fritz aufhalten, aber der Einsatzleiter erkennt ihn und erklärt: »Wir wissen jetzt, dass der Erich da drin ist. Er hat die Pistole dabei, aber wir kriegen die Tür nicht auf. Einen anderen Zugang gibt es nicht. Er antwortet einfach nicht. Versuchen Sie es mal.« Er reicht Fritz das Megaphon. Als er hineinsprechen will, fällt es ihm vor Schreck über die unangenehmen Pfeifgeräusche aus der Hand. Er kann sich kaum bücken, um es aufzuheben.

Endlich funktioniert es, aber Fritz fällt absolut nichts ein. Was soll er denn sagen? »Ähhhh … Erich?«

Der Einsatzleiter flüstert ihm zu: »Sagen Sie: ›Hier spricht soundso … Erich, antworten Sie, Erich! …‹ und so weiter …«

Fritz spricht wie empfohlen.

Stille. Keine Reaktion.

Das Femegericht ist im Anmarsch.

»Erich! Wir kommen!«

Die Polizisten gehen in Formation. Sie bilden eine Kette um die Eingangstür.

Fritz spricht noch einmal in das Megaphon. Keine Antwort.

»Sind Sie sicher, dass er da drin ist?«, fragt er.

»Natürlich, er hat die Tür von innen abgeschlossen und verrammelt.«

Plötzlich taucht wie aus dem Nichts ein Mann auf. Erichs Vater. Er nimmt Fritz das Megaphon ab und spricht mit schneidender Stimme: »Erich, hier spricht dein Vater, komm, sei vernünftig, lass uns reden, alles wird gut.«

Stille.

Doch auf einmal ist Erich aus der Höhle zu hören. Er ruft mit zittriger Stimme: »Hau ab! Du hast gar nix zu sagen, du bist eh nicht mein Vater. Du bist auch schuld. Gerade du, ja du, du, du bist der Schlimmste, hau ab!«

Sein Vater dreht wortlos ab und schleicht gebeugt zu Erichs Mutter.

Sie steht unter einer Kiefer und weint.

»Der Herr Fichte soll zu mir kommen mit dem Herrn Kommissar.«

»Um Gottes willen! Herr Birringer, ich kann da nicht rein.«

»Sie müssen!«

Der gehässige Chor der Rächer kommt näher und näher.

Fritz zögert, zittert, schwitzt.

»Nein, gehen Sie, Herr Birringer, ich bleib an der Tür!«

»Kommen Sie, Herr Fichte, wir haben keine Zeit zum Diskutieren.«

»Oh Gott, ich kann nicht!«

An der Spitze der Sommerhäuser marschiert Heinz Hartmann. Sein violettes Gesicht ist wutverzerrt. Die Augen schwimmen im Alkohol. Offensichtlich haben die Männer die letzten Stunden durchgesoffen.

Hinter der Rotte schleichen ängstlich einige Winterhäuser.

Der Einsatzleiter ruft ins Megaphon: »Hier spricht die Polizei. Sie haben hier keinen Zutritt, bitte zerstreuen Sie sich und legen Sie den Schussapparat ab. Das ist die erste Aufforderung.«

Die Meute lässt sich davon nicht aufhalten. Ihr Gejaule wird lauter, unheilvoller. Terror liegt in der milden Morgenluft. Es sind zu wenige Polizisten, um den Furor zu beenden.

Birringer packt Fritz wie einen kleinen Jungen an der Hand, zerrt ihn zur Tür und klopft.

»Erich, machen Sie auf, es passiert Ihnen nichts, wenn Sie die Pistole an die Tür legen.«

Die Polizisten zücken die Gummiknüppel gegen die Sommerhäuser. »Bleiben Sie stehen. Dies ist die zweite Aufforderung!«

Aber die Truppe um Heinz geht unerbittlich weiter, als hätte sie nichts gehört.

Hinter der Tür rührt sich etwas. Man hört, wie Erich die Verbarrikadierung wegräumt, dann dreht sich der große schwere Schlüssel mit einem Quietschen in dem alten Schloss. Erich öffnet einen Spalt.

In dem Moment explodiert die Truppe der Jäger mit einem kollektiven Schrei. Sie überrennen die Polizisten. Heinz reißt die schwere Eisentür auf, sie stoßen mit Wucht Fritz und Birringer zu Boden und stürzen in die Höhle.

Plötzlich halten sie inne.

Stillstand.

Das Hecheln einer Meute Jagdhunde.

Erich steht an der hinteren Wand. Die Pistole hält er auf die Angreifer gerichtet.

Fritz will schreien, will etwas rufen. Birringer zieht seine Waffe.

Da setzt sich die Gruppe langsam und lauernd in Bewegung auf Erich zu. Der zielt zitternd, mit weit aufgerissen Augen, auf die Männer.

Sein pfeifender Atem gellt Fritz in den Ohren.

Mit einer entschlossenen Bewegung steckt er sich die Waffe in den Mund – wie Rosie.

Der Schuss.

Erich ist tot.

Nichts mehr. Das Ende. Nichts.

Einige Meter weiter liegt Erichs Mutter zerbrochen unter der Kiefer.

Fritz weiß am Abend nicht mehr, wie er nach Hause gekommen ist, wie er den Rest des Tages verbracht hat. Er weiß nicht mehr, ob er geschlafen hat oder ob er gegessen hat. Er kennt nur die rasenden Schmerzen in seiner Hüfte und in seinem Kopf. Und er weiß, dass ständig das Telefon geklingelt hat. Auch an der Tür wurde geläutet, aber er war unfähig gewesen zu reagieren.

Jetzt einfach von einer Mauer verschüttet werden. Keine Verantwortung mehr, das wäre schön.

Aber allmählich erwachen bei Fritz doch wieder die Lebensgeister. Langsam kommt er zu sich. Er beginnt, klar zu denken.

Vor allem muss er weg. Für ein paar Stunden fort aus dem Dorf. Andere Menschen sehen, andere Luft atmen, vorausgesetzt, er muss nicht dem Kommissar zur Verfügung stehen.

»Herr Birringer, Fichte hier.«

»Wo waren Sie denn den ganzen Tag, wir haben schon versucht, Sie zu erreichen.«

»Ich war … ich war … was soll ich Ihnen erklären. Ich wollte nur sagen, dass ich jetzt nach Würzburg fahre. Und sagen Sie mir bitte den Stand der Dinge.«

»Es gibt eine gute und einige schlechte Nachrichten. Die gute ist, dass wir eindeutig wissen, dass Erich der Täter war. Wir haben in seinem Schrank in der Theatergarderobe nämlich ein Gedicht von ihm gefunden, in dem er seinen Hass auf Rosie Hartmann auf eine, na ja, künstlerische Weise hinausschreit. Worte wie ›Kill Hartmann, kill Rosie, hate Hartmann, hate Rosie, destroy Sommerhausen‹ kommen immer wieder vor.«

»Von wann ist das Gedicht?«

»Schwer zu sagen, er hat kein Datum drauf geschrieben.«

»Aber es kann doch sein, dass er im Verlauf des halben Jahres seine Gefühle geändert hat.«

»Herr Fichte, ich kann Sie ja verstehen, dass Sie für Ihren Schützling kämpfen wollen, aber es ist eindeutig. Zwei Schreibmaschinenseiten voll mit Hass.«

»Schreibmaschine? Nicht mit der Hand geschrieben?«

»Nein. Wieso fragen Sie?«

»Ich kann mir nicht helfen, aber Schreibmaschine passt einfach nicht zu ihm. Erich hatte sich bei den Proben immer mit einem Bleistift Notizen gemacht.«

»Passt nicht gibts nicht, Herr Fichte. Das ist absolut kein Argument. Hätte er denn seine Schreibmaschine zu den Proben mitschleppen sollen?«

Wieder wird Fritz von lähmender Traurigkeit gepackt.

Das kann nicht sein, das darf nicht sein. Erich hat so etwas nicht getan.

Aber wer dann?

»Wie dem auch sei. Wir werden den Fall schnellstens abschließen und morgen eine Pressenotiz herausgeben.«

»Und die schlechten Nachrichten?«

»Erichs Mutter ist im Krankenhaus mit einem Nervenzusammenbruch, ebenso Rosies Mutter. Und Rosies Bruder und ein paar seiner Konsorten werden eine Anzeige wegen Landfriedensbruchs und Widerstand gegen die Staatsgewalt bekommen. Und …« man kann durchs Telefon hören, wie er die Mundwinkel nach oben zieht, »es gibt eine Anzeige gegen Sie.«

Fritz stottert erschrocken: »Um Gottes Willen … weswegen?«

»Anonyme Anzeige wegen §175, Unzucht zwischen männlichen Personen.«

Fritz fällt fast der Hörer aus der Hand.

Schweigen.

»Herr Fichte, sind Sie noch da?«

Schweigen.

»Herr Fichte, Sie glauben doch nicht, dass ich so etwas verfolge? Und außerdem hat der nette Mensch, der das angezeigt hat … wars vielleicht einer aus Sommerhausen … hat der nette Mensch übersehen, dass dieser Paragraf vor Kurzem im Bundestag modifiziert wurde.«

Der Seufzer von Fritz lässt Birringer noch mehr schmunzeln.

»Herr Fichte, die anderen Dinge sind so ernst und das hier ist nur lächerlich. Wir müssen alle aufpassen, dass jetzt die öffentliche Ordnung nicht kaputt geht, wir müssen den Tumult, diese hitzige Aufregung eindämmen, nicht dass noch Schlimmeres passiert. Wenn überhaupt möglich, machen Sie sich einen guten Abend in der Stadt.«

Als Fritz auflegt, klingelt das Telefon sofort.

»Fichte?«

Atmen … Schweigen … Atmen … Stille … Atmen … weit entfernte Kirchenglocken … Aufgelegt.

Fritz kann seine Gedanken nicht mehr sortieren. Was war das? Telefonterror aus Sommerhausen? Aber diese Glocken, die sind nicht aus Sommerhausen, außerdem könnte sie Fritz direkt in seinem Häuschen hören. Diese Glocken lösen irgendetwas in seinem Unterbewusstsein aus, aber er kann es nicht aus dem Nebelhaften herauszerren.

Ich kenne dieses Läuten, wo habe ich das schon mal gehört? Was will der Anrufer?

Er beschließt, in die Stadt zu fahren, der nächste Zug geht in zwanzig Minuten. Ohne unterwegs gesehen zu werden schafft er es zum Bahnhof.

Das Dorf macht einen ungewöhnlich stillen, verschatteten Eindruck im Abendlicht. Als ob es sich in Trauerflor gehüllt hätte. Das schreckliche Ereignis zeigt Wirkung.

Auch der Bahnhof wirkt wie ausgestorben – als hätte mit einem Mal überall der Tod Einzug gehalten.

Hat Erich überhaupt Englisch gekonnt? Dieses »hate, kill, destroy«, irgendwie passt auch das nicht zu ihm … Passt nicht gibts nicht, nicht spekulieren, Fritz.

Fritz sitzt fast alleine im Zug. Er kämpft gegen seine Lähmung, er will aktiv werden, muss Birringer überzeugen, dass Erich nicht als Täter infrage kommt, muss gegen den Krieg zwischen den Dörfern angehen. Ich bin verantwortlich, ich muss mich dieser Verantwortung stellen. Ein verrückter Gedanke entflammt ihn: Wenn die Polizei die Akte schließt, wird er auf eigene Faust den Täter suchen. Diese Vorstellung versetzt ihm einen Adrenalinschub. Vor allem einen klaren Kopf behalten!

Er hat eine enorme Angst, dass ihn diese Lähmung letztendlich doch handlungsunfähig macht, dass die Paralyse ihn davon abhält, den wahren Mörder zu finden. Er muss aktiv sein, aber das Trauma schnürt ihn ein, er spürt wie es ihn mehr und mehr blockiert. Ihm fällt die traurige Geschichte eines Kommilitonen aus seiner Studienzeit ein. Jener war als Taxifahrer unschuldig in einen grauenhaften Unfall verwickelt, war hinterher fast ein Jahr lang in psychiatrischer Behandlung und musste sein Studium aufgeben.

So etwas darf mir nicht passieren!

Und ich werde mich nicht zurückziehen, wie ich das sonst tue, ich werde ihnen zeigen, dass ich stark bin!

Er öffnet das Fenster und kühlt seine heiße Stirn in der wirbelnden Abendluft.

In der Stadt angekommen geht er sofort zu einer Telefonzelle. Er muss sich unbedingt bei Mogens melden. Dessen Schwester Nicoline ist am Telefon.

»Nein, Fritz, er kann jetzt nicht mit dir reden, der Arzt war hier, sein Immunsystem ist nicht belastbar, er braucht erst mal Ruhe.«

Fritz lässt sich seine Enttäuschung nicht anmerken.

»Übrigens hab ich hier schon die Zeitung von morgen. Die Geschichte ist auf allen Titelseiten. Und der BR wollte, dass Mogli darüber berichtet, aber jetzt haben sie einen Herrn Kociumaka darauf angesetzt. Er sagt, er hat schon vergeblich versucht, dich zu erreichen.«

Das auch noch. Nein! Fritz will nichts mit der Presse zu tun haben. Andererseits, vielleicht wäre das ein Weg, die Polizei so zu beeinflussen, dass sie weiter recherchiert.

Aber heute nicht mehr. Fritz braucht dringend einen Schoppen Wein. Als er die Tür der Telefonzelle schließt, kommt ein Ehepaar auf ihn zugeschossen. »Wir kennen Sie. Waren Sie ned in der Zeitung? Dann sind Sie der von dem Theaterstück, wo so was Schreckliches passiert ist? Wir haben des im Radio gehört. Also was es alles gibt, dass so ein junger Mann sich so was Furchtbares ausdenkt.«

Schnell weg. Fritz geht entsetzt weiter, ohne etwas zu sagen.

Starren ihn die Leute an? Ist das Verfolgungswahn oder Realität? Dieses Foto von Fritz in der Zeitung! Wann war das? Vor tausend Jahren? Zu einer Zeit, wo Glück noch keine Chimäre war, wo man sich unbeschwert freuen konnte. Nein, es war vorgestern!

Er überlegt, ob er nicht sofort umdrehen und nach Hause fahren soll.

Aber er will nicht schon wieder gleich aufgeben, nicht schon wieder gleich fliehen.

Ich gehe jetzt ins beste Lokal der Stadt und esse und trinke so viel und solange ich will.

Als Fritz am Marktplatz entlanggeht, bleibt er wie angewurzelt vor einem Geschäft stehen. Ein Blumengeschäft mit einem Fleurop-Zeichen. Aber der Laden ist abgeschlossen, es ist Feiertag.

Willi! Der wäre meine Rettung. Warum habe ich Idiot mir nicht seine Telefonnummer geben lassen?

Gegenüber befindet sich eine Bushaltestelle mit einer Bank, er setzt sich dorthin und wartet bangen Herzens in einer absurden

Hoffnung, dass Willi auftaucht. Nichts geschieht, natürlich. Nach einer halben Stunde wird ihm die surreale Situation bewusst, sein Hunger wird übermächtig und seine Lust auf Wein immer größer.

Er steht auf und läuft in sich gekehrt zum ältesten Weinhaus der Stadt ganz in der Nähe.

In dem lauten, verrauchten Lokal ist in einer Ecke ein kleiner Tisch frei, wie geschaffen für Fritz. Erleichtert setzt er sich dorthin, mit dem Rücken zum Lokal, denn er bemerkt schon wieder neugierige Blicke.

Das erste Glas Wein wird serviert. Fritz stürzt es hinunter wie Wasser. Er lässt seinen Gedanken freien Lauf.

Wie es Mama wohl geht? Sie hat das alles bestimmt schon erfahren, ich hätte sie anrufen sollen … sie wollte zur letzten Vorstellung kommen … sie soll trotzdem kommen, ich brauche sie … was diese Karte wohl zu bedeuten hat … und was dieser Anruf sollte … was waren das für Kirchenglocken??

Seine Grübelei martert ihn: Ich werde noch verrückt, wenn mir das nicht einfällt … ja verrückt werden, alles verrücken, von seinem Platz rücken, es passt ohnehin nichts zusammen … hoffentlich haben die Polizisten die Fingerabdrücke genommen, denn wenn nur Fingerabdrücke von Erich und Rosie auf der Pistole sind und nicht von Bettina, die sie ja in der Hand gehabt haben muss, dann muss die Waffe vorher jemand abgeputzt haben … oder? … nein, andersrum.

Er schwitzt von der Anstrengung analytisch zu denken:

Wie kommt sie überhaupt in Erichs Garderobe … das Fenster! … Das Fenster im Gang war doch kaputt …

Der Kellner kommt, er weiß für einen Moment nicht, wo er sich befindet, dann presst er heraus: »Noch einen Schoppen und einmal die Kässpatzen.« Ob ich noch Karten für das Eröffnungsspiel kriege? … Idiot, wie kannst du jetzt an Fußball denken … Mein Gott, ich muss ja nächste Woche wieder Unterricht gegeben … Wie soll das gehen? … Wie soll ich mit den Kindern reden? … Ich will weg … weit weg … nein, du bleibst, du stellst dich …

Er schwitzt immer stärker. Diese Folter, als ob zwei eisige Stahlplatten sein Gehirn zerquetschen: Die Beerdigungen! Was das werden wird … dieser Sommerhäuser Pfarrer ist eine bigotte Pflaume … oder war es doch ein Unfall … ein Versehen … ja, ja, ja, bitte ein Unfall … wenn nicht, dann hätte der Mörder ja den Ablauf und das Konzept genau kennen müssen … und der Hinweis auf der Postkarte … der Mörder muss meine Stückfassung und die Übersetzung gekannt haben … und wo ist die präparierte Originaltheaterpistole, die Rosie verwenden sollte? … also doch … es war Erich! … Nein! Undenkbar, er wollte bei seinem Ausflipper vor der Generalprobe tatsächlich und ernsthaft aus der Produktion aussteigen, da ist es völlig absurd, zu denken, dass er zwischen Generalprobe und Premiere den Plan zum Mord ausheckt und die zweite Pistole besorgt … warum habe ich Idiot mich nicht erkundigt, was diese Pistolenmarke für einen historischen Hintergrund hat … ist das wirklich denkbar, dass sie meinen Vater mit so einer Pistole erschossen haben?

Nur mit größter Mühe hält er die Tränen zurück: ach Vater, dich könnte ich brauchen … ich muss mit irgendjemandem reden … Mogens ist zu weit weg … Oh Gott, bitte lass meinen Freund wieder schnell fit werden … diese Unbühl hat sich souverän verhalten gestern … gestern? … kann nicht sein … gestern? … ja, die Apokalypse ist erst vierundzwanzig Stunden alt … gestern … Rosie tot … heute Morgen Erich tot … ich glaube es nicht … nein, bloß keine Tränen hier im Lokal … ich bekomme keine Luft!

Fritz steht hastig auf und läuft so schnell es ihm möglich ist nach draußen, atmet tief durch. Verpackt seine Gefühle in eine stählerne Kassette, verstaut sie in die tiefste Kammer seines Herzens und geht wieder zu seinem Essen und dem zweiten Glas Wein. Auch das stürzt er hinunter und er bestellt ein drittes.

Die Unbühl … was hat sie eigentlich von diesem Neuber … wie heißt er mit Vornamen? … Andreas, Andreas Neuber … und der soll nicht gewusst haben, dass der Hartmann sein Vater ist … unmöglich … Dorfgetratsche … ich möchte Mama sehen … vielleicht kann ich ja noch nach München fahren …

Ein Schauer durchfährt ihn von den kleinen Zehen bis in die Haarspitzen, als er einen Blick in den Spiegel an der Wand wirft. Willi! Da ist Willi! Er steht mit dem Rücken zu Fritz in der Tür zum Nebenraum und wartet auf jemanden. Offensichtlich ist er im Begriff, zu gehen. Fritz springt freudig auf. Da tritt eine hübsche junge Frau mit einigen anderen Leuten aus dem Nebenraum. Sie fasst Willi um die Hüfte, er legt den Arm um ihre Schulter und gemeinsam gehen sie lachend aus dem Lokal.

Fritz versteinert. In Zeitlupe setzt er sich, trinkt mechanisch sein Glas leer und bestellt die Rechnung. Der Kellner kommt und fragt: »Darf ich Ihnen noch etwas bringen, aufs Haus?«

»Ja, gern, einen Schnaps, welche haben Sie denn?«

»Vielleicht einen Willi?«

Nun brechen bei Fritz alle Dämme. Er prustet über den Tisch, reicht dem verdutzten Kellner einen Hundertmarkschein, also viel zu viel, tätschelt seine Wangen und jault: »Einen Willi, ja freilich, was sonst?« Dann verlässt er unter Schnauben und Husten das Lokal.

Verloren wie das letzte Blatt am herbstlichen Apfelbaum steht er auf der leeren Straße. In ihm tobt ein Kampf um seine innere Haltung. Nicht aufgeben, nicht in die Depression fallen lassen! Ein Vulkan von Fäkalwörtern kocht aus seinem alkoholisierten Kopf hoch. Er schimpft laut vor sich hin, er kann es nicht zurückhalten, er ist wie ferngesteuert. Erst ein empörtes: »Na! Na!« von einem Passanten holt ihn in die Wirklichkeit zurück.

Erschöpft lässt er sich auf die Bordsteinkante sinken.

Wer bin ich? Was tu ich? Wohin?

Ein Taxi rollt beinahe über seine Zehen. Menschen steigen aus, klettern über ihn, ohne ihn zu beachten.

»Challo, Probleme, moy drug, mein Freund?«

»Was? Wer spricht da?«

»Taxifahrer Alexej spricht. Geht nicht gut?«

»Njet, geht nicht gut«, murmelt Fritz. »Ja, ein Taxi, gute Idee, fahren Sie mich nach Winterhausen, scheiß auf die verschissenen Kosten.«

Fritz einigt sich auf einen guten Preis mit Alexej. Der dicke, langhaarige Russe mit den asiatischen Augen redet sogleich wie ein Wasserfall. Plötzlich hält er inne, im Radio spielen sie »Satisfaction« von den Stones.

Rolling Stones … Michi, ich muss unbedingt morgen mit Michi reden. Wie es ihm geht? Hoffentlich ist mir niemand böse, dass ich von der Bildfläche verschwunden bin.

Die Musik wühlt Fritz noch mehr auf, er würde gern weinen, aber er kann nicht. Das übernimmt sein neuer Freund Alexej. Fritz traut seinen Augen nicht, der Taxifahrer weint.

»Hab ich Stones bei einziges Konzert in Ostblock gehört in Warschau. Hab ich meine Frau kennegelernt und bei diesem Lied geküsst.«

»Und bei ›Sympathie for the devil‹ haben Sie sich scheiden lassen.«

Da grinst Alexej frivol: »Njet, ›Angie‹ war Scheidungsgrund.« Er stellt das Radio leiser.

»Sie sprechen sehr gut deutsch!«

Alexej wischt sich die Tränen vom Gesicht.

»Hab ich studiert in Moskau an Konservatorium Klavier, wollte ich geben Konzerte, aber ich war ... politisch ... unsicher, wischiwaschi. Durfte nur arbeiten als Korrepetitor an Bolschoi ... immerhin. Dann Tournee in Westen mit Ballett, Prokofjew ›Romeo und Julia‹.«

Fritz muss würgen. Träumt er?

»Ist dir nicht gutt, mein Freund?«

»Alles, wirklich absolut alles ist sehr gut, erzählen Sie weiter.«

»Nix weiter. Bin ich gebleiben ... chier.«

Fritz kann seine Lehrernatur nicht zurückhalten: »Geblieben.«

»Da, da. Ja ... geblieben chier. Chab ich gearbeitet alles Mögliche, an Bau, Leichenwäscher, Tonmeister, Privatdetektiv, jetzt ich bin glicklich als Taxifahrer.«

»Hier ist der Bayrische Rundfunk mit Nachrichten.

Bonn. Der Nachfolger von Willy Brandt, der neue Bundeskanzler Helmut Schmidt hat seinen Antrittsbesuch bei ...«

»Soll ich dir sagen, warum ich so gern chier geblei... geblieben bin, in Daitschland? Wegen Willy Brandt!«

Fritz rutscht der Satz heraus: »Nicht noch ein Willi, es reicht für heute.«

»Chast du etwas gegen Willy Brandt?«

»Nein, ganz bestimmt nicht, machen Sie lauter, bitte.«

»Aus unserem Nürnberger Studio jetzt ein Bericht zu dem tragischen Geschehen in Winterhausen.«

Die kühle Stimme von Kociumaka spricht von einem surrealen Mord in Winterhausen. Der Mörder sei jedoch schnell identifiziert worden, es sei der junge Darsteller des »Romeo« gewesen. Dieser habe sich selbst gerichtet. Der Reporter wolle morgen einen längeren Hintergrundbericht bringen, dazu ein Interview mit einem Hauptbeteiligten, dem Lehrer und Initiator des Theaterstückes, Friedrich Fichte.

»Oh, ist furchtbar. Kennst du diese Fichte?«

»Oh ja, aber nicht gut, eigentlich gar nicht.«

Morgen? Interview? Mit mir? Wie kann das sein? Habe ich mich mit ihm verabredet? Und ich weiß das nicht mehr?

Fritz fällt in brütendes Schweigen. Alexej merkt, dass es besser ist, nicht mehr zu reden. Im Radio wird die deutsche Hitparade gesendet. Platz zehn belegt von Vicky Leandros' »Theo, wir fahrn nach Lodz«.

Fritz beginnt zu schwitzen, kalter Schweiß, ihm wird schwindlig. Hemd und Jackett fühlen sich unvermittelt an wie ein stacheliger Panzer. Er reißt sich die Sachen vom Leib. Alexej schaltet das Radio aus, sagt nichts.

Stille. Nur das Surren der Reifen in der dämonenschwarzen Nacht und Fritz' schwerer Atem. Ein Nachtvogel schwingt sich aus dem dichten Gebüsch am dunklen Fluss, flattert durch das Scheinwerferlicht.

Fritz glaubt ersticken zu müssen, er muss raus aus dem Auto, lässt anhalten, stolpert nach Luft schnappend zum Ufer und spritzt sich das kühle Flusswasser ins Gesicht und auf die Brust.

Alexej holt gemächlich ein Handtuch aus dem Kofferraum und reicht es dem zitternden Dorfschullehrer Friedrich Fichte.

»Wir chaben Sprichwort in Russland, was cheißt: ›Wer den Teufel ins Schiff nimmt, muss ihn auch hinüberfahren.‹ Du kannst ihm nicht davon laufen.«

Fritz hat sich beruhigt. Da zaubert Alexej eine Wodkaflasche hervor und reicht sie seinem Fahrgast.

»Davonlaufen nicht, aber davonsaufen! Nastrovje! Moy drug! Wie cheißt du?«

»Fritz.«

»Chab ich mir gedacht, du bist der Mann mit die Shakespeare-Drama.«

Fritz nimmt einen Schluck, aber es schmeckt ihm nicht. Er reicht die Flasche dem Taxifahrer. Der schüttelt den Kopf: »Das glaubst du nicht, ich trinke nix Wodka. Manchmal gutt Frankenwein, aber sonst nix. Liebe ich meine deutsche Führerschein. Bin ich einziger Russe, der nicht trinkt Wodka. Aber chab ich immer Wodka dabei und Chandtuch, weil so viele Gäste springen in Fluss!« Er sieht Fritz mit großen Augen an, der versteht nicht, dann lachen erst Alexejs Augenfalten, dann verzieht er den Mund zu einem Grinsen und schließlich brüllt er ein russisches Bärenlachen in die kühle Flusslandschaft.

Fritz kann auch nicht mehr ernst bleiben, er lacht und lacht, die beiden umarmen sich, sie lachen die bösen Geister weg.

Aber Fritz vergeht das Lachen schnell, als sie in das Dorf einfahren. Auf den Straßen aufgeregte Menschen zu so später Stunde. Die Schule und der Hof von Adi Weidringer sind hell erleuchtet.

An der Außenwand der Schule ist direkt unter den Fenstern seines Klassenzimmers in roter Farbe »MÖRDER« geschmiert.

Er bezahlt Alexej, nachdem dieser ihm seine Telefonnummer gegeben hat mit den Worten: »Vielleicht kannst du mich noch brauchen.«

Mit einem unguten Gefühl bewegt er sich zu der Menschenansammlung vor der Schule. Im Hintergrund parkt das Auto der Freiwilligen Feuerwehr.

Jetzt erst erkennt er im Halbdunkel, dass die Eingangstür schwarz von Ruß ist.

Er begrüßt Karin, eine Mitspielerin im Theater. Die nimmt ihn gar nicht wahr. Fritz hat das Gefühl, dass er merkwürdig angesehen wird. Ist es das diffuse Licht oder der Schock, unter dem die Menschen stehen? Keiner blickt ihn direkt an. Die Augen flackern, wenn er jemanden begrüßt. Nur abweisendes stummes Nicken.

Rainer Haas, der Bürgermeister, gestikuliert mitten in der Menge mit hochrotem Kopf. Er redet keuchend und spricht Fritz an, ohne ihn zu begrüßen: »Da! Schaun Sie sich das an!« Er lässt den Lichtstrahl einer extra starken Taschenlampe über die verrußte Tür gleiten. »Das ist ein Brandanschlag, das is Terror! Und für was? Für so ein blödsinniges Theaterspiel!«

Fritz will sich an der Schulter von Pankraz Braunfels festhalten, der dreht sich mit einer abwehrenden Bewegung weg.

»Sagen Sie doch mal was dazu, Herr Fichte. Wo waren Sie denn den ganzen Abend?« Der Ton von Haas wird bösartiger, die Blicke feindseliger.

Die Stimmung ist für Fritz kaum zu ertragen.

Da tönt das vertraute Organ von Michi: »Lass doch den Fritz in Ruh! Als ob der was dafür könnt.«

Toni Nabholz kreischt: »Freilich, wer sonst?«

Michi kommt aus dem Dunkel nach vorne. Er sieht aus, als ob er eine Woche nichts gegessen und getrunken hat. Überhaupt wirken die Menschen wie Lemuren, wie blasse Geister, übernächtigt, geschockt, fassungslos, hilflos.

Fritz reißt sich zusammen und ruft: »Leute, ihr könnt mir alles sagen, ihr könnt mich meinetwegen beschimpfen, alles könnt ihr machen, nur keine Gewalt. Wenn ihr jetzt meint, zurückschlagen zu müssen …«

Er wird unterbrochen von einer Horde Menschen, die sich im Laufschritt nähert. Sie kommt von Weidringers Hof. An ihrer Spitze der Steinwerksbesitzer Hinterwald mit Richard Weidringer. Sie rufen beim Näherkommen aufgeregt, dass alle mitkommen sollen. Sie wollen es den Sommerhäusern zeigen.

Sie wollen Auge um Auge, Zahn um Zahn, sie wollen Rache, sie wollen Terror.

Fritz' Niedergeschlagenheit kennt keine Grenzen: Sie wollen die Dummheit, sie wollen die ewige menschliche Sinnlosigkeit, sie wollen die Geistlosigkeit, sie wollen die endgültige Auflösung ihrer selbst.

Wie ein mittelalterlicher Mummenschanz setzt sich der unheimliche Aufmarsch in Bewegung. Sie sind nicht laut, sie grölen keine Parolen, sie gehen zügig in Richtung Brücke.

Michis kläglicher Ruf: »Seid ihr verrückt, bleibt da!«, verhallt in der Dunkelheit. Er plumpst entkräftet auf das Kopfsteinpflaster, Fritz setzt sich neben ihn. Bettina kommt um die Ecke mit einer Flasche Wasser und gesellt sich schweigend dazu.

Blaulicht, Sirenen, mehrere Polizeiautos nähern sich. Der Marsch der Erbitterten stoppt. Verwirrt treten die Rächer von einem Bein aufs andere.

»Achtung, hier spricht die Polizei. Zerstreuen Sie sich, gehen Sie nach Hause.«

Schneller als der Zug sich gebildet hat löst er sich auf. Manche sind sogar ein bisschen froh, dass sie ihr mageres Heldentum nicht unter Beweis stellen müssen.

Fritz, Bettina und Michi umarmen sich wortlos. Fritz hinkt müde durch die sternklare Nacht nach Hause.

An seiner Haustür ist ein Telegramm geklebt: »Kann Sie nicht erreichen. Möchte mit Ihnen sprechen morgen zehn Uhr. Geht das? Bitte anrufen. Kociumaka BR Nürnberg.«

Er zerknüllt das Schreiben und während er die Tür aufsperrt bemerkt er einen bedrohlichen handtellergroßen roten Punkt am Türrahmen – wie der Mittelpunkt einer Zielscheibe. Aber Fritz ist viel zu müde, um Angst zu bekommen.

Er legt sich mit den Kleidern und ungewaschen ins Bett.

Aus weiter Ferne kommen ihm die Worte von Zettels Traum aus Shakespeares »Sommernachtstraum« in den Sinn:

»… es geht über Menschenverstand zu sagen, was mein Traum war … des Menschen Aug hats nicht gehört, des Menschen Ohr hats nicht gesehen, des Menschen Hand kanns nicht schmecken, seine Zunge kanns nicht begreifen und sein Herz nicht wiedersagen was mein Traum war …«

Nach sechs Stunden traumlosen Schlafs wacht Fritz auf. Er fühlt sich, als sei eine Dampfwalze über ihn gefahren. Das Telefon klingelt. Wer ruft um acht Uhr morgens an?

»Hier ist die Münchner Redaktion vom ›STERN‹. Herr Fichte, was können Sie uns zu dem schrecklichen Geschehen in Ihrem Dorf sagen?«

»Nix. Vor allem keinem Journalisten.«

»Aber Sie sind der Hauptbeteiligte, Sie müssen …«

»Ich muss gar nix, Herr! Wie heißen Sie überhaupt? Warum stellen Sie sich nicht vor?«

»Warum sind Sie denn so aggressiv, wir wollen nur berichten und Ihnen vielleicht helfen.«

»Mir helfen? Mir kann niemand helfen. Und jetzt lassen Sie mich frühstücken, ja!«

»Kann man das so benennen: der Einbruch der Apokalypse in die fränkische Idylle.«

»Was reden Sie da? Idylle? Das hier ist die Hölle der Provinz, hier ist Krieg. Krieg unter den Nachbarn, Krieg in den Familien, Krieg zwischen den Dörfern. Guten Tag.« Fritz legt einfach auf.

Duschen, heiß, kalt; Kaffee, heiß.

Er holt die Zeitung aus dem Briefkasten. Seine Ahnung bestätigt sich. Auf der Titelseite mit einem Foto vom Bürgerhaus steht in großen Lettern: »Tragödie in Winterhausen.« Auf der Regionalseite ein Bericht mit Fotos von Erich und Rosie. Und von ihm das gleiche Foto wie am Samstag vor der Premiere. Der Bericht ist erstaunlich sachlich, aber auch für die Zeitung scheint es sicher zu sein, dass Erich der Täter war.

Hier will er einhaken, hier ist seine Aufgabe. Er muss Birringer dazu bringen, den wahren Mörder zu suchen. Erich kann es nicht gewesen sein! Wer dann? Erichs Vater? Das liegt doch auf der Hand, oder?

Wieder geht das Telefon. »Herr Fichte? Kociumaka vom BR, haben Sie meine Nachricht erhalten? Haben Sie Zeit, sich mit mir zu treffen?« Fritz zerreißt es innerlich. Einerseits will er nicht mit der Presse reden, andererseits könnte es ja tatsächlich helfen, etwas aufzuklären. Kurz angebunden bellt er: »Ja, kommen Sie um zehn Uhr zu mir« und legt auf.

Mühsam versucht er, die Zeitung zu lesen. Er ist überrascht, denn im Feuilleton steht eine fulminante Kritik über seine Premiere von »Romeo und Julia«. Wie kann das sein? Es ist eine Jubelarie.

»Ein Abend, den man nicht vergessen wird. Großes Theater. Friedrich Fichte ist mit ›Romeo und Julia‹ von Schiller eine der eigenwilligsten, imponierendsten Premieren der letzten Zeit geglückt … Bei dem Gastspiel des Münchner Residenztheaters in Schweinfurt sind vor allen anderen hervorzuheben Nikolaus Paryla als Spiegelberg und Erich Lux als Karl Moor in der großartigen Regie von Fritz Lietzau.«

Ich halluziniere! Ich werde verrückt! Soll ich mich in eine Irrenanstalt einliefern lassen? Ich kenne mich nicht mehr. Ich lese Dinge, die nicht dastehen. Ich weiß nicht mehr, was ich tue.

Ich bin auf einmal unhöflich, beschimpfe andere Menschen, rufe Fäkalwörter auf der Straße wie ein Geisteskranker. Ja, mein Geist ist krank. Was kommt da zum Vorschein? Das muss irgendeinen Sinn haben! Aber welchen?

In der Krise wachsen, Quatsch! Von der Krise lernen, Blödsinn! Die Krise als Läuterung, alles Unsinn! Diese Krise ist der Untergang.

Ich muss Mama anrufen.

Mama Wilma wirkt unerwartet ruhig und gefasst. Sie sagt, sie habe schon vergeblich versucht, ihn zu erreichen. Diese künstliche Ruhe von ihr macht ihren Sohn misstrauisch. Nach mehrmaligem Nachfragen gesteht sie, dass sie Beruhigungstabletten genommen hat.

»Was soll ich machen, Fritz? Mir war sofort klar, was das für dich bedeutet, wie ich es in den Nachrichten gehört habe. Und ich hab mir solche Sorgen gemacht, weil du dich nicht gemeldet hast. Ich bin im Moment allein. Also, was tun? Manchmal helfen Tabletten, mein Lieber. Richard ist für die Handelskammer in Südamerika unterwegs und ich kümmere mich halt wie immer um den Laden. Irene lässt sich gar nimmer sehen. Sie ist die ganze Zeit bei ihrem Freund in Passau, sie trainieren zusammen für die Leichtathletikmeisterschaften. Sie hat natürlich gleich angerufen und wollte wissen, ob ich was weiß.«

»Mama, das tut mir so leid, aber keine Sorge …« Er lacht krampfhaft. »Ich lebe ja … noch.«

»Red nicht so, Sohnemann.«

Ein tiefer Seufzer von Fritz.

»Ich weiß, ehrlich gesagt, nicht, wie ich das durchstehen soll.«

»Ach, Fritz, wenn's nimmer geht kommst du einfach hierher und ruhst dich aus. Du kannst im Zimmer von Irene wohnen und ich koch dir Milchreis mit Zimt und Birnenkompott.«

Fritz muss lächeln. Da war es wieder, das Flanellschlafanzuggefühl wie Mogens es nannte. Dieses Gefühl von Wärme und Geborgenheit wenn Mama sagt, du kannst immer zu mir kommen.

Halt! Genau das will Fritz abgelegt haben. Ich kann nicht einfach die Segel streichen und unter den Rockzipfel von Mama abtauchen. Ich bin ein erwachsener Mann! Oder?

Dennoch hat dieses Gespräch das flaue Gefühl im Bauch etwas entkrampft. Er ruft bei Mogens an, dort meldet sich niemand. Angst um seinen Freund beschleicht ihn. Mogens hat eine sehr fragile Gesundheit. Auch bei dessen Schwester meldet sich niemand und er hat keine Telefonnummern von seinen anderen fünf Geschwistern.

Nervös räumt Fritz die Wohnung auf, denn der BR-Mann kommt gleich. BR! Darauf hätte er eher kommen können.

Fritz ruft beim Rundfunk in München an und tatsächlich bekommt er Mogens an die Leitung.

»Fritz, Fritz, Fritz, mein Fritz! Ich hab wenig Zeit, ich muss gleich ins Studio.«

»Mogli, du musst mir helfen, kannst du nicht hierher kommen?«

»Oh je, Mann, nein, ich brauch meine Ärzte hier. Aber komm du, du hast noch Ferien.«

»Das geht gar nicht, ich … ich muss ja auch zu den … Beerdigungen …«

»Der Plural klingt grauenhaft, Fritz.«

»Aber wir müssen uns deine Aufnahmen anschauen, vielleicht kann man da einen Hinweis finden.«

»Ich habe noch gar nichts angesehen, ich weiß im Moment überhaupt nicht, wie ich das Material verwenden soll. Und für eine Recherche brauchst du's nicht. Ich denke, alles ist klar, der Erich war's.«

»Nein!!!« Fritz schreit verzweifelt ins Telefon, als ob die Lautstärke den toten Erich erwecken könnte. »Ich weiß sicher, dass er's nicht war.«

Er hört Mogens schlucken.

»Fritz, meine alter Fritz, ich muss ins Studio, aber das was du sagst zündet in meinem Hirn eine Rakete. Ich melde mich so bald wie möglich. Ciao.«

Fritz beginnt zu frösteln. In seinem Häuschen ist es düster. Er braucht Sonnenschein. Ihm bleibt noch eine Viertelstunde bis der Reporter kommt. In Hausschuhen schlurft er aus dem Haus und wandert mit hängenden Schultern auf seinem Weg in den Wald.

Was leuchtet da in der Sonne? Die Schrift auf der alten Mauer ist mit roter Farbe nachgezeichnet. 1525! Die Zahl ist auch dick rot angestrichen, mit einem Ausrufezeichen. Auf der Mauer liegt, akkurat hindrapiert, eine tote Ratte.

Er stiert ohne Regung auf das grausige Stillleben. Sein Kopf ist leer. Dann dreht er um und geht hinkend zu seinem Haus zurück.

Das blubbernde Röhren eines Motorrads nähert sich. Fritz bleibt vor der Tür stehen. Der Motor der Harley-Davidson erstirbt mit einem Röcheln. Ein stämmiger Mann steigt ab, läuft mit ausgestreckter Hand auf Fritz zu. Dieser blickt den Gast fragend an.

»Kociumaka! Grüß Gott, Herr Fichte.«

»Ja, grüß Gott.«

Fritz gibt kein Zeichen, dass er ihn erkennt. Kociumaka schüttelt irritiert den Kopf.

»Wir kennen uns von der Premiere.«

»Welche Premiere?«

Leere im Kopf.

»Mogens hat uns vorgestellt!«

Jetzt erwacht Fritz. Er bittet den Reporter freundlich ins Haus.

Als Kociumaka über die Schwelle tritt, schlägt er sich den Kopf an. Er ist genauso groß wie Fritz.

Der sagt grienend: »Diese niedrigen fränkischen Türstöcke. Die Menschen müssen früher Zwerge gewesen sein. Vielleicht sind sie's immer noch. Ich hab mich dran gewöhnt und bücke mich automatisch.«

Kociumaka legt seine Aktentasche nachlässig auf den wackeligen Wohnzimmertisch, lässt sich mit einem Seufzer in den schäbigen Sessel fallen, zündet sich ohne zu fragen eine Zigarette an und blickt sich neugierig um.

Wenn Fritz einen seiner seltenen Besuche bekommt, dann schämt er sich immer ein bisschen wegen der abgewohnten Möbel. Aber er hatte noch nie Wert gelegt auf gemütliches Wohnen. Die Gemeinde hatte ihm das kleine Fachwerkhäuschen möbliert zur Verfügung gestellt. Er mochte die Kate von Anfang an gern, vor allem liebt er die kleine ruhige Terrasse mit dem Blick in den nahen Wald. Von außen sieht es putzig aus, wie ein Hexenhäuschen.

Das Innere jedoch zeigt sich weniger pittoresk. Das Bad, die Toilette und die zwei großen Zimmer wirken verschlissen und dunkel. Und mit den düsteren Möbeln aus den Fünfzigerjahren machen sie keinen einladenden Eindruck. Aber Fritz kann damit gut leben, er hat sich im Wohnzimmer seinen Schreibtisch eingerichtet wie den Führerstand eines Schiffs. Hier segelt er durch die Welt mit ihren Festlichkeiten und Genüssen, mit ihren Schmerzen und peinlichen Absurditäten.

Kociumaka fummelt aus seiner Tasche einen Kassettenrecorder, das gleiche Gerät wie es Mogens im Auto hat. Er baut es auf, drückt den Startknopf und flucht. Die Batterien sind leer.

»Ich brauch eine Steckdose. Haben Sie irgendwo einen Stromanschluss?«

Fritz mag diese forsche Art nicht, am liebsten würde er ihn sofort wieder rausschmeißen. Aber er stellt ihm einen Aschenbecher hin. »Das fängt ja gut an, Herr … jetzt hab ich den Namen vergessen.«

»Kociumaka.«

Fritz ist froh, dass er vom Läuten des Telefons abgelenkt wird, denn sonst wäre er unhöflich geworden.

»Fichte am Apparat.«

Inzwischen hat Kociumaka eine Steckdose gefunden und fuhrwerkt an dem Gerät herum.

»Fritz, hier ist der Michi, wie geht's dir?«

»Michi, was für eine Frage ... und dir?«

»Was für eine Frage ... Fritz, wir machen heute Abend um zwanzig Uhr eine Bürgerversammlung in der Scheune vom Weidringer. Ins Bürgerhaus können wir ja im Augenblick nicht hinein.«

Fritz sagt mit umflorter Stimme: »Da wird man nie mehr hineinkönnen.«

»Mann, du klingst schrecklich.«

»Was soll denn bei der Versammlung besprochen werden? Dass ich versagt habe? Dass ich an dem Ganzen schuld bin? Dass ich ein Idiot bin?«

»Hör auf!!!« Michi bellt wie ein Feldwebel. Fritz kommen die Tränen.

»Mann, Fritz, entschuldige, aber wir müssen alle versuchen, klaren Kopf zu behalten, wenn schon die Sommerhäuser total durchdrehen.«

»Du hast recht. Also, was ist los?«

»Die wollen uns massakrieren, haben sie gesagt. Rache für Rosie. Und sie plärren etwas total Beklopptes: Rache für 1525. Das ist das Blödeste überhaupt. Als ob die Sommerhäuser damals die Opfer gewesen wären. Weißt du überhaupt, was da vorgefallen ist?«

»Ja, Mogens hat es mir erzählt, die Winterhäuser haben Terror in Sommerhausen gemacht und die Sommerhäuser haben sich dafür gerächt. Das brauchen die Menschen, das brauchen sie seit die erste Amöbe eine andere Meinung hatte als die andere, da haben die anderen sie überfallen, gefoltert und niedergemetzelt.«

Michi lacht.

»Das klingt schon wieder nach Fritz.«

»Übrigens waren die Rächer auch bei mir. Sie haben an der alten Mauer die Jahreszahl 1525 rot gestrichen und eine tote Ratte hingelegt.«

»Na, Mahlzeit. Das müssen wir heut Abend besprechen, Birringer kommt auch, er will eine Erklärung abgeben.«

»Birringer, Birringer, der wird nur sagen, dass Erich das alles initiiert hat und der Fall abgeschlossen ist.«

»Das klingt so als würdest du daran zweifeln.«

»Michi, Erich kann es nicht gewesen sein, basta. Ich hab nur keine schlüssigen Beweise, noch nicht.«

»Pass bloß auf dich auf. Du kommst doch, gell? Also, Servus.«

Fritz legt auf und sieht, wie Kociumaka auf die Tasten von dem Aufnahmegerät drückt.

»Haben Sie das eben aufgenommen?«

»Nein, das war zu privat. Gibt's da eine Versammlung heut Abend?«

»Ja, aber das geht Sie nix an.«

»Ich glaube, Sie wissen nicht, was die Aufgabe eines Polizeireporters ist.«

»Schon gut, fangen Sie an, was wollen Sie wissen?«

»4. Juni 1974, zehn Uhr fünfundvierzig. Gespräch mit Friedrich Fichte. Wie sind Sie denn auf die Idee mit dem Theaterstück gekommen?«

»Ich wollte einfach etwas Positives bewirken – mit meinen Mitteln. Das ist gründlich schief gegangen. Aber was soll diese Frage? Sie kennen die Geschichte, ich kann das nicht alles erzählen, ich bin viel zu … viel zu …«

»Ausgelaugt?«

»Nein, ausgeleert.«

»Verstört?«

»Nein, zerstört … tot!«

Fritz lehnt sich erschöpft zurück. Dieser fremde, bohrende Mensch in seinem Sessel ist ihm äußerst unangenehm.

»Was für eine Erklärung haben Sie denn, wie es zu dem Drama kommen konnte?«

»Was soll ich sagen? … Ich kann nicht, lassen Sie mich in Ruhe.«

»Aber Sie wollen doch auch, dass das Ganze gründlich aufgeklärt wird.«

»Wieso? Aufgeklärt ist alles. Erich Lux war's und damit basta.«

»Glauben Sie das wirklich, Herr Fichte?«

»Ja, sicher.«

»Gerade eben haben Sie etwas anderes gesagt.«

»Das war privat und das geht Sie nichts an. Und schalten Sie das Ding ab, das macht mich nervös.«

Tatsächlich drückt der Reporter auf den Stoppschalter.

»Können Sie sich vorstellen, dass Ihr Interview in diesem Moment meine Kräfte übersteigt? Wissen Sie denn, was dieser Sonntag bedeutet, welche Auswirkungen das hat? Zwei junge, wunderbare Menschen sind tot. Zwei Familien zerstört, so etwas kann die Strukturen eines Dorfes für immer beschädigen! Zwei Dörfer in Aufruhr und Terror. Alles im Chaos. Nur ein kleines Beispiel: Viele haben ihren Urlaub für das Theater geopfert, jetzt stehen sie da und wissen nicht, was sie machen sollen. Haben Sie von dem Brandanschlag gehört? Sie kennen unser Dorf ja gar nicht, was glauben Sie, dieses … Geschehen wirkt wie ein Buschbrand.«

Kociumaka hatte das Gespräch ursprünglich anders geplant, aber er ist erfahren genug, um flexibel zu reagieren.

»Moment, Herr Fichte, woher wollen Sie wissen, dass ich das Dorf nicht kenne?«

»Sie waren bestimmt noch nie hier.«

»Ich war vor drei Jahren hier. Stichwort Buschbrand: Ich habe damals die Geschichte mit Andreas Neuber recherchiert. Es gab diesen Prozess in Nürnberg gegen Andreas wegen Brandstiftung und versuchten Totschlags. Und vor zwei Jahren habe ich mit seiner Mutter gesprochen, kurz bevor sie gestorben ist.«

Fritz war froh, dass ein anderes Thema angesprochen wurde.

»Dieser Andreas war damals, als er vor Gericht kam, mit der Tochter eines Nürnberger Großgastronomen zusammen gewesen. Sie haben ein Picknick im Wald gemacht mit Feuer, und ihm ist das Feuer außer Kontrolle geraten. Seine Freundin ist dabei umgekommen.«

»Das weiß ich alles. Außerdem war er zweifellos unschuldig. Warum erzählen Sie mir das?«

»Weil ich gelernt habe, dass bei so einem bizarren Fall wie dem hier alle Aspekte berücksichtigt werden müssen, auch scheinbar abwegige. Und ich habe eben gehört, dass Sie nicht an Erichs Schuld glauben. Aber wer war es dann?«

»Ich habe schon einen Verdacht, aber das sage ich nicht, ich habe ja keinen Beweis.«

»Sie meinen doch Andreas Neuber?«

Fritz ist genervt: »Blödsinn. Da gibt's gar keinen Ansatz. Das wäre absurd, der hat mit dem Dorf und den ganzen Geschichten hier nichts zu tun. Was soll er für ein Motiv haben?«

»Es geht immerhin das Gerücht, dass er der Sohn von Werner Hartmann ist und da könnte doch ein Zusammenhang bestehen.«

»So ein Unsinn. Ich glaube, dass der … Mord mit der Feindschaft zwischen den Dörfern zusammenhängt. Da wird noch einiges hochkochen, von dem wir uns nichts träumen lassen. Und weil wir schon beim freien Spekulieren sind, da verrate ich Ihnen doch meinen Verdacht. Ich würde viel eher auf Erichs Vater tippen. Er hasst die Sommerhäuser. Er hat ein fulminantes Motiv. Nein, Herr Kociumaka: Beweise brauchen wir.«

Fritz möchte sich auf die Zunge beißen. Warum habe ich das gesagt? Und ausgerechnet einem Reporter.

»Herr Fichte, dieser Andreas hat eine wilde Vergangenheit. Ein ewiger Verlierer. Er war ein Einzelgänger. Nicht mal die wandelnde Dorfzeitung Michi Schauer konnte mir etwas über ihn erzählen. Und er ist ein Pyromane. Jedes Mal wenn er Ablehnung erfahren hat, hat es in seiner Nähe gebrannt.«

»Das ist immer noch kein Beweis, dass er sich ein so kompliziertes Mordkomplott ausdenken kann. Warum auch?«

»Nein, aber lassen Sie mich weiter erzählen. Er hat offensichtlich einige Brandanschläge zu verantworten. Als Junge kam er in ein Landschulheim, er war das erste Mal von zu Hause weg. Das Nebengebäude hat gebrannt.

Einige Jahre später gab es einen Zimmerbrand im Büro der Jungen Union in Würzburg. Andreas wollte in der CSU-Parteijugend Karriere machen und wurde abgelehnt.

Dann brannte es in einer Schauspielschule in München. Man vermutete Brandstiftung, aber die Ermittlungen verliefen im Sande. Seine Mutter hat mir erzählt, dass das Theater seine unerfüllte Sehnsucht sei. Er hat kurz vor dem Brand die Aufnahmeprüfung gemacht, wurde abgelehnt.

Gott sei Dank ist bis zu dem Zeitpunkt nie eine Person zu Schaden gekommen, außer seine Mutter, die immer verzweifelter und hilfloser wurde.

Und schließlich kam das Picknick. Ich habe erfahren, dass seine Freundin mit ihm Schluss machen wollte. Also wieder eine Ablehnung, aber man konnte ihm keine Absicht nachweisen. Freispruch. Allerdings wusste seine Mutter genau Bescheid. Es gab nach dem Tod seiner Freundin und der Gerichtsverhandlung eine entsetzliche Aussprache zwischen Sohn und Mutter. Sie hat ihm gegenüber bestritten, dass Werner Hartmann sein Vater ist, übrigens auch mir gegenüber, aber sie hat Andreas die schlimmsten Vorwürfe gemacht und ihm an den Kopf geworfen, dass er schuld sei am Tod der jungen Frau. Das Ganze eskalierte dramatisch, er hat sie geschlagen und ihre schönsten Scherenschnitte ins Feuer geworfen. Ja, ins Feuer. Sie haben richtig gehört, Herr Fichte, in Emmis Wohnung gab es einen kleinen Kohleofen. Am Ende sagte er sich von seiner Mutter los. Und wie Sie wissen hat das Emmi nicht verkraftet und ist bald darauf verstorben.«

»Moment, Herr Kociumaka, warum ist das nicht publik geworden? Ich habe nie davon gehört.«

»Weil ich von meinem Chef einen auf den Deckel bekommen habe. Das seien nur Spekulationen, zu privat und keine handfesten Hinweise. Deswegen durfte ich es nicht veröffentlichen.«

»Na also, alles spekulativ. Wer sagt denn, dass Emmi recht hat? Vielleicht hat sie ihn geschlagen! Vielleicht hat sie ihn rausgeworfen! Vielleicht hat sie ihm doch gesagt, dass er ein Bangert ist, ein Kegel. Ich verstehe nicht ganz, warum Sie sich so sehr auf diesen Andreas stürzen. Hat er Ihnen irgendwas persönlich angetan? Ich versteh auch nicht, warum Sie mir das alles erzählen. Aber machen wir Schluss. Jetzt haben Sie gar kein Material für Ihre Sendung.«

Kociumaka grinst: »Lassen Sie das meine Sorge sein. Sie haben sicher recht, da kocht noch einiges hoch, von dem wir uns nichts träumen lassen. Kann ich mal auf Ihre Toilette?«

»Bitte, bitte.«

Fritz nutzt die Gelegenheit. Er kennt das Gerät von Mogens, also spult er die Kassette zurück und hört in die Aufnahme hinein. Als Kociumaka zurückkommt, sagt Fritz angewidert: »Sie haben mein Telefongespräch mit Michi doch aufgenommen. Sind das die Methoden eines Polizeireporters?«

Kociumaka bleibt gelassen: »Oh sorry, hab ich die falsche Taste gedrückt, ich hab's wohl aus Versehen aufgenommen.«

Die Temperatur im Zimmer sinkt schlagartig auf Minusgrade. Fritz nimmt ganz ruhig die Kassette aus dem Recorder, reißt die Bänder heraus und wirft sie in den Papierkorb.

»Auf Wiedersehen, Herr Kociumaka.«

Fritz tigert aufgewühlt durch seine Wohnung, schnaubt aufgeregt, wird immer exaltierter. Das Telefon läutet, er geht nicht ran.

Ich muss etwas tun, etwas machen, mich ablenken, ich werde wahnsinnig … Wo soll ich hin mit meiner Trauer, meiner Wut … Ich bin schuld, schuld, schuld.

Er repariert sein Fahrrad, putzt den Fußboden und die Fenster in rasendem Tempo.

Das Telefon läutet wieder, er ignoriert es.

Aber dann kniet er vor dem Telefon und fleht es an wie eine Reliquie. »Wenn ich abhebe, dann, bitte, sag mir, dass Erich es nicht war, bitte eine Stimme soll mir sagen, jemand mit einer weichen zärtlichen Stimme, eine schöne Stimme so wie Rosie sie hat … hatte … soll mir sagen, dass das alles nicht stattgefunden hat. Bitte, Telefon, sag mir, was ich tun soll.«

Das Telefon schweigt.

Er springt auf, legt eine Platte auf: »Soul Sacrifice« von Santana. Er dreht die Lautstärke bis zum Anschlag. Er tanzt.

Tanzt den Opfertanz, den Sonnentanz, den Totentanz. Er stampft sein verletztes Bein auf den harten Boden, wieder und wieder, der Schmerz lässt ihn schreien. Er tanzt und stampft, er weint und schreit, er tanzt und tanzt.

Keuchen. Stille.

Ein Klopfen an der Tür. Durch das Milchglas erkennt er die Silhouette einer Frau.

»Ingrid von Unbühl! Was … was machen Sie denn hier?«

»Ich habe schon ein paar Mal geklingelt, aber die Musik …!«

Ingrid wirkt verändert, sie hat sich die langen strähnigen Haare offensichtlich selbst abgeschnitten und hat Jeans und ein T-Shirt an, was Fritz noch nie bei ihr gesehen hat. Ihre grau-grünen Augen sehen ihn durchdringend ernst an.

Vor der Tür steht ihr Roller, der Motor läuft. »Kommen Sie mit, wir machen einen Ausflug.«

»Wohin?«

»Zu mir.«

»Nach Sommerhausen? Ob ich das überlebe?«

Fritz ist unschlüssig. Was soll er bei Ingrid? Was soll er im Nachbardorf, dort muss er mit allem rechnen. Aber die Neugier siegt. Außerdem sieht er es als Abwechslung, die ihn ablenkt von den bedrückenden Gedanken.

Er steigt auf den Roller. Steigt wieder ab und holt einen Hut, denn die Sonne sticht. Zudem hat er die Hoffnung, dass er mit Kopfbedeckung nicht gleich erkannt wird.

Die Sonne steht senkrecht. Schattenlose Häuser, heißer Asphalt, kein Mensch auf der Straße, die aufgeheizte Luft tanzt über dem Fluss. Auf der Brücke ist die rote Farbe verblasst. Jemand hat anscheinend versucht, das aufgemalte »MÖRDER« wegzuschrubben, aber es ist noch deutlich zu erkennen.

Die Fahrtluft kühlt Fritz ab. Er überlegt, ob er sich so ein Gefährt zulegen soll, das würde einiges erleichtern, vor allem für sein versehrtes Bein.

Plötzlich verdreht Ingrid die Schultern und macht dadurch einen gefährlichen Schlenker, sodass sich Fritz an ihre knochige Hüfte klammern muss.

»Was war das denn?«

»Schafe rechts! Bringt Unglück, ich wollte sie über die linke Schulter bekommen.«

»Irgendwann brechen Sie sich den Hals wegen Ihres Aberglaubens.«

»Machen Sie keine Witze. Hab ich nicht recht gehabt? Eine gute Generalprobe bringt Unglück …«

Von hinten nähert sich ein roter Sportwagen. Er rast auf die beiden zu, touchiert fast den Roller. Dann überholt er mit quietschenden Reifen und fährt an der nächsten Ausfahrt ab. Fritz kann gerade noch zwei junge Männer aus Sommerhausen erkennen, die bei der Treibjagd auf Erich mitgemacht haben.

»Was war das denn? Kennen Sie das Auto, Inge?«

»Das war ein Alfa … ROMEO!!!«

Inge schlägt sich die Hand vor den Mund und lacht hysterisch. Der Roller wackelt bedenklich. Aber Fritz findet das gar nicht komisch, er hat den letzten Rest seines Humors auf der Winterhausener Seite gelassen.

Vor Inges Haus angekommen zieht er den Hut tiefer ins Gesicht, er hat das Gefühl, dass hinter jedem dieser fränkisch verbarrikadierten Fenster eine Gardine wackelt.

Inge wird mit dem lauten Gemaunze ihrer Katzen begrüßt. Nur in der Ecke des Wohnzimmers sitzt still ein kleines mageres Kätzchen und rührt sich nicht. Sie holt aus dem Kühlschrank eine Schüssel mit zerkleinerter Leber und nähert sich vorsichtig dem verschüchterten Tier, aber es reagiert nicht.

»Das wollte ich Ihnen zeigen.«

»Eine Katze?« Fritz versteht nichts und ist verärgert.

»Wissen Sie, wem dieses Katerchen gehört hat?«

»Entschuldigung, aber …« Er will sagen: »… das interessiert mich heute nicht«, aber er verschluckt den Halbsatz.

»Das ist Rosies Kater.«

Sein Herzschlag setzt aus.

»Ihre Tante Gerlinde hat ihn mir heute Morgen gebracht. Sie sagte, die Familie kann ihn unmöglich behalten, die Erinnerung … Na ja, Sie können sich's vorstellen.«

Er kann sich gar nichts mehr vorstellen.

»Er lässt sich kaum anfassen, er ist sehr scheu. Und es ist unglaublich, er hat seit dem Sonntagabend nichts mehr gefressen. Raten Sie mal, wie er heißt.«

Fritz fängt an zu schwitzen, er sieht nur den grellrot geschminkten Mund von Inge auf sich zu kommen.

»Montag heißt er.«

Er blickt ratlos auf den verschüchterten Kater.

»Na, kommen Sie, fällt da kein Groschen? Sie haben doch so viel Fantasie.«

Er erinnert sich, wie zärtlich Rosie von dem Tier erzählt hatte bei den Proben. Sie hatte es zu Weihnachten geschenkt bekommen.

Er murmelt unwirsch: »Was soll ich sagen? Er heißt Montag, andre Katzen heißen Schnurrli.«

»Montag … Montag, Fritz! Wie heißt Romeo mit Nachnamen? Montague!«

Das hätte sie nicht sagen sollen. Fritz bekommt schwache Knie, er zittert und muss sich setzen.

Da geschieht ein Wunder. Montag kommt langsam durch das Zimmer angetrottet und springt auf seinen Schoß. Er dreht sich, streckt sich, rollt sich ein und fängt an zu schnurren. Fritz schnauft wie ein Walross. Nein, er will auch diesmal nicht heulen. Er drückt seine überquellenden Gefühle wieder in die Stahlkassette in der tiefsten Kammer seines Herzens.

»Haben Sie vielleicht so einen köstlichen Tee wie letztes Mal, Inge? Mit den Plätzchen, bitte.«

Während sie in der Küche hantiert, streichelt Fritz zögernd über Montags Fell an. Er ist noch nie ein großer Tierliebhaber gewesen.

Umso mehr wundert er sich über sich selbst, denn seit drei Minuten ist er diesem Kater verfallen.

Sein Blick fällt auf ein Fotobuch auf dem Tisch mit dem Titel »Als vom Himmel Feuer fiel. Die Bombennacht von Würzburg 16. März 1945«.

Inge ruft aus der Küche: »Glauben Sie eigentlich daran, dass Erich es war?«

Fritz schweigt und krault Montag.

»Was meinen Sie, Fritz?«

»Was meinen Sie, Inge?«

»Ich kann es mir gar nicht vorstellen, dass Erich so was getan hat. Aber wer soll es sonst gewesen sein?«

»Ich weiß es nicht. Ich weiß nur, dass Erich es nicht war.«

»Was? Wieso sind Sie so sicher?«

»Wie soll denn Erich das geplant haben? Wie soll er denn an die Waffe gekommen sein? Erich war ein bisschen, naja, verrückt, überdreht, aber so ein ausgeklügeltes Verbrechen mit so einer Logistik kann ich mir bei ihm wirklich nicht vorstellen.«

»Lieber Fritz! Erich war kein Heiliger. Emmi Neuber, die Mutter von Andreas, hatte den Verdacht, dass ihr Sohn den Erich mit Haschisch versorgt hat.«

»Was? Andreas Neuber und Erich haben sich gekannt?«

»Anscheinend ja. Emmi hatte diese Vermutung.«

»Der Tee ist bestimmt fertig, Inge.« Fritz will nicht mehr reden. Er kann keinen klaren Gedanken fassen.

Sie springt auf, bringt Plätzchen und stellt die Delfter Kanne auf das Stövchen.

»Hat da Montag ein neues Herrchen gefunden?« Inge lächelt weich.

»Nein, nein, nein. Ich will bestimmt kein Haustier.« Fritz wechselt schnell das Thema.

»Sie haben am Sonntag ziemlich ruhig reagiert und die Übersicht behalten. Ehrlich gesagt, Inge, das hab ich Ihnen gar nicht zugetraut.«

»Weil ich so eine abergläubische, überkandidelte Nudel bin?«

Sie müssen beide lachen.

Dann wird Inge wieder ernst, sehr ernst.

»Ich habe Schlimmeres erlebt, Fritz. Und ich habe mir geschworen, dass mich nichts mehr aus der Fassung bringen wird, komme was wolle.«

»Was kann es Schlimmeres geben als diese Tragödie?«

»Wollen Sie es wirklich hören?«

»Ja, ich brauch einen Trost, einen Halt, eine schlimmere Geschichte, damit sich unsere letzten drei Tage nicht mehr ganz so schlimm anfühlen.«

»Also gut, dann fang ich aber ganz vorne an. Sie wissen was am 16. März 1945 in Würzburg geschah?«

»Natürlich, die Bombennacht von Würzburg.«

»Das ist so ein Wort, ein Begriff für etwas, das man kaum in Worte fassen kann. Genauso wie Sie ›unsere letzten drei Tage‹ kaum in Worte fassen können. Aber ich hatte es trotzdem versucht, mit einem Theaterstück, das ich aus Fotos, Protokollen und Beschreibungen dieser Hölle zusammengestellt hatte. Es hatte am 16. März 1952 Premiere im Theater bei Boccacci hier in Sommerhausen.«

»Warum haben Sie das gemacht? Haben Sie diese Hölle denn miterlebt?«

Die Kerze im Stövchen flackert leicht, der Tee glänzt goldgelb, die Plätzchen blinken im Delfter Porzellan und Montag schläft tief in Fritz' Schoß. Inge schaut Fritz lange mit ihren unergründlichen graugrünen Augen an, dann wendet sie den Blick ab und spricht monoton, als ob sie einen Lexikonartikel vorliest. »Eine mit Phosphor in Kontakt gekommene Person wird versuchen, die brennenden Stellen auszuschlagen. Da Phosphor in Brandbomben jedoch mit einer Kautschukgelatine versetzt wird, bleibt die zähflüssige Masse an der bis dahin noch nicht brennenden Hand haften und wird so weiter verteilt. Weißer Phosphor erzeugt in der Regel drittgradige Verbrennungen, zum Teil bis auf den Knochen. Da diese bei einem Angriff meist großflächig sind, sterben Betroffene langsam an ihren Verbrennungen, sofern sie nicht bereits vorher durch Inhalation der giftigen Dämpfe, Verbrennung der Atemwege oder Intoxikation zu Tode gekommen sind.«

Ihre Stimme bekommt wieder einen persönlichen, eindringlichen Erzählton: »Dreihunderttausend Stabbrandbomben, Fritz! Die Vorläufer von Napalm! Aber der Reihe nach.

Ich wohnte mit meiner Mutter und meinem Mann in einer kleinen Wohnung am Mainkai. Mein Vater war bei Stalingrad gefallen.

Mein Mann war wegen seines Asthmas nicht eingezogen worden, war aber jetzt eingeteilt für die Heimatfront um das Tausendjährige Reich in letzter Sekunde zu retten. Es ist ein milder Abend, die ersten Amseln singen und die Bäume strecken sich dem Frühling entgegen. Die Stadt ist zwar nervös, aber niemand kann sich nur im Entferntesten das Grauen ausmalen, das sie wenige Stunden später heimsuchen wird. Mein Mann macht sich auf den Weg zu einem Kontrollgang. Er küsst mich innig beim Abschied und flüstert: ›Pass gut auf euch auf, mein Schatz.‹ Und er streichelt meinen Bauch. Ich bin schwanger, im dritten Monat.«

Fritz hat aufgehört den Kater zu kraulen.

»Um neunzehn Uhr ertönt der sogenannte Kleinalarm. Meine Mutter packt ein paar Sachen ein, nimmt mich bei der Hand wie früher als kleines Mädchen und sagt, dass wir auf die Feste Marienberg gehen werden. Sie habe eine Vorahnung, dass es schrecklich wird. Dort oben auf dem Berg sei es sicherer, dort gebe es auch einen großen Schutzraum. Ich lasse mich mitziehen, obwohl ich meinen Mann nicht allein lassen will. Ich schreibe ihm einen Zettel.« Bei diesem Wort zuckt Fritz zusammen, sodass Montag unruhig wird. »Damit er weiß, wo wir hingehen. Vor dem Haus läuft uns eine schwarze Katze über den Weg.«

»Inge, das ist Unsinn, sowas ist Zufall.«

»Mag ja sein, aber lassen Sie mir das. Ich brauche einen Unsinn, der mich durchs Leben führt.«

Fritz schüttelt unwirsch den Kopf.

»Wir sind schon fast am Ziel, da kommt der zweite Alarm um zwanzig Uhr, der Voralarm. Ich kann nicht so schnell gehen, meine Mutter zerrt an mir wie eine Verrückte. Mir wird schlecht, aber ich reiße mich zusammen. Das Medaillon, das mir mein Mann zur Hochzeit geschenkt hat, gibt mir Kraft. Ich halte es ganz fest in meiner Faust. Es ist überzogen mit Perlmuttlack. Jahre später habe ich Folgendes erfahren: Der für den Luftangriff verantwortliche englische Marschall Harris hatte alle Städte, die für eine Bombardierung geeignet waren, mit einem Codenamen versehen. Und soll ich Ihnen verraten wie der Codename für Würzburg war? *Ukelei*!«

»Was ist das?«

»Das ist ein Fisch aus dessen Schuppen Lack hergestellt wird, Perlmuttlack!«

Inges sonst so entspannte Stimme überschlägt sich fast. Sie atmet tief durch. Fritz hat während dieser Erzählung unbewusst nach der Uhr seines Vaters am Handgelenk gegriffen, aber er kann sie nicht fühlen. Jetzt fällt ihm ein, dass sie immer noch in der Garderobe liegen muss.

»Endlich kommen wir auf der Festung an. Der Raum ist überfüllt, aber wir finden noch einen Platz neben der Tür. Ich hoffe inbrünstig, dass mein Mann kommt und gehe immer wieder nach draußen um zu sehen, ob er nicht auf dem Weg ist. Die Menschen werden immer nervöser, einige andere gehen auch noch einmal hinaus und halten Ausschau nach Angehörigen. Mein Mann ist nirgendwo zu sehen.

Dann der große Alarm. Jetzt müssen wir zurück in den Raum gehen und dort bleiben. Dieses Brummen der Bomber, die sich erbarmungslos der Stadt nähern, das Kreischen der Sirenen! Und im Keller diese unerträgliche Stille. Man meint das Pochen der Herzen von den verängstigten Menschen spüren zu können. Ich bekomme Panik und will hinaus. Ein alter Heimatfrontmann hält mich auf. Ich will mich aus seinem festen Griff befreien und schlage nach ihm, da zieht er seine Pistole. Genauso eine Pistole, wie … wie sie Romeo im Holster hatte.«

Stille.

»Warum haben Sie mir das nicht längst gesagt?«

»Weil ich mich nicht getraut habe. Weil ich diese Geschichte nie erzählen wollte. Und weil Sie völlig besessen waren von dieser Scheißidee mit der Pistole.«

Die Teetasse in Fritz' Hand fängt an zu zittern, der goldgelbe Darjeeling schwabbt über. Die Tropfen erschrecken Montag und er springt mit unwilligem Grummeln vom Schoß.

Resigniert murmelt Fritz: »Erzählen Sie weiter.«

»Mir aber ist alles egal. Meine Mutter zieht an mir, der Offizier bedroht mich, aber ich laufe einfach los. Er hat nicht geschossen. Haben Sie gehört, Fritz? ER HAT NICHT GESCHOSSEN!«

Stille.

»Ich stehe auf einer Mauer und schaue gebannt auf die Stadt. Mir ist völlig egal, ob ich da draußen mit meinem Kind im Bauch sterbe oder nicht. Ich will nur meinen geliebten Mann hier haben. In den ersten Sekunden ist der Weltuntergang faszinierend. Wie ein Silvesterfeuerwerk. Aber von Minute zu Minute schlägt das Grauen immer entsetzlicher zu. Der jüngste Tag ist angebrochen. Die Brandbomben machen ihrem Namen alle Ehre, in wenigen Minuten steht die ganze Stadt in Flammen.

Die Flugzeuge fliegen ohne Unterbrechung. Wo kommen die alle her? Sie werfen tonnenweise Stabbrandbomben ab, die Menschen verwandeln sich in lebende Fackeln. Hunderte laufen brennend aus den improvisierten Luftschutzräumen und stürzen sich in den Fluss. Aber Phosphor hört im Wasser nicht auf zu brennen! Das Inferno. Menschen schreien im Wasser, brennend ertrinken sie!

Dann glaube ich, meinen Mann zu sehen. Er steht am Kai, fuchtelt mit den Armen. Ich denke, dass er mir zuwinkt und winke hektisch zurück. Aber er versucht nur verzweifelt, die Flammen an seinem Körper zu ersticken ... Dann springt er ... Der Leichnam, den wir beerdigt haben, könnte er gewesen sein. Sicher bin ich mir nicht, bis heute. Am Tag der Kapitulation, am 8. Mai, habe ich mein Kind verloren. Meine Mutter starb zwei Monate später.«

Schweigen.

Da bemerkt Ingrid, wie Montag vor seinem Fressnapf hockt. »Er frisst! Fritz, er frisst wieder!«

Fritz lächelt erschöpft. Er fühlt sich leer, ausgemergelt. Ihm fällt nichts mehr ein. Er will nur noch nach Hause.

»Fahren Sie mich zurück? Ich will hier nicht durchs Dorf gehen müssen.«

In dem Moment klingelt das Telefon.

»Von Unbühl! ... Wer? Wen? Ja, der ist hier. Für Sie.«

Sie winkt den verblüfften Fritz heran und reicht ihm den Hörer. Zögernd meldet er sich.

»Herr Fichte, hier ist Windisch.«

Fritz kann den Sommerhäuser Pfarrer gar nicht leiden.

»Woher wissen Sie, dass ich hier bin?«

»Was glauben Sie denn? Das ganze Dorf weiß, wo Sie sind.«

Die Burschen im Sportwagen!

»Und was wollen Sie von mir?«

»Herr Fichte, ich habe Angst, dass die Situation eskaliert. Und ich glaube, dass Sie dazu beitragen können, die Gemüter zu beruhigen.«

»Sie sind gut, Herr Pfarrer, ich bin der dumme August, der Hauptverursacher, ich bin der Auslöser von dem Ganzen.«

Plötzlich wird der Ton von Windisch schneidend scharf: »Unsinn!

Menschenskind, das ist ja eine ganz besondere Art von Egoismus bei Ihnen. Nehmen Sie sich mal nicht so wichtig!«

Fritz ist verblüfft. Aber anstatt beleidigt zu reagieren, wird er weich und nachdenklich. Windisch hat ihn ins Herz getroffen.

»Was meinen Sie, was soll ich tun?«

»Vor einer Stunde war Gerlinde Hartmann bei mir. Ihre Schwägerin, Rosies Mutter, ist aus dem Krankenhaus entlassen worden, aber sie ist völlig apathisch, wahrscheinlich auch wegen der Medikamente. Übrigens liegt Erichs Mutter immer noch unansprechbar im Krankenhaus.«

Unterdessen hat sich Montag angeschlichen und schmeichelt um Fritz' Beine. Als dieser nicht reagiert, zerrt der Kater mit seinen Krallen an seiner Hose und miaut. Da nimmt ihn Fritz auf den Arm, sofort fängt er an zu schnurren.

»Was ist das für ein Geräusch, Herr Fichte?«

»Montag.«

»Wie bitte?«

»Ach nichts.«

»Also, Gerlinde Hartmann will auch unbedingt Ruhe in die aufgewühlte Lage bringen. Sie sagt, dass ihr Neffe Heinz immer noch hetzt und Feuer spuckt. Und sie meint, dass der zu allem fähig ist. Ich möchte gern die Vernünftigen in beiden Dörfern ansprechen und deswegen werde ich heute Abend zu Ihrer Versammlung kommen.«

»Um Himmels Willen, Herr Pfarrer, ob das eine gute Idee ist?«

Ingrid flüstert: »Was sagt er?«

Fritz bedeckt umständlich die Sprechmuschel – durch Montag hat er keine freie Hand –: »Er will nach Winterhausen zur Versammlung kommen.«

Ingrid reißt die Augenbrauen hoch.

»Ob das eine gute Idee ist wird sich zeigen, Herr Fichte. Aber die Lage ist so brisant, dass man zu ungewöhnlichen Mitteln greifen muss, ohne Angst!«

»Und was soll ich machen?«

»Keine Kohlen ins Feuer. Und nicht so larmoyant rumlaufen. Etwas tun, die Dinge anpacken und in die Hand nehmen. Nichts für ungut, Herr Lehrer, bis heute Abend.«

Fritz' Aversion gegen den Pfarrer ist wie weggeblasen. Er hat plötzlich sogar ein besseres Gefühl. Endlich ein Lichtschimmer am dunklen Horizont.

Zu Hause angekommen wird Fritz müde. Er zieht sich aus, denn es ist nach wie vor sehr heiß, und legt sich auf das Sofa. Er nickt ein. Doch sein Herzklopfen zerreißt ihn fast, schweißnass wie in der Sauna wacht er sofort wieder auf. Das Telefon klingelt. Mit zittriger Hand zieht er den Stecker aus der Wand, stellt es unter den Schreibtisch und legt zusätzlich ein Kissen auf den Apparat.

Ein Wein! Ein Glas Wein, das beruhigt. Nein, lieber eine Weinschorle, er will ja nicht betrunken zur Versammlung gehen. Wie ein Verdurstender stürzt er die Schorle im Stehen hinunter und bereitet sich sofort noch eine. Er spürt, dass er seit dem Frühstück nichts gegessen hat, will sich ein Leberwurstbrot machen, rutscht mit dem Brotmesser aus und schneidet sich tief in den Daumen. Das Blut tropft auf das Brot, es ist ihm egal. Er träufelt Jod auf die Wunde, das Jod tropft auf die Wurst, es ist ihm egal – Jodblutleberwurstbrot.

Nackt setzt er sich mit dem Brot und der Schorle auf die Terrasse. Man könnte ihn vom nahen Weg aus sehen, aber das ist ihm egal. Er spürt den Alkohol, es ist ihm egal.

Er geht zurück, um das Radio anzustellen, schlägt sich an der Türschwelle die nackten Zehen von seinem Hinkefuß an. Tränen schießen ihm vor Schmerz in die Augen.

Als er verkrümmt in der Tür steht, fahren zwei Buben mit ihren Fahrrädern auf dem Weg vorbei, stumm starren sie ihn an. Fritz wird siedend heiß bewusst, dass er nackt ist und zieht sich ins Haus zurück.

Um den Schmerz zu betäuben, stürzt er eine weitere Schorle hinunter und macht sich noch eine mit wenig Wasser.

Endlich sitzt er in seinem gemütlichen Korbstuhl, den er sich im Frühling geleistet hat. Es war nach einer wunderbaren Theaterprobe gewesen.

Aus einem Hochgefühl heraus hatte er beschlossen, sich einen schönen Sessel zu kaufen, fuhr euphorisch in die Stadt und erstand das erste Mal in seinem Leben ein Möbelstück. Das scheint Lichtjahre her zu sein.

»Beim letzten Ton des Zeitzeichens war es sechzehn Uhr. Hier ist der Bayerische Rundfunk mit Nachrichten: Washington. In den USA eskalieren die Proteste gegen den Vietnamkrieg. Die amerikanische Luftwaffe hatte bei einem Napalmangriff …«

Fritz murmelt: »Napalm, Phosphor, lebende Fackeln …«

»Der durch den Watergate Skandal schwer angeschlagene Präsident Richard Nixon will mit einer Rede vor dem Kongress …« Er steht ächzend auf und schaltet den Apparat aus. Er will nichts mehr hören von dieser entsetzlichen Welt. Auf dem Weg zur Toilette wirft er das Tischchen um, worauf noch der Aschenbecher mit Kociumakas Kippen stand. Vor der Kloschüssel schwankt er so stark, dass er daneben pinkelt.

Dann holt er sich noch eine Schorle, ohne Wasser.

Ihm fällt ein, dass er die Sendung von Mogens hören wollte und macht das Radio wieder an.

»… schalten wir ins Studio drei zu unserer Sendung für die jungen Hörer …

Hallo, Freunde der Rockmusik, hier ist Mogens von Berg mit seiner allseits beliebten Sendung Rock um vier.«

Mogens' Stimme klingt wie immer in den letzten Jahren, Fritz hat erwartet, dass er auf die Ereignisse Bezug nimmt, aber in seinem sauber gewaschenen Moderatorenton fährt er fort.

»Weil am Montag Feiertag war …«

Fritz brabbelt besoffen vor sich hin: »Montag, Montag, I love you, Montag! Vielleicht soll ich den Kater doch zu mir nehmen …«

»… gibt es die amerikanischen Charts erst heute. Auf Platz zehn, der Titelsong aus dem neuesten James Bond Film, Paul McCartney und die Wings mit ›To live and let die‹.«

»Paul ohne Beatles ist nicht auszuhalten. Furchtbare Nummer, ›live and die, live and die.‹« Dann schreit er auf: »Leben und Sterben! Das ist Absicht von Mogli, das ist sein Kommentar zu dem ganzen Wahnsinn hier, ich muss ihn anrufen. Wo ist das Telefon?« Mühsam stolpert er durch das Zimmer, um das Telefon zu finden, er hat vergessen, dass er es soeben versteckt hat. Er wischt Schulhefte und Schreibzeug von seinem Schreibtisch.

»Und jetzt eine meiner absoluten Lieblingsnummern, leider abgerutscht auf Platz neun, aus dem Film ›Pat Garrett and Billy the Kid‹, von Bob Dylan ›Knockin on heaven's door‹.«

Fritz erstarrt. Er schreit so laut er kann, als ob sein Freund in München ihn auf diese Weise hören könnte: »Mogli, das darfst du nicht machen! Du Dreckskerl! Das Todeslied aller Zeiten!« Er heult mit der Musik wie ein Wolf:

»Knock knock knockin on heaven's door! Mogli, hilf mir, ich versinke. It's getting dark too dark to see. Mogli, wo bist du? Die haben mein Telefon geklaut! That long black cloud is coming down … that long black … down.«

Wie ein usbekischer Hammerwerfer packt er die gesamte Stereoanlage, reißt sie aus dem Regal und schmettert sie zu Boden. Es gibt einen Kurzschluss. Die Zimmer sind mit einem Schlag im Halbdunkel. Schweißüberströmt, mit Geifer, Blut und Jod auf der nackten Brust schläft er auf dem Sofa ein.

Draußen blinken die Blätter an den Bäumen fröhlich in der Sonne. Weit entfernt trommelt ein emsiger Specht.

Ein wildes Klingeln und Klopfen an der Tür weckt ihn. Er weiß im ersten Moment nicht wo er ist, dann wirft er sich den Bademantel über und öffnet mit einem aggressiven Schwung.

Michi steht da, blass, und neben ihm Bettina mit großen, unendlich traurigen Augen.

»Fritz, wir müssen los … Ja, leck mich am Arsch, wie schaust denn du aus?! Und was ist mit deiner Wohnung passiert?«

Bettina geht stumm an Fritz vorbei und beginnt aufzuräumen.

Die Scham macht ihn sprachlos.

»Wir haben versucht, dich anzurufen, aber dein Telefon ist tot. Weißt du wie spät es ist?«

Fritz schüttelt nur den Kopf.

Bettina steht am Sicherungskasten und dreht die Sicherung wieder ein. Mit einem klickenden Geräusch gehen die Lichter an.

»Es ist halb acht, Mann, die Versammlung fängt gleich an.«

»Ich geh nicht hin.«

»Doch, verdammt noch mal, du gehst hin!«

Michi packt ihn am Arm und schiebt ihn in das Haus. Bugsiert ihn in das Bad, reißt ihm den Bademantel herunter.

»Keine Angst, mein Freund, ich tu dir bestimmt nichts.«

Er schupst den willenlosen Fritz in die Dusche, stellt das Wasser heiß, gibt ihm die Brause in die Hand.

»Fünf Minuten heiß und dann kalt, dann Zähneputzen, wegen der Fahne. Ich such derweil Aspirin. Dann noch einen Kaffee und ab zum Showdown.«

Der malerische Vierkanthof von Adi Weidringer, wo die Dorfversammlung stattfindet, prangt hell erleuchtet in der Abenddämmerung.

Vor der Einfahrt zwei Polizeiautos. Kreuz und quer parken Autos am Straßenrand und sehr bedeutend steht die Harley-Davidson von Kociumaka im Hof neben dem Dienstauto von Kommissar Birringer. Aber die meisten sind zu Fuß gekommen.

Ein Wind hat sich erhoben und weht immer wieder Staubfahnen in den Innenhof, wo Adi Weidringer die Dörfler erwartet und jeden mit Handschlag begrüßt. Sein wettergegerbtes Gesicht ist eingefallen. Die engen Augen wie Sehschlitze. Neben ihm steht Tom und bietet selbstgebrannten Zwetschgenschnaps an. Man könnte auf den ersten Blick meinen, es gäbe etwas zu feiern, aber die ernsten und finsteren Mienen der Anwesenden sprechen eine andere Sprache. Die Luft ist getränkt von Anspannung und Aggression.

Fast das ganze Dorf ist gekommen. Auffallend ist, dass Erichs Vater nicht da ist. Kaum jemand spricht.

Aus dem Stall hört man ab und zu ein Muhen und das vereinzelte Klirren einer Kette. Es riecht nach frischer Milch und Misthaufen, hinterm Haus gackern Hühner, sie sind aufgeregt wegen der ungewohnten Unruhe.

Jemand hat Fritz ein Glas mit Schnaps in die Hand gedrückt, er führt es zum Mund, da trifft ihn ein Blick von Bettina, er gibt es an seinen Nachbarn weiter.

Ein Déjà-vu blitzt durch seinen Kopf; ihm kommt es vor, als hätte es die Situation schon einmal gegeben und er erinnert sich an den Abend, als Erich sein Gedicht vorgetragen hat. Es waren die gleichen Menschen da, es war ähnliches Wetter. Aber es lag keine Gewalt in der Luft.

Michi steigt auf ein Fass, klatscht in die Hände und will zu sprechen beginnen. In diesem Moment tritt Pfarrer Windisch aus Sommerhausen in den Hof. Schweigen. Hässliche Blicke.

Mit einem leichten Lächeln nickt er allen zu und stellt sich mit verschränkten Armen in eine Ecke.

Michi macht mit dem ersten Satz klar, dass es ihm um Versöhnung geht, um friedliches Miteinander und nicht um Rache und Krieg. Aber er redet gegen eine Wand von Ablehnung. Böse Zwischenrufe verwirren Michi, sodass er schließlich das Wort an den Bürgermeister Haas übergibt.

Man merkt diesem an, wie schwer es ihm fällt, Haltung zu bewahren. Er möchte am liebsten lospoltern, am liebsten zum Krawall aufrufen, aber sein Amt verbietet es ihm. Er redet um den heißen Brei, er macht Andeutungen, wie man dem Aufruhr der Sommerhäuser begegnen könnte, hetzt subtil gegen das Theaterprojekt. Er macht alles noch schlimmer. Die Köpfe der Dörfler werden röter, das Scharren der Füße wird lauter, dumpfe Laute gurgeln aus verkrampften Mündern.

Als Michi eingreift und Rainer Haas bittet, zum Schluss zu kommen, gibt es ein Pfeifkonzert.

Die Polizisten am Tor werden wach und strecken sich. Der Hofhund bellt wie verrückt und zerrt wütend an der Kette, bis Adi hingeht und ihn mit einem brutalen Fußtritt zum Schweigen bringt.

Inzwischen ist es dunkel geworden, das Hoflicht wirft gespenstische Schatten.

Fritz möchte fort, fort, fort, aber er wagt es nicht.

Franz Hinterwald stößt seinen Schwiegersohn Michi fast gewalttätig vom Fass und stellt sich selbst darauf. Der unscheinbare Mann sprüht vor Zorn, seine Augen quellen hervor als er erzählt, wie seine Sägen zerstört wurden.

»Und, Leute, was ist der Grund für die ganze Katastrophe? Nur das Projekt von dem Herrn Fichte. Oder soll ich Fräulein Fichte sagen?«

Das ist einigen dann doch zu viel, peinliches Schweigen entsteht.

»Ich sag euch, Leute, wir dürfen uns das nicht gefallen lassen, wir müssen was unternehmen, Auge um Auge, Zahn um Zahn. Gell, Herr Pfarrer Windisch aus Sommerhausen, so steht's doch in der Bibel, gell?« Jetzt hat er die Menge wieder auf seiner Seite.

Emil Wagner, der Winterhäuser Pfarrer, geht demonstrativ zu seinem Kollegen und gibt ihm die Hand. Michi versucht noch einmal die Gemüter zu beruhigen, aber er wird niedergeschrien. Hinterwald hetzt immer gehässiger, er fordert das Geld zurück, das er gespendet hat. Aber je mehr sich die Stimmung hochschaukelt, umso mehr spaltet sich die Menge in zwei Lager. Unbewusst haben sich die Gemäßigten um Fritz geschart, dazu die beiden Pfarrer, Bettina, Michi, Tom und seine Schwester Helga, und noch einige, aber sie sind in der Minderzahl.

Auf einmal steht Kommissar Birringer auf dem Fass.

»Beruhigen Sie sich, meine Herrschaften, ich habe Ihnen etwas mitzuteilen. Wir werden morgen den Fall aus kriminologischer Sicht abschließen. Wir sind zu dem Schluss gekommen, dass Erich Lux eindeutig der Täter war.«

Da schreit einer aus der Menge: »Lüge! Das war jemand aus Sommerhausen.«

»Jawohl!« »Nieder mit den Sommerhäusern!« »Sommerhäuser sollen verrecken!« »Nach Sommerhausen!« Und wie in einem schlechten Film bewaffnen sich einige mit den Geräten, die auf dem Hof herumstehen. Rote Augen machen sich bereit für die Hatz, kreischende Münder sind bereit zum Mord.

Peng!

Schlagartige Nacht. Atemlose Stille. Was ist los? Das ganze Dorf ist dunkel, nur am Sportplatz, wo das Umspannhäuschen steht, sind züngelnde Flammen zu sehen.

Wie aus einem notgelandeten Heißluftballon ist plötzlich die ganze Spannung gewichen. Die Menschen stehen ratlos in der Dunkelheit. Niemand weiß, was zu tun ist, die Aufregung scheint im Nachthimmel zu entschwinden.

Fritz nutzt die Gelegenheit und verdrückt sich hinkend nach Hause. Im Kopf eine trübe Brühe von Hoffnungslosigkeit.

Er nimmt eine Schlaftablette, aber bald wird er vom Telefon geweckt. Michi ruft an. Der Brand im Umspannhäuschen wurde schnell gelöscht, aber es war eindeutig ein Anschlag der Sommerhäuser, denn auf der Wand war mit roter Farbe »Rosie« hingekleckst worden. Der Dorfelektriker konnte den Schaden schnell beheben. Aber der Angriff hat die Gemüter von Neuem erregt. Einige wollten sofort nach Sommerhausen ziehen, um blutige Rache zu nehmen.

Nun muss Michi dröhnend lachen: »Stell dir vor, die Horde ist losgezogen wie ein mittelalterlicher Haufen von Florian Geyer und plötzlich stehen sie auf der Brücke vor einer Polizeisperre. Zehn Polizisten mit gezogenen Knüppeln gegen zwanzig wildgewordene Unterfranken mit Mistgabeln und Spaten. Und jetzt kommt's: Es gibt ein kleines Gerangel, auf einmal zwei Schreie und der Reporter von der ›Main-Post‹, der Werner Schmidt, und der Richard Weidringer, fallen übers Geländer in den Fluss.

Große Aufregung, sie werden uns doch nicht ertrinken, aber die beiden tauchen auf, versuchen sich gegenseitig zu helfen. Die Strömung treibt sie auf die Seite von Sommerhausen, wo sie wie die begossenen Pudel ans Ufer kriechen. Dort waren natürlich auch ein paar Sommerhäuser unterwegs. Die haben sie in Empfang genommen und so getan als würden sie ihnen mit Decken und trockene Kleider helfen wollen. Aber dann haben sie ihnen nichts gegeben und ihre nassen Kleider behalten. Zum Schluss haben sie sie nackt durch die Polizeisperre zu uns zurückgetrieben. Kannst dir vorstellen, was das eine Gaudi für die war. Aber die Polizei hat dann alle beruhigt und ich glaub, jetzt sind alle daheim, außer dem Schmidt, der sucht noch immer seine Kamera – nackt.« Noch einmal war das übermäßige Lachen von Michi zu hören.

»Michi, danke für deinen Anruf, wir sprechen uns morgen. Stimmt das, dass übermorgen die Beerdigung von Erich ist?«

»Ja. Die von der Rosie ist irgendwie Geheimsache, aber das werden wir bestimmt erfahren.«

Da klopft Fritz' Herz wieder wie wild, er bekommt kaum Luft.

Mühsam stammelt er: »Michi, ich leg mich jetzt hin, gute Nacht.«

Er schläft wieder ein. Um drei Uhr ist er wach, trotz Schlaftablette. Er zieht sich an und geht los. Geht gegen die Schmerzen in der Hüfte, gegen den Schmerz in seinem Herzen. Ein einsamer Käuzchenruf im Wald, dann sternenklare Stille. Fritz zieht es auf die Anhöhe zu der Bierhöhle.

Wie kann ich alles wieder auf null stellen? Alles ungeschehen machen. Neu anfangen? Aber womit neu anfangen?

Die helle Nacht streichelt seine heiße Stirn.

Wie kann ich dem Unaussprechlichen eine Form geben? Worte, Begriffe, Wörter, Deutungen, nichts reicht aus, eine Erkenntnis zu formulieren.

Was fehlt, Fritz?

Die Liebe fehlt, Fritz!

Die Kiefer, unter der Erichs Mutter zusammengebrochen war, steht vom Mond hell erleuchtet wie ein Mahnmal. Der Anblick führt seine Gedanken zu Erichs Vater. Ich muss Birringer die Geschichte von Georg Lux erzählen, die mir Michi vor so langer Zeit geschildert hat. Vielleicht ist das der Schlüssel zu einer Lösung. Denn keiner hat ein schlagenderes Motiv. Aber wäre das nicht allzu einfach?

Da steht er vor der Tür des Bierkellers, in dem Erich sich erschossen hat. Sie ist versiegelt. Es ist ihm egal, er reißt das Siegel auf, zerrt die schwere Tür auf und geht forsch hinein.

Er wartet auf eine Panikattacke, auf Herzstillstand, auf einen Schweißausbruch, auf eine Ohnmacht, aber es geschieht – nichts.

Wo ist seine Klaustrophobie? Wie ist das möglich?

Ein fahler Nachtschimmer von der offenen Tür erhellt die Höhle ein wenig. An der Wand ist ein dunkler Blutfleck zu erkennen. Eine fette Spinne sitzt mitten in Erichs Blut, als ob sie es aufsaugen würde.

Was mache ich hier? Was suche ich? Ihm wird klar, dass er etwas Bestimmtes nicht finden will, nämlich eine Schreibmaschine. In der Ecke, die sich Erich wohnlich eingerichtet hat, liegt sehr viel Schreibpapier, einige leere Kladden, Bleistifte und ein Füllhalter, aber keine Schreibmaschine.

Das ist für nichts ein Beweis. Birringer hat die beweisimmanenten Sachen gewiss mitgenommen.

Aber Fritz wird sich immer sicherer, dass Erich das »Hate«-Gedicht nicht geschrieben haben kann.

Als er ins Freie tritt, schnappt er gierig nach Luft. Umständlich bemüht er sich, das Siegel wieder hinzukleben, aber vergebens.

Die Vögel sind aufgewacht und singen um die Wette, als ob sie Friedrich Fichte ein besonders schönes Konzert darbringen wollen. Gedankenverloren geht er nach Hause.

Fritz fällt in einen unruhigen Halbschlaf. Um zehn Uhr steht er auf, er hat Hunger, macht sich ein großes Frühstück und will die Zeitung aus dem Briefkasten holen, aber sie ist nicht da. »Nein, die ist nicht geklaut, das hat nichts zu bedeuten, das gab's schon öfter«, beruhigt er sich.

Er möchte Nachrichten hören, aber seine Musikanlage ist ja zerstört. Da fällt ihm ein, dass er irgendwo noch sein Schaub-Lorenz-Transistorradio aus Jugendzeiten hat. In einer staubigen Umzugskiste findet er es und tatsächlich, das alte Ding funktioniert. Sentimentale Erinnerungen werden wach, als er das Gerät in die Hand nimmt.

Heute genau vor sieben Jahren war Mogens das erste Mal mit »Rock um vier« auf Sendung. Fritz war gerade nach einer Vorlesung mit ein paar Kommilitonen in den Englischen Garten gegangen, um dort rumzuhängen oder Fußball zu spielen. Und dann präsentierte Mogens das erste Mal im Rundfunk das gesamte Album von den Beatles »Sgt. Pepper's Lonely Hearts Club Band«. Immer mehr Menschen kamen hinzu und scharten sich um das Radio. Komplettes Ausflippen über die einzigartige Musik! Einige liefen sofort in die Innenstadt und wollten die Platte kaufen, aber sie war noch nicht erhältlich.

Fritz bekam sie am nächsten Tag von Mogens geschenkt.

Und jetzt wartet er auf erbärmliche Mitteilungen aus diesem Apparat, nichts von »a splendid time is guaranted for all«, wie John Lennon in einem Song des Albums singt.

Kociumakas Stimme ist zu hören. Er ist erstaunlich sachlich und dokumentiert die Versammlung bei Weidringer, berichtet sogar vom »Brückensturz«. Dann informiert er, dass die polizeilichen Untersuchungen abgeschlossen seien, aber in kryptischen Worten meint er, dass die Geschehnisse in den Dörfern noch lange nicht ad acta gelegt sind und ob denn tatsächlich Erich Lux der Mörder ist, da sei das letzte Wort noch nicht gesprochen. Keine Erwähnung seines Namen, was Fritz mit Erleichterung aufnimmt.

Das Telefon klingelt

»Fichte am Apparat.«

»Birringer hier, guten Morgen. Haben Sie das eben gehört im Radio? Was soll das heißen, das letzte Wort ist nicht gesprochen? Das kommt doch von Ihnen.«

»Herr Birringer, wie soll denn Erich die Pistole besorgt haben? Ein Sechzehnjähriger taucht in den Untergrund und besorgt sich so eine Waffe? Lächerlich.«

»Wir haben das recherchiert, er war im März zwei Tage verschwunden als keine Theaterproben waren. Hinterwald, sein Chef, und sein Vater Georg Lux haben das bestätigt. Ich warne Sie, Herr Fichte, wenn Sie uns Knüppel zwischen die Beine werfen oder vielleicht sogar auf eigene Faust nachforschen wollen, so ein bisschen Bonsai-Sherlock-Holmes spielen, dann bekommen Sie große Schwierigkeiten mit uns.«

Fritz lässt sich nicht einschüchtern.

»Menschenskind, Herr Kommissar, er hat sich in den zwei Tagen in seine Höhle zurückgezogen, Haschisch geraucht und exzessiv masturbiert.«

»Das eine ist sein Privatvergnügen, aber zum Haschischrauchen braucht es eine kriminelle Energie.«

»Hören Sie auf, hier ist zwei Drittel der Bevölkerung jeden Tag besoffen, da spricht keiner von krimineller Energie, das wird einfach akzeptiert.«

»Gerade Sie sprechen so über Alkohol?«

Fritz ist für einen Moment konsterniert, was weiß dieser Kommissar von ihm? Was hat das zu bedeuten? Kennt er womöglich seine Drogenvergangenheit?

Kommissar Birringer wird ungehalten: »Ich meine, dass es ein krimineller Akt ist, sich Haschisch zu besorgen. Alkohol bekommen Sie unkompliziert überall, legal. Für Haschisch müssen Sie quasi in den Untergrund gehen und einen Dealer aufsuchen.«

»Und Sie glauben, das hätte er nur in München tun können? Sie glauben, so etwas gibt's nicht in dem braven, beschaulichen Würzburg?«

»Ach Gott, was glauben Sie, was ich glaube und was ich hier schon erlebt habe. Das ist nicht der Punkt. Es geht darum, dass es sehr wahrscheinlich ist, dass er nach München gefahren ist. Dort hat er die merkwürdige Ansichtskarte vorbereitet und sich die Waffe besorgt.«

»Ein sechzehnjähriger Steinmetzlehrling?«

»Er sah schließlich älter aus.«

Fritz keucht: »Und was ist mit Georg Lux?«

»Herr Fichte, hören Sie auf mit Ihrem kindischen Spiel. Wir haben mit Georgs Mutter in Bad Mergentheim gesprochen, sie bestätigt sein Alibi, er war bei ihr.«

»Entschuldigung, Herr Birringer, soviel ich weiß, ist seine Mutter geistig nicht mehr auf der Höhe, außerdem würde jede Mutter dieser Welt ihrem Sohn ein falsches Alibi ausstellen.«

Ein wütendes Schnauben des Kommissars ist zu hören, Fritz merkt wie er sich zusammenreißt. Dann sagt er kurz angebunden:

»Herr Fichte, ich wollte Sie warnen, das hab ich hiermit getan. Schönen Tag.«

»Guten Morgen, Schönen Tag, ganz schön zynisch, Herr Birringer. Der Morgen ist nicht gut und der Tag wird nicht schön.«

»Das tut mir leid, das sind nur so Floskeln.«

»Das beweist nur, dass Sie nicht immer genau nachdenken, auf Wiederhören!«

Wieder steckt Fritz das Telefon aus, er will nichts mehr hören, nicht reden müssen. Aber was tun? Sein Herz klopft hart, sein Atem geht flach und schnell.

Er hat Angst. Angst vor den kommenden Tagen und Nächten, Angst vor den beiden Beerdigungen, Angst, dass bei der Suche nach dem Mörder etwas Unerwartetes auftaucht, Angst vor dem ersten Schultag nach den Ferien.

Sein Blick fällt auf die Schulhefte auf seinem Schreibtisch, die Bettina wieder akkurat aufgestapelt hat. Er muss ohnehin korrigieren, warum nicht jetzt? Das ist ein gutes Ablenkungsmanöver. Er kann schließlich nicht die ganze Zeit dasitzen und das Schicksal beklagen.

Der Gedanke entspannt ihn ein wenig. Freudig setzt er sich an den Schreibtisch. Ganz oben liegt das Heft von Helga Weidringer. Wie soll er ihr beim nächsten Unterricht in die Augen schauen? Sie hatte sich bei den Proben mit Rosie angefreundet. Er legt das Heft zur Seite und öffnet ein anderes.

Der Eintrag in dem Heft, das vor ihm liegt, bringt ihn zum Schmunzeln. Fritz hatte in Heimatkunde die Frage gestellt: »Was bedeutet RMD?« Das ist die Abkürzung für Rhein-Main-Donaukanal und steht an jeder Staustufe im Main. Und dieser Schüler hier schreibt im besten Fränkisch: »Das heißd Romandisches Main-Dal.«

Dann hatte Fritz die Kinder gebeten, eine eigene etymologische Herleitung des Wortes »Brücke« zu erfinden. Sie hatten im Unterricht sehr viel über die Bedeutung der neuen Brücke zwischen den Dörfern gesprochen. Manche waren von ihren Eltern beeinflusst und fanden den überdimensionalen Bau überflüssig und schlecht, vor allem weil er sie dem verwünschten Sommerhausen näher brachte. So setzt sich Feindschaft über Generationen fort, dachte Fritz.

Einer von den gewitzten Schülern schrieb: »In dem Wort Brücke steckt das Wort Prügel und die kriegen die Leute aus Sommerhausen.« Und der nächste versuchte sich an einem Scherz: »Wenn ich das Wort Brücke höre, denk ich an die Zahnschmerzen, die mein Vater gehabt hat, wie er eine neue Brücke gekriegt hat.«

Fritz sinniert assoziativ: »Kriegen … gekriegt … Krieg.«

Plötzlich fällt ihm etwas Merkwürdiges auf. Er hat das Wort »Brücke« rot angestrichen, als Fehler. War es das wirklich? Er hält inne, weiß nicht mehr, wie das Wort geschrieben wird. Es flimmert vor seinen Augen. Hektisch reibt er die Augen, aber es wird nicht besser. Es fällt ihm schwer, den Text zu lesen. Keuchend steht er vom Schreibtisch auf und trinkt einen Schluck Wasser.

Das Telefon einstecken. Ich muss Mogli anrufen, geht es panisch durch seinen Kopf.

In dem Augenblick, als er den Stecker in die Buchse drückt, klingelt es auch schon.

»Unbühl hier, Fritz, ich versuche seit einer Stunde Sie zu erreichen.«

»Was gibt's denn, Inge?«

»Um dreizehn Uhr wird Rosie beerdigt. Die wollen das heimlich und schnell machen. Auch dass die Presse nichts erfährt.«

»Gehen Sie denn hin?«

»Natürlich, was für eine Frage!«

»Aber ich weiß nicht, ich glaube, das steh ich nicht durch. Mir geht es gar nicht gut.«

»Wem geht es schon gut, Fritz?«

»Aber sie werden ihre Gründe haben, das heimlich zu machen, nicht nur wegen der Presse. Die wollen niemanden dabei haben, am allerwenigsten mich, den Urheber des Albtraums. Und außerdem …« Sein Herz fängt wieder an zu rasen. »Außerdem ist morgen die Beerdigung von Erich, das wird sowieso grauenhaft genug. Ich weiß nicht, Inge.«

»Sie müssen kommen, Fritz!«

»Es ist halb zwölf, das schaff ich zeitlich gar nicht.«

»Quatsch, das schaffen Sie schon, kommen Sie! Ich kann Sie holen!«

»Nein, nein, ich fahre mit dem Fahrrad.«

Sein schwarzer Anzug liegt noch zerknittert vom Sonntagabend in der Ecke, egal, dann soll er so der Ausdruck seiner Seele sein. Das weiße Hemd ist nicht zu gebrauchen, er zieht ein abgeschabtes altes graues an. Schwarze Krawatte? Woher nehmen? Eine unsägliche Wut kocht in ihm hoch. Trauerkleidung! Schwarze Krawatte! Fritz will das nicht, möchte am liebsten im Clownskostüm zu den Beerdigungen gehen. In einer kindischen Übersprunghandlung zieht er aus Protest gegen die surreale Situation grüngelb geringelte Socken an.

Er ruft bei Mogens zu Hause an. Dessen Schwester Nicoline ist wieder am Telefon, sie sagt, Mogens habe ein paar Mal versucht, ihn zu erreichen, aber jetzt sei er beim Arzt, ja, es gehe ihm den Umständen entsprechend gut.

Fritz setzt sich aufs Fahrrad. Eine lächerliche, schlaksige Gestalt in schwarzem, schlabbernden Anzug und Strohhut. Bei jedem Tritt in die Pedale leuchten die Kasperlsocken in der Mittagssonne.

Vor dem Friedhof von Sommerhausen stehen viele Menschen in der prallen Sonne. Am Tor werden sie von zwei Polizisten aufgehalten. Niemand darf hinein.

Böse Blicke treffen Fritz.

Er spürt eine Hand an seinem Ellbogen, es ist Otto Ertel, der den Paris spielte. Dieser flüstert: »Herr Fichte, wenn Sie mich brauchen, ich helf Ihnen jederzeit.« Das ist eine unverhoffte Geste, die Fritz tief berührt. Otto, Tankstellenbesitzer und zurückhaltender Kauz, zu dem Fritz bei den Proben nie eine besondere Beziehung aufbauen konnte.

Ingrid begrüßt ihn.

»Kommen Sie, ich kenne eine Stelle, wo man in den Friedhof blicken kann.«

Gemeinsam gehen sie zu einem Hügel an der Friedhofsmauer.

Die Sonne blendet zwar, aber Fritz kann die Familie von Rosie genau erkennen. Verloren im unerklärlichen Kosmos stehen sie dort unten und tragen ihr Kind zu Grabe.

Ihre großgewachsene Tante Gerlinde hält Rosies Mutter Gunda um die Schultern, die sich an sie klammert wie eine Ertrinkende. Daneben nervös ihr Bruder Heinz und rechts und links von ihm die drei Kinder von Wolfgang Hartmann, dem Bürgermeister, der mit seiner Frau hinter ihnen steht. Fritz registriert verwundert, dass sich Werner Hartmann etwas abseits aufhält, als ob er nicht dazugehört.

Eine große Buche wirft Schatten auf das offene Grab, vor dem ein schwarz ausgekleideter Wagen mit Rosies Sarg aus hellem Holz steht.

Pfarrer Windisch blättert in seinen Notizen, außer den zwei Sargträgern ist kein Mensch im Friedhof zu sehen, der in der Sommerhitze da liegt wie ein anheimelnder Park.

Der leichte Wind trägt den Anfang der Rede des Pfarrers zu Ingrid und Fritz: »Meine liebe Familie Hartmann, bekanntlich geht es bei ›Romeo und Julia‹ um jene allumfassende Liebe, die als einzige mögliche Konsequenz den Tod nach sich zieht. Aber das ist Fiktion, Theater! Nun haben wir aber einen Abend erlebt, der sich auf immer in unsere Herzen einbrennen wird, einen unfassbaren Moment des realen Todes …«

Da stößt Fritz der still vor sich hin weinenden Ingrid in die Seite und deutet auf einen Absatz der Friedhofsmauer. Ingrid wendet den Blick dorthin, reißt die Augen auf und flüstert: »Das glaub ich nicht, das kann nicht wahr sein!«

Auf dem Mauerabsatz sitzt Montag, Rosies Katerchen, und nimmt Abschied.

Wieder zu Hause trägt Fritz einen schwierigen Kampf mit sich aus, denn sein Körper schreit nach Alkohol, aber seine Vernunft sagt nein. Er geht zum Kühlschrank, öffnet die Türe, steht mit weichen Knien davor, will einen Bocksbeutel herausnehmen, aber dann schafft er es doch, die Tür wieder zu schließen. Ihm fällt ein, dass er nichts gegessen hat. Das ist ihm während der Proben auch schon passiert, er hat einfach vergessen zu essen. Er hat keinen Appetit, aber er hat noch ein trauriges Fertigsuppengericht, das er sich lustlos warm macht.

Jetzt schenkt er sich doch ein Glas Wein ein. »Scheiß drauf, ein Glas zur Beruhigung macht ja nichts.« Aber als er den ersten Schluck nimmt, fängt er an extrem zu schwitzen, ihm wird übel. Er lässt alles liegen und stehen und legt sich auf sein ungemachtes Bett. Für ein paar Minuten dämmert er weg, und wieder reißt ihn sein hämmerndes Herz in die Wirklichkeit zurück. Der Ammonit! Wo ist das Geschenk von Erich? Es muss noch im Bürgerhaus sein. Fieberhaft sucht er den Schlüssel vom Theater und rast mit dem Rad zur Stätte der Apokalypse.

Auf dem Weg dorthin hört und sieht er nichts. Rainer Haas und

Toni Nabholz, die mitten auf der Straße stehen, hätte er beinahe überfahren, sie rufen ihm hinterher, aber Fritz fährt achtlos weiter.

Der Ammonit, hoffentlich ist er da.

Der Schlüssel passt nicht! Nein, das ist ja der von seinem Häuschen. Er fischt den richtigen aus der Tasche, aber seine Hände zittern so sehr, dass er mehrere Anläufe braucht, um aufzusperren.

Vorsichtig tritt er ein. Die Kühle überrascht ihn und die Stille trifft ihn wie ein Schlag. Es riecht nach Putzmittel, alles ist sauber und aufgeräumt. Er schleicht wie über eine dünne Eisdecke zu seiner Garderobe. Da zerfetzt das Klingeln des Telefons auf dem Gang die Stille. Fritz fällt fast in Ohnmacht vor Schreck. Gilt das ihm? Automatisch hebt er den Hörer ab:

»Das hab ich mir doch gedacht, Herr Fichte, dass Sie dorthin geradelt sind. Hier ist Rainer Haas.«

»Oh Gott, Herr Bürgermeister, haben Sie mich erschreckt, warum rufen Sie mich hier an?«

»Sie sind ja zu Hause nicht zu erreichen. Sie wissen, dass morgen die Beerdigung von Erich sein soll … Ach was, am Telefon kann man sowas nicht besprechen. Können Sie nachher im Rathaus vorbeikommen? Ich muss unbedingt mit Ihnen reden. Wenn Sie Ihre Sache im Bürgerhaus erledigt haben …«

Fritz überhört den süffisanten Ton. »Ja, ich komm in einer halben Stunde.«

Er betritt ängstlich seine Garderobe. Sein Kostüm ist fort, jemand hat aufgeräumt. »Um Gottes Willen, ich muss ja die ganzen Kostüme zurückbringen, ich bin persönlich verantwortlich und auch die Requisiten … und die Pistole!« Siedend heiß fällt es ihm ein.

Auf seinem Tisch liegt noch seine Armbanduhr, erleichtert schnallt er sie sich ums Handgelenk.

Wo ist das Geschenk von Erich? Auf dem Schrank lugt ein Stück von dem Geschenkpapier hervor. Fritz zieht vorsichtig daran, da fällt ihm der Ammonit fast auf den Kopf, er kann ihn gerade noch auffangen. Er nimmt ihn zärtlich in seine Hände und geht damit zum Fenster, um ihn endlich in Ruhe zu betrachten. Da bleibt ihm der Atem stehen, denn aus den kleinen Auskerbungen funkelt es in allen Spektralfarben. Der Stein ist überzogen mit einer hauchfeinen Perlmuttschicht. Perlmutt – wie das Medaillon von Inge!

Er steckt das schwere Teil ein. Das Gewicht in der Hosentasche gibt ihm ein seltsames Gefühl von Sicherheit, es erdet ihn. Er bekommt Mut, die Bühne zu inspizieren. Auch hier ist alles aufgeräumt und geputzt.

Aber der Geruch! Kaum wahrnehmbar hängt noch der Dunst des Entsetzens in der Luft. Dieser Geruch wird mich wohl nie wieder verlassen, denkt er, als er die Tür zum Bürgerhaus hinter sich verschließt.

Diesmal fährt er gemächlich nach Hause, der Stein schlägt an seinen Oberschenkel. Gerade noch rechtzeitig erinnert er sich daran, dass er mit dem Bürgermeister verabredet ist und biegt ab zum Rathaus.

Für Fritz ist der Anblick des schönen Rathausplatzes immer wieder ein Genuss. Als er Winterhausen das erste Mal besuchte, kam er sich sehr fremd vor. Die engen Gassen, diese verschlossenen Fenster mit den dunklen Butzenscheiben, die gar keinen Einblick erlaubten, kaum einen Ausblick. Schwere Gardinen, manchmal in Zweierreihen aufgehängt, kümmerliche Pflanzentöpfe auf den Fensterbänken, vertrocknete Kakteen. Dazwischen Gartenzwerge, staubige Puppen oder andere Utensilien, die wirkten als wären sie vor hundert Jahren hier vergessen worden.

Und dann öffnet sich der Blick auf den Rathausplatz. Dieser Blick löst sogleich ein Gefühl des Angekommenseins aus. Sofort fühlt man sich vertraut mit diesem wohlproportionierten Platz. Eine große breite Treppe führt zum zweiflügeligen Portal des Rathauses. Hier stand damals Erich und trug sein Gedicht vor, ein verrückter fünfzehnjähriger Fantast mit einem starken Charisma, das nun im Nichts zerschellt ist.

Über dem Eingang zwei martialische barocke Engel, der eine mit Schwert, der andere mit Kreuz. Sie halten das Wappen von Winterhausen. Dieses Wappen mit Sichelmond und Weintraube ist dem von Sommerhausen zum Verwechseln ähnlich. Fritz hat sich oft gefragt, ob man das nicht als Symbol nehmen könnte, dass beide Gemeinden mehr miteinander verbunden sind als die Bewohner es wahrhaben wollen.

Etwas versetzt hinter dem Rathaus steht das imposante Pfarrhaus, genannt Kantorat, mit seinem verschachtelten Fachwerk, dessen rötliche Balken so fein ausgearbeitet sind, als ob ein Uhrmacher es erfunden hätte.

Aber auch hier muss der Zweifler Fritz an die Geschichte denken, die ihm einer seiner Schüler erzählt hat. Dieser war mit seinen fünf Geschwistern und seinem tyrannischen Familienoberhaupt dort einquartiert, ohne fließendes Wasser und mit einer primitiven Toilette. Es war für den Pädagogen Fritz nicht zu übersehen, dass die Schreckensherrschaft des Vaters und der schwierige Alltag bei dem Jungen schreckliche Spuren hinterlassen hatten. Wie so oft: eine schöne Fassade und dahinter das Elend.

Eine lange, nicht zu steile Treppe lenkt den Blick hinauf zum Kirchhof. Gebieterisch überragt der mächtige Kirchturm mit der helmartigen, schiefergedeckten Kuppel die alten Mauern der Kirchhofumfriedung. Das fein geschmiedete Tor öffnet sich zu einem Ort hin, der zum Verweilen einlädt.

Heute ist Fritz allerdings nicht danach zumute. Er klettert langsam die Treppe zum Bürgermeister hoch, die Hüfte schmerzt. Das Gefühl, von allen Seiten beobachtet zu werden bereitet ihm großes Unbehagen und die zwei hässlichen roten Farbkleckse, die an der Fassade des Rathauses prangen, lösen Magengrimmen bei ihm aus. Jemand hat im Vorbeifahren Farbbeutel geworfen, die Tropfen rinnen herab wie blutige Tränen.

Rainer Haas reißt die Tür von seiner Amtsstube auf bevor Fritz klopfen kann.

»Kommen Sie, kommen Sie, Herr Fichte.« Haas hat etwas Wölfisches an sich, was Fritz in seiner Gegenwart immer Unbehagen bereitet. Schmale Augen, die ständig in Bewegung sind, die drahtige Körperhaltung, als ob er permanent auf einen Fluchtweg lauert, ein cholerisches Naturell. Man hat unentwegt das Gefühl, dass er mit einem Mal explodieren könnte. Das hat nicht dazu beigetragen, dass Fritz große Sympathie für ihn entwickelt hätte.

»Ich würde am liebsten alle Sommerhäuser zum Teufel wünschen, aber ich bin eine Amtsperson, ich muss mäßigend auf die Leute einwirken. Wir müssen dem Terror Einhalt gebieten, denn ich hab Angst, dass noch Schlimmeres passiert.«

»Noch Schlimmeres? Herr Haas, das Schlimmste ist schon geschehen.«

Haas geht gar nicht auf Fritz ein.

»Es hat übrigens viel Ärger wegen der Beerdigung von Erich gegeben, denn Pfarrer Wagner wollte ihn zuerst nicht bestatten.«

»Bitte? Wieso denn?«

»Erich hat sich selbst umgebracht und Selbstmörder will die Kirche nicht haben.«

»Herr Haas, das gibt's doch nur in der katholischen Kirche. Ich dachte die Protestanten sind da viel weiter, außerdem habe ich Wagner für einen offenen Pfarrer gehalten.«

Rainer Haas lacht ein klirrendes Lachen.

»Sehen Sie, da hat sich nix geändert in den letzten fünfhundert Jahren. Jedenfalls hab ich mit Engelszungen auf ihn eingeredet.«

»Engelszungen. Das haben Sie treffend gesagt.«

»Kurz und gut …«

»Gut? Herr Haas?«

»Na dann nicht gut, aber kurz. Also, Erich wird morgen doch auf unserem Friedhof beerdigt.«

»Und warum wollen Sie mich sprechen?«

»Können Sie sich das nicht denken? Ich möchte, dass Sie eine Rede halten, zur Versöhnung, zur Entspannung und dass Sie auch sagen, dass die Geschichte mit dem Theaterstück doch … wie soll ich sagen …«

Fritz spürt, wie seine Nackenhärchen sich aufstellen.

»… eine hochmütige, eine schlechte Idee war.«

So muss sich ein Boxer fühlen, der einen schweren Haken verpasst bekommen hat.

»Ich versteh Sie nicht. Sie waren doch selbst begeistert nach der Generalprobe. Und jetzt ist auf einmal alles anders?«

Fritz schaut dem Bürgermeister tief in seine Wolfsaugen.

»Ich werde vielleicht über Entspannung sprechen, aber ganz sicher sage ich nicht, dass das Theaterprojekt eine schlechte Idee war.«

Haas wird knallrot im Gesicht, ansatzlos fängt er an zu schreien: »Das hab ich mir gedacht, Sie … Was glauben Sie denn, wer Sie sind? Kommt hierher und bringt das ganze Dorf, nein, zwei Dörfer durcheinander, bildet sich ein, er wär was Besseres mit seinem hochtrabenden Theatergetue und wenn dann der Karren im Dreck gelandet ist, will er nicht Farbe bekennen …«

Fritz bleibt ruhig, er umfasst den Stein in seiner Hosentasche und betrachtet das plärrende Männlein wie einen schlechten Schauspieler bei einer Probe.

»Herr Haas, sowas brauch ich mir nicht anzuhören, ich werde morgen gar nichts sagen. Auf Wiedersehen.«

»Jetzt sind Sie doch nicht gleich beleidigt, kommen Sie …«

Aber Fritz ist schon aus der Tür hinaus.

Verwundert bemerkt er einen roten VW-Käfer vor seinem Häuschen stehen. Es ist das Auto von Frau Wankel, seiner Vorgesetzten, der Mutter von Stani. Als Fritz näherkommt, steigt sie mit einem harten Gesichtsausdruck aus und schmettert die Autotür heftig zu.

»Herr Fichte, ich muss mit Ihnen sprechen!«

Fritz zuckt zusammen. Er hat sich immer recht gut mit ihr verstanden, und hatte den Eindruck, dass sie ihn mochte. Vor allem, da er mit ihrem Sohn gut zurecht kam. Sie hatte ihm einmal gesagt, wie sehr es sie freut, dass er ihrem Sohn die Lust am Theaterspiel vermittelte.

»Ja, bitte, Frau Wankel, kommen Sie herein. Nehmen Sie Platz.«

»Nein, ich will mich nicht setzen. Frau Nabholz hat mich angerufen, ihre beiden Buben sind ganz aufgeregt. Sie haben sich vor den beiden … entblößt!«

Fritz fällt aus allen Wolken.

»Was soll das heißen Frau Nabholz?« Fritz hat im ersten Moment keine Ahnung worum es geht.

»Sie haben sich den beiden gestern schamlos präsentiert!«

Allmählich dämmert es Fritz. Die beiden Jungs, die vorbeifuhren, als er nackt in der Terrassentür stand.

»Frau Wankel, können Sie sich vorstellen, dass im Moment … dass im Moment …«

Leere im Kopf. Er weiß überhaupt nichts zu sagen, er kann sich nicht verteidigen.

»Im Moment ist hier alles durcheinander und am Zusammenbrechen, das weiß ich sehr wohl und deswegen möchte ich die Beerdigung morgen abwarten, bevor ich Schritte unternehme.«

»Schritte? Frau Wankel, ich habe … ich war in einem absoluten Ausnahmezustand.«

»Also geben Sie's zu!«

»Nix gebe ich zu, vielleicht darf ich es Ihnen erklären?«

Sie bleckt ihre grauen Zähne zu einem Hyänengrinsen.

»Bitte, Herr Kollege.«

»Es war sehr heiß gestern, nicht wahr?«

Frau Wankel blickt ihn stumm an.

»Ich hatte mich ausgezogen und ging kurz auf die Terrasse, dabei hab ich mir den Zehen …«

Er kann kaum sprechen, seine Brust ist eingeschnürt und wenn er in die kalten grünen Augen seiner Vorgesetzten schaut, verliert er hoffnungslos den Faden.

»Der Toni Nabholz, der Vater von den beiden, spricht sowieso schlecht hinter meinem Rücken, da passt ihm sowas gut in den Kram.«

»Was meinen Sie mit ›sowas‹?«

»Sowas völlig harmloses. Ja, ich war zufällig nackt auf der Terrasse als die beiden zufällig vorbeifuhren.«

Die Stimme von Fritz wird immer unkontrollierter, ihm wird schwindelig. Ohne nachzudenken geht er zum Kühlschrank, nimmt automatisch die offene Weinflasche heraus und trinkt unter dem süffisanten Lächeln von Frau Wankel einen tiefen Schluck.

»Sie streiten es also nicht ab?«

»Ich streite ab, dass es etwas Anstößiges war!«

Er nimmt noch einen Schluck, ihm wird immer schlechter.

Eine unangenehme Pause entsteht.

Frau Wankel steht unschlüssig herum. Da durchzuckt es Fritz wie mit einem Stromschlag. Er stellt entschlossen die Flasche weg, es sprudelt aus ihm heraus.

»Frau Wankel! Helfen Sie mir! Hier bricht die Welt zusammen, ich breche zusammen, im Dorf ist Weltuntergang und Sie kommen mit so einer Absurdität! Wir müssen uns gegenseitig unterstützen, nicht fertig machen. Glauben Sie ernsthaft, ich würde mich auf die Terrasse stellen und kleine Jungs anmachen? Glauben Sie das wirklich? Ja oder nein! Schauen Sie mich an! Ja oder nein!«

Frau Oberlehrerin ist verwirrt.

»Na ja, ich … ich weiß nicht.«

Er hat sie mit seiner unvermittelt aufgebrochenen Intensität überrascht.

»Wir beide haben bisher gut miteinander gearbeitet, Frau Wankel! Doch plötzlich werde ich von vielen Seiten angegriffen, dabei habe ich etwas völlig Harmloses getan. Nein, falsch! Ich habe das Schlimmste getan, was denkbar ist, ich habe versucht, Vertrauen herzustellen und Frieden zu schaffen, das verzeihen die Menschen nicht! Helfen Sie mir, damit ich nicht in Zynismus, Depression, Apathie, Selbstmitleid versinke, helfen Sie mir, die Dinge anzupacken, aktiv zu werden und zu versuchen, diese ganz und gar grauenhafte Situation irgendwie in eine erträgliche Bahn zu lenken!«

Lange blickt Frau Wankel stumm zu Boden, dann hebt sie den Blick. Ihre Augenfarbe hat sich vom kalten Grün zum warmen Grün geändert.

»Also gut, ich werde mit Frau Nabholz sprechen und vielleicht auch mit ihren Buben. Ja, wir müssen den morgigen Tag überstehen und dann sehen wir weiter. Auf Wiedersehen.«

Sie geht mit gesenktem Kopf zu ihrem Auto, dann gibt sie sich einen Ruck und kommt zurück. Eindringlich sieht sie ihn an.

»Herr Fichte, mein Scheidungsgrund war der Alkoholismus meines Mannes. Bis morgen.«

Fritz starrt ihr hinterher. Kurz entschlossen nimmt er die Flasche Wein und schüttet den Inhalt in den Ausguss. Dann holt er den Ammoniten aus der Tasche und platziert ihn akkurat auf seinen Schreibtisch, genau auf die Stelle, wo jetzt zu diesem Zeitpunkt für einen kurzen Moment die Sonne hereintrifft.

Kopfgewitter. Seine Gedanken kreisen.

Das Geschenk von Erich animiert ihn, seinen verletzten Geist zu sortieren. Der Perlmuttüberzug funkelt leicht in dem Sonnenstrahl. Ammonit, der Sonnenstein, benannt nach dem ägyptischen Sonnengott Amun-Re. Ob Erich diesen Zusammenhang kannte? Bei ihm konnte man sich nie sicher sein, er war die verblüffendste Person, die Fritz je kennengelernt hatte. Aber der Mörder von Rosie war er mit Sicherheit nicht. Aber wer war es? Sein Vater?

Fritz starrt auf den Stein.

Morgen ist Erichs Beerdigung.

Nein, jetzt nicht sentimental werden. Analyse, Herr Fichte!

Warum sind Sie so sicher, dass Erich nicht der Mörder ist?

Erstens, Hohes Gericht, war er verliebt in Rosie. Das habe ich bei der Generalprobe sehr, sehr deutlich mitbekommen.

Zweitens hat er ihr ein überaus wertvolles Geschenk gemacht. Wenn ich jemanden umbringen will, schenke ich nicht vorher noch so etwas Liebevolles, oder?

Drittens glaube ich nicht, dass der »Hate«-Brief von ihm ist, das passt überhaupt nicht zu ihm, denn er konnte kein Wort Englisch und soweit ich weiß, besaß er keine Schreibmaschine.

Viertens, Hohes Gericht, wie soll ein Junge wie er sich so eine Pistole verschaffen? Am Theater in Nürnberg, wo ich die »Original-Spiel-Pistole« ausgeliehen habe, da haben Sie keine zweite von dieser Marke. Ein irrealer Gedanke, sich so etwas besorgen zu wollen. Dann ist so eine echte Null-Acht mit Munition ziemlich teuer und Erich hatte sehr wenig Geld. Es ist für mich undenkbar, dass er irgendwo eine solche Waffe erstehen konnte. Für so eine Wahnsinnstat braucht man ein ungewöhnlich kriminelles strategisches Denken. Erich war absolut kein Mensch, der strategisch denken konnte. Der hätte jedes Schachspiel nach zwei Zügen verloren.

Und fünftens: Das Argument von Kommissar Birringer, dass nur Fingerabdrücke von Erich und Rosie auf der Waffe waren, sei der Beweis, dass Erich der Täter war. Das Argument kann man auch umdrehen. Denn gerade weil nur deren Abdrücke darauf waren, kann es sein, dass Erich es nicht war. Denn wo sind Bettinas Fingerabdrücke? Sie hat nämlich die Original-Spiel-Pistole nach der Generalprobe in das Holster getan und nicht mehr angefasst. Der Mörder muss in der Nacht vor der Premiere, also vom ersten auf den zweiten Juni, die Pistolen ausgetauscht haben und somit können auf der Mordwaffe keine Spuren von Bettina mehr sein.

Na, Herr Bonsai-Sherlock-Holmes, Ihre Argumente stehen auf tönernen Füßen. Wie kommen dann die Fingerabdrücke von Erich darauf, er hat doch die Pistole immer nur im Holster getragen.

Stimmt nicht, Hohes Gericht, er hat in der ersten Szene mit Thybald einmal die Pistole gezogen, um den Gegner einzuschüchtern, Das war eine meiner genialen Einfälle.

Herr Fichte, kennen Sie den Satz des großen Theatermachers Gründgens: »Hüte dich vor Einfällen«?

Ja, Hohes Gericht. Ich bekenne mich schuldig, schuldig, schuldig.

Aber Sie sind ja nicht angeklagt … noch nicht. Es geht um den unbekannten Mörder von Rosie Hartmann. Also, Herr Fichte, Sie sind so klug: Wer ist der Mörder?

Ich weiß es nicht, aber ich schwöre, ich werde es herausfinden. Im Moment tippe ich auf …

Erichs Vater! Nein! Fritz, er hat ein Alibi! Aber trotzdem … das steht auf tönernen Füßen. Aber so ein erfahrener Mann wie Birringer wird doch nicht leichtfertig …

Fritz hat das Gefühl, dass sein Schädel explodiert, er bekommt rasende Kopfschmerzen.

Der Sonnenstrahl auf dem Ammoniten ist aus dem Fenster gewandert. Fritz steht auf, um sich etwas zu essen zu machen. Er hat keinen Appetit, das Käsebrot schmeckt ihm nicht und es zieht ihn immer wieder zu seinem Weinvorrat, aber ein Rest von klarem Verstand hält ihn ab zu trinken. Der Gedanke an Erichs Beerdigung lässt immer wieder seinen Herzschlag stolpern.

Er wählt die Telefonnummer von Mogens.

»Fritz, endlich! Du hast gestern gesagt, dass Erich es nicht gewesen ist, also erzähle!«

»Mogli, ich bin so froh, deine Stimme zu hören, wie geht es dir?«

»Nicht besonders gut, aber anderen geht es viel schlechter, erzähl!«

»Ich kann das alles nicht am Telefon, wir müssen uns sehen. Ich komme morgen nach München.«

Er hat keinen Moment überlegt. Er hat sich selbst überrascht mit dieser ungeplanten Ankündigung.

»Na wunderbar, dann treffen wir uns morgen Abend. Kannst du bei deiner Mutter wohnen?«

»Ja, aber ich muss sie noch anrufen. Ich muss mich irgendwie auf die Reihe kriegen, ich habe die ganze Zeit das Gefühl, mir rinnt die Energie weg. Mein Leben zerbröselt mir unter den Fingern. Das kann ich gar nicht brauchen, ich muss präsent sein, muss gesund sein. Denn ich bin fest davon überzeugt, dass Erich es nicht war, und dass irgendwo in der Geschichte der Dörfer der Kern des Konflikts steckt. Dass das der Ursprung für diese Katastrophe ist. Und dass mich das auf irgendeine Weise zu dem Mörder führt. Ich will in München recherchieren, aber ich muss ja am Montag wieder zum Unterricht.«

»Mich hat deine Aussage nicht losgelassen, Fritz. Ich habe gestern Abend noch ein paar bestimmte Ausschnitte von meinen Filmaufnahmen angeschaut und ich sage dir, das könnte spannend werden, da kann man etwas sehen, was dich vielleicht weiter bringt, aber das zeige ich dir dann morgen Abend.«

»Mogli, warum hast du gestern gleich ›Knockin on heavens door‹ gespielt? Ich bin … das hat mich ziemlich berührt.«

Er kann Mogens nicht von seinem Zusammenbruch erzählen. Er weiß, dass sein Freund das sofort mit seinem Alkoholkonsum in Zusammenhang bringt und er hat jetzt keine Lust für umständliche Erklärungen.

Mogens schmunzelt. »Das war nun mal die Hitparade. Aber ich habe an dich gedacht, ich hatte gehofft, dass du es nicht hörst. Keine Angst, bei der nächsten Bluttat spiel ich ›Hoch auf dem gelben Wagen‹, gesungen von unserem neuen Bundespräsidenten Walter Scheel.«

»Oh Mann, soll ich lachen oder weinen?«

»Lachen, mein Freund. Alles dürfen sie uns nehmen, nur nicht unseren Humor!«

Seine Mutter ist erfreut von Fritz zu hören; dass er sie besuchen will bringt sie in Hochstimmung.

»Nein, Mama, du musst nichts für mich kochen.«

Er würde am liebsten zu Bett gehen, aber es ist erst neun Uhr am Abend, was tun?

Er korrigiert noch ein paar Hefte, aber seine Gedanken spielen Jo-Jo. Sein Drang zur Weinflasche wird immer stärker, er kann sich kaum beherrschen. Schließlich schenkt er sich doch ein Glas ein, belügt sich zum hundertsten Mal mit dem Argument, dass er damit besser schlafen könnte und ein Glas ja nichts ausmachen würde. Das zweite kann er nur mühsam trinken, denn ihm ist wieder schlecht.

Die Angst vor dem nächsten Tag würgt ihn wie ein Klammereisen. Er stellt das Telefon aus, nimmt eine Schlaftablette und geht zu Bett.

Um zwei Uhr liegt er hellwach und zitternd im schweißgetränkten Laken, Krämpfe in beiden Waden, die Hüfte schmerzt unerträglich, er nimmt auf nüchternen Magen eine Schmerztablette, er fühlt keinen Puls obwohl sein Herz rast, glaubt, einen Herzinfarkt zu bekommen, stolpert unter die Dusche, nimmt noch eine Tablette und schläft einen Schlaf wie einen Ohnmachtsanfall.

Zehn Uhr zwanzig morgens. Fritz springt in Panik aus dem Bett. Um elf Uhr ist Erichs Beerdigung. Fast hätte er verschlafen. Er hat das Gefühl, als ob er durch ein Stacheldrahtfeld geschleift worden wäre.

Nein, rasieren geht nicht mehr, der schwarze Anzug zerknittert am Boden, egal. Kein Hemd, er hat kein Hemd, das gesellschaftsfähig wäre, egal, ein schwarzes T-Shirt tut es auch. Die Schuhe sind vom Klettern auf den Hügel bei Rosies Beerdigung gestern total verschmutzt, egal, die Leute schauen ja nicht so auf die Schuhe. Zumindest noch Zähne putzen. Zahnpastaflecken auf dem Shirt, egal, kommt das Sakko drüber. In seiner Aufregung zieht Fritz wieder die Clownssocken an, egal, die Leute schauen ja nicht so auf die Füße. Ihm ist schwindlig und schlecht, er besteigt mühevoll sein Fahrrad und fährt zum Friedhof.

Die Totenglocke läutet, er hält an.

Das Glockenläuten bei dem ominösen Anruf, das hätte er fast vergessen. Was waren das für Glocken? Er weiß es, aber es dringt nicht in sein Bewusstsein.

Er fährt weiter so schnell er kann.

Stolpert die schönen alten Treppenstufen zur Kirche hoch. Einige Polizisten bewegen sich auffällig im Vorhof. Ein Fernsehteam wartet, rauchend.

Fritz öffnet ächzend die schwere Holztür zur Kirche. Die ist überfüllt, die Luft stickig, dampfig und erfüllt von Trauer, Wut und Entsetzen.

Die Menschen stehen und sitzen dicht gedrängt.

Michi hat anscheinend auf ihn gewartet.

»Da bist du ja, Mann, musst du immer das Telefon ausstecken? Ich hab mir Sorgen gemacht. Die Gewalt geht nämlich weiter, heut Nacht haben irgendwelche Idioten aus unserem Dorf einen Weinberg vom Hartmann in Sommerhausen zerstört.«

Fritz stiert durch seinen Kumpel hindurch, er muss sich zusammenreißen, er muss unbedingt seine Übelkeit und den rasenden Puls unter Kontrolle bekommen. »Sei still, ich will nichts wissen.«

»Mann, du siehst aus wie der letzte Penner! Und du stinkst wie … wie einer stinkt, der in so einem Zustand ist wie du.«

Fritz schaut nur auf den Sarg, der vorne am Altar steht. In der ersten Reihe zittert der Rücken einer eingesunkenen Gestalt, Erichs Mutter. Daneben ein Klotz aus Beton, Erichs Vater. Mehr kann Fritz nicht erkennen. Erichs Vater! Erichs Vater? Was wäre, wenn der …?

Da kommt Pfarrer Wagner aus der Sakristei. Was hat er in der Hand? Eine Zeitschrift? Es ist nicht zu erkennen. Er bleibt hinter dem Sarg stehen.

»Liebe Trauergemeinde, wir haben uns hier versammelt, um unseren Bruder Erich Lux zu Grabe zu tragen. Ich habe heute Morgen lange mit mir gerungen, ob ich euch das Folgende so zeigen darf und ob ich das sagen kann, aber ich muss es tun. Wir brauchen Frieden, wir brauchen Versöhnung, wir brauchen Ruhe und Entspannung, aber das hier, liebe Gemeinde, trägt bestimmt nicht dazu bei!«

Er hält die Zeitschrift in die Höhe, es ist der »STERN«. Auf der Titelseite steht neben einer nackten Frau die grelle Überschrift: »Wechseljahre. Wie Sie am besten damit umgehen.«

Die Gemeinde fängt an zu tuscheln, dann deutet Wagner auf eine Nebenschlagzeile: »Die Apokalypse in der fränkische Idylle«.

Wagners Stimme wird zu einem lutherischen Donnern: »Hier steht, dass der Initiator des Theaterstückes gesagt hat: Niemand ist hilfsbereit in der fränkischen Provinz. Dass die Nachbarn nicht helfen und Krieg gegen einen führen, dass es für ihn die Hölle sei, hier zu leben. Das, liebe Gemeinde, führt uns ganz bestimmt nicht weiter, so etwas schürt nur Hass und Unfrieden.«

Stille. Alle Köpfe drehen sich langsam nach hinten zu Fritz.

Der atmet wie ein Fisch an Land und flüstert: »Das habe ich so nicht gesagt.«

Luft! Er braucht Luft! Er stürzt hinaus. Einer der Polizisten fragt besorgt, ob alles in Ordnung ist.

Erschöpft setzt er sich auf die von der Sonne erhitzten Stufen des Kriegerdenkmals im Innenhof. Aus der Kirche ertönt »Oh Haupt voll Blut und Wunden« und augenblicklich tauchen das blutige Haupt von Rosie und das verwundete Haupt von Erich vor seinen Augen auf.

Michi eilt heran und hilft ihm. »Steh auf, die kommen gleich raus und gehen zum Grab.«

Ein Mauersegler zischt an Fritz' Ohr vorbei. Er vollführt Kunstflugfiguren, als ob er für die Mauerseglerkunstflugweltmeisterschaften trainieren würde. Dabei zwitschert er gutgelaunt und bringt seinen Jungen in der Dachrinne des Kirchturms stolz einen Strohhalm.

Fritz muss sich auf Michi stützen, er spürt seinen Körper nicht mehr, nur sein Bein, das höllisch schmerzt.

Die Kirchentür öffnet sich, langsam quellen die Menschen heraus und versammeln sich flüsternd und mit ernsten Gesichtern im Hof.

Frau Wankel bleckt ihn mit ihren grauen Zähnen an, Rainer Haas weicht seinem Blick aus, kommt aber zu ihm und flüstert: »Jetzt müssen Sie erst recht etwas sagen.«

Ingrid von Unbühl lächelt ihn mitfühlend an. Also doch, es sind nicht alle gegen ihn. Aber die meisten werfen ihm finstere Blicke zu.

Erichs Mutter kann kaum gehen, sie fährt ständig mit einem Taschentuch unter ihren schwarzen Schleier. Sie wird von einer Nachbarin gestützt. Ihr Mann bewegt sich neben ihr wie ein Roboter, sein Gesicht leuchtet wachsbleich und der Mund ist nicht mehr zu erkennen. Er schiebt seine Mutter, Erichs Großmutter, im Rollstuhl. Sie liegt apathisch in dem klotzigen Gefährt und starrt mit erloschenen Augen in den Himmel.

Fritz beobachtet Georg. Gibt es an ihm irgendein Zeichen zu erkennen? Wenn er den Mord an Rosie geplant hat, dann ja bestimmt nicht den Tod von seinem Sohn. Wie könnte ein Mensch so etwas ertragen? Und würde dann seine Mutter wirklich ein falsches Alibi ausstellen, wenn sie wüsste, dass er am Tod ihres Enkels schuld ist?

Aber Fritz kann nicht mehr klar denken, in seinem Hirn ist das pure Nichts.

Nun wird der Sarg herausgetragen von Erichs Steinmetzkollegen und deren Chef Franz Hinterwald. Sie verharren einen Augenblick im Hof. Schweigen in der Sommerglut.

Auf einmal zerschmettert ein akustischer Überfall die Stille. Die Winterhausener Blaskapelle spielt. Fritz krallt sich in Michis Arm: »Was ist das? Die spielen ›Ich hatt einen Kameraden‹? Michi! Hilfe! Das geht nicht! Sind die wahnsinnig? Dieses schreckliche Lied für Erich.«

Michi flüstert, während ihm die Tränen unaufhaltsam die dicken Backen herunterlaufen:

»Eine Kugel kam geflogen,
Gilt sie mir oder gilt sie dir?
Ihn hat es weggerissen,
Er liegt mir vor den Füßen,
Als wär's ein Stück von mir.«

»Schau dir das an, Michi, sein Vater salutiert auch noch dazu!«

»Passt doch bestens. ›Street fighting man‹ wär mir zwar lieber gewesen, aber so ist das auch okay.«

»Du bist verrückt wie jeder hier. Ihr seid alle wahnsinnig.«

Der getragene Takt der Musik führt die Schritte der Versammelten zum Friedhof.

Ingrid weist Fritz auf ein vernachlässigtes Grab hin mit einem einfachen Steinkreuz, auf dem mit goldfarbener Schrift steht: »Emmi Neuber 1924–1972«. Unvermittelt spürt Fritz einen seltsamen Druck auf seinen Augen. Mit einem Mal kann er keine Farben mehr unterscheiden. Er sieht alles nur noch grau.

Sie kommen am offenen Grab an. Alles grau. Er hört sogar alles grau. Verschwommen dringt die Stimme von Rainer Haas an sein Ohr: »Herr Fichte möchte auch noch etwas sagen.« Wieder richten sich alle Augen auf ihn. Böse Augen, traurige Augen, stechende, klagende, feindselige, mitleidige Augen. Alle grau.

Fritz steigt auf den Erdhügel und setzt automatisch den verkürzten Fuß etwas höher. Die Menge starrt fassungslos auf seine Socken, grüngelb geringelt.

Er setzt zu einer Rede an, da fängt die graue Welt an zu kreisen, seine Knie knicken ein. Grau wird schwarz.

Lehrer Friedrich Fichte fällt in das offene Grab von Erich Lux.

Endlich angekommen. Goldenes Licht. Engel mit Posaunen und Harfen wecken Fritz, Maria sitzt unter einer Palme und gibt ihrem Jesuskind die Brust, in den klaren Bächen springen Forellen, ein weißbärtiger Mann segnet ihn. Eva lehnt nackt am Stamm eines Apfelbaums und lächelt ihn verführerisch an. Adam entsteigt dem aufgewühlten Meer und reicht ihm ein blaues Marmorei.

Eine außergewöhnlich schöne, schwarzhaarige Frau schiebt sich in sein Blickfeld: »Fritz! Erkennen Sie mich?«

»Wo bin ich?«

»In der Sakristei der Kirche.«

Langsam kommt Fritz zu Bewusstsein. Er nimmt das riesige kitschige Gemälde wahr, das ihm die Illusion vom Paradies gegeben hat. Es beherrscht die kleine Sakristei, wo Anita Vocke und ihr Mann Franz besorgt darauf warteten, dass Fritz zu sich kommt. Anita kramt in ihrer Notarzttasche und zieht eine Spritze auf.

»Was ist das?«

»Keine Angst. Nur Vitamine und Aufbaustoffe, die Blutdruck und Kreislauf stabilisieren. Damit kommen Sie wieder auf die Beine.«

Beim Aufsetzen auf der Liege krümelt Erde von seinem Anzug.

Der entfernte Klang von einem Trauermarsch, gespielt von der Winterhauser Blasmusik, weht herein.

Jetzt wird ihm mit einem Schlag klar, was passiert ist. Er bekommt einen Lachkrampf.

»Der Herr Kollege Tod spielt mit mir, aber er kriegt mich nicht.«

»Beruhigen Sie sich.« Anita drückt ihn auf die Liege zurück und setzt ihm die Spritze. »So komisch ist das alles nicht.«

Fritz wird augenblicklich ruhig.

Mit hängenden Schultern schleicht Franz hinaus, um den Leuten zu sagen, dass Fritz nichts Ernsthaftes geschehen ist.

Pfarrer Wagner kommt herein, sein Gesichtsausdruck spricht Bände. »Das war's für heute. Wie geht es Ihnen, Herr Lehrer? Ich hoffe, Sie sind bald wieder auf dem Damm, denn wir müssen miteinander reden.« Dabei deutet er auf den »STERN«, der auf dem Tisch liegt.

»Glauben Sie mir, ich habe das so nicht …«

Anita greift ein: »Bitte, Herr Pfarrer, ein anderes Mal, Herr Fichte ist noch sehr schwach.«

Fritz sagt schnippisch: »Herr Wagner, Sie sind nur so sauer, weil ich in ein Grab gefallen bin, das Sie auf Ihrem Gottesacker gar nicht haben wollten.«

Abrupt dreht Wagner sich weg und stößt in der Tür fast mit Franz Vocke zusammen. Franz hilft Fritz aufzustehen. Die Hand von Franz ist eiskalt, er bewegt keine Miene, seine Haut ist weiß, seine Lippen ein Strich, die Augen rot, wie im Fieberglanz.

Seine Frau sagt: »Wir bringen Sie am besten nach Hause, Sie müssen sich ausruhen. Gibt es jemanden, der sich um Sie kümmert?«

Lange Pause. »Nein.«

Sie wollen noch Abschied nehmen von Erich. Franz stützt Fritz ein bisschen, denn ihm ist noch schwindlig. Als sie sich dem Grab nähern, wendet sich gerade Erichs Familie ab. Der Vater wirft Fritz einen schwer deutbaren Blick zu und seine Frau und er, mit seiner Mutter im Rollstuhl bewegen sich hastig in Richtung Ausgang.

Fritz steht mit seinem Fechtmeister und seiner Frau noch minutenlang an Erichs Grab, dann reißt sich Fritz los und hastet zum Auto der Vockes.

Michi und Bettina haben dort auf sie gewartet. Gemeinsam fahren sie zu Fritz.

Ein Umschlag ist an seine Tür geheftet. Es ist die Mitteilung von Frau Wankel, dass sie mit Frau Nabholz gesprochen habe und es zunächst keine weiteren Konsequenzen gebe. Und dass der Unterrichtsbeginn auf Dienstag verschoben sei.

Das erleichtert Fritz' Vorhaben nach München zu fahren ungemein.

Er bittet die Freunde noch mit ins Haus, geht wie unter Hypnose zum Kühlschrank und nimmt eine Flasche Wein heraus. Anita fährt mit resoluter Stimme dazwischen: »Nein!«

Erschrocken hält Fritz inne. »Ein Schluck wird doch …«

»Fritz, Sie haben soeben einen Kreislaufzusammenbruch plus Blutdruckkrise erlebt, Ihr ganzes System ist kollabiert aufgrund einer akuten Belastungsreaktion. So. Und wenn Sie jetzt Alkohol trinken, dann kann das verheerende Folgen haben. Und überhaupt, Sie sollten mal eine ganze Weile keinen Alkohol trinken.«

Darauf flüstert Michi kleinlaut: »Und ich? Darf ich …«

»Bitte! Herr Schauer, jetzt nicht! Können Sie, Fritz, bei mir morgen in der Klinik vorbeikommen?«

»Aber ich will morgen nach München.«

»Dann eben vorher. Ich möchte Sie noch mal anschauen.«

»Du willst nach München? Bettina fährt morgen früh auch in die Stadt, die kann dich mitnehmen.«

»Das ist großartig. Ich danke euch allen von ganzem Herzen, aber jetzt möchte ich gern allein sein. Auf Wiedersehen.«

*

Das Rattern des Zugs macht ihn schläfrig. Mutter wird ihn abholen am Bahnhof. Flanellschlafanzuggefühl. Er ist froh, dass er mit Mutter allein sein kann, denn die Atmosphäre war oft unangenehm angespannt, wenn sein Stiefvater anwesend war.

Er freut sich auf München und auf Mogens.

Wie soll er jedoch in München recherchieren? Ist es nicht eine Schnapsidee, dort die Wurzeln des Zwistes zu ergründen? Er hat wieder einmal zu wenig nachgedacht. Das Staatsarchiv ist am Wochenende geschlossen. Aber er kann bis Montag bleiben, der Schulbeginn wurde schließlich um einen Tag verschoben.

Fritz schläft ein. Er hat letzte Nacht wieder Schlaftabletten genommen. In der Klinik hat er lange warten müssen bis Anita erschien. Sie konnte nichts Akutes mehr feststellen, hat ihm noch einmal eine Aufbauspritze gegeben und dann hätte er beinahe den Zug versäumt.

Er erwacht vom Quietschen der Bremsen, als sie im Nürnberger Bahnhof einfahren.

Nürnberg! Panische Gedanken martern ihn. Die Pistole! Er muss die Spielpistole am Theater zurückgeben. Er hat sie nur unter schärfsten Ermahnungen bekommen, er solle gründlich darauf aufpassen. Bislang ist sie trotz aller Bemühungen der Polizei unauffindbar geblieben.

Er denkt an Bettina. Sie hat ihm heute Morgen im Auto von ihren immensen Schuldgefühlen erzählt, denn sie macht sich die ärgsten Vorwürfe, dass sie auf die Pistole nicht gut genug aufgepasst hat. Einen Moment lang habe Sie daran gedacht, sich umzubringen. Da wäre Fritz fast aus ihrem Auto gesprungen vor Schreck. Er hat geschrien, sie solle so etwas nie wieder denken. Nie, nie wieder!

Das unmögliche Verhalten ihres Vaters Franz Hinterwald gegenüber Fritz mache ihr auch zu schaffen. Sie sagte, dass sie deswegen einen furchtbaren Streit mit ihm habe.

Ja, die Tragödie ist wie ein Erdbeben über die Dörfer gekommen und niemand weiß, wohin das führen wird. Ein schrecklicher Gedanke durchfährt Fritz: Wenn es Erich nicht war, sondern ein anderer Dorfbewohner … dann … dann geht das alles weiter. Dann schaukelt sich der Konflikt noch weiter hoch. Ich sollte es einfach auf sich beruhen lassen. Und wenn es Georg Lux war, wie soll ich das beweisen? Wo soll ich da ansetzen? Da hilft mir das Herumkramen in der Vergangenheit auch nichts mehr. Fritz verzagt. Und außerdem, so wie es jetzt ist, beruhigt sich die Lage irgendwann vielleicht ... Nein! Das kann ich nicht, das bin ich Erich schuldig, das bin ich Rosie schuldig, das bin ich mir schuldig.

So furchtbar es werden kann, die Wahrheit muss ans Tageslicht.

Mutter Wilma weint vor Freude bei der Begrüßung am Bahnsteig. »Du siehst gar nicht gut aus, Sohnemann, du bist so dünn.«

Fritz umarmt sie lachend: »Das musst du wohl sagen. Du hast bestimmt was gekocht.«

Sie will ihn gar nicht loslassen.

»Milchreis mit Birnenkompott und Zimt.«

Der bekannte Geruch der Schwabinger Altbauwohnung, wo er aufgewachsen ist, ruft sentimentale Erinnerungen in ihm hervor. Er verdrängt sie mit aller Kraft und versucht, sich nur auf Mama und diesen Moment des Heimkommens zu konzentrieren.

Das Zimmer seiner Halbschwester Irene ist offensichtlich für ihn extra sauber gemacht worden. »Wo sind denn die Pokale und Urkunden?«

»Die hat sie mit nach Passau genommen. Sie ist mit Sack und Pack ausgezogen. Ich glaube, sie hat die große Liebe gefunden.«

»Na wunderbar, wenigstens sie.« Fritz verrutscht wieder mal der Ton, er weiß gar nicht warum.

Beim Essen berichtet er in Kurzform der aufgeregt-wissbegierigen Mutter von den Ereignissen. Mama ist natürlich enttäuscht, als er schon wieder fort will. Sie befürchtet insgeheim, dass er sich ins Nachtleben stürzen will, aber als er sagt, dass er Mogens besucht, ist sie besänftigt. Mama Wilma liebt den Freund ihres Sohnes.

Die Straßenbahn ist voller Menschen, die fröhlich und laut das Wochenende beginnen. Einerseits genießt Fritz die Großstadtatmosphäre, aber er kann seine Melancholie nicht zurückdrängen. Fröhliche Menschen machen ihn traurig. Wird sich das jemals wieder ändern?

Aber seine Stimmung hellt sich sofort etwas auf, als er sich Mogens' Wohnung nähert. Manchmal ist er fast neidisch auf seinen Freund, der trotz seines Leidens ein gutes Leben führt. Er lebt in einer Parterrewohnung in der Nähe des Rundfunks, die er sich von seinem Erbe gekauft und mit Akribie behindertengerecht ausgebaut hat.

Es ist ein großes Glück für ihn, dass seine Schwester Nicoline in der Wohnung gegenüber lebt. Sie bildet dort mit drei anderen Studentinnen eine Wohngemeinschaft. Fritz hatte sich immer wieder über die schlüpfrigen Erzählungen von Mogens gefreut, der den hohen Männerverschleiß in der WG gern mit dem Satz kommentiert: »Schon wieder stehen Horden von Jungpavianen vor dem Fenster und winseln mit erhobenem Schweif um Einlass.«

Normalerweise dauert es lange bis Mogens öffnen kann, aber heute Abend springt die Haustür auf, kaum dass Fritz geläutet hat. Er sieht seinen Freund in der Wohnungstür und schreit so laut, dass es das ganze Haus hören muss: »Du stehst ja! Ich glaub es nicht!«

Mogens strahlt über das ganze Gesicht wie ein Olympiasieger: »Seit gestern kann ich mich mit Krücken bewegen, zentimeterweise.«

Fritz stürzt auf ihn zu und umarmt tief bewegt seinen Freund.

»Ich weiß nicht, warum das gerade jetzt geschehen ist, aber gestern hat mich mein Physiotherapeut dazu gebracht, kurz aufzustehen. Nur ein paar Schritte. Vielleicht war's ja der Adrenalinschock vom ›Blutsonntag‹, oder was weiß ich, aber, oh, Mann, du kannst dir nicht vorstellen, was das für mich bedeutet. Komm rein, steh nicht so blöd hier rum. Sonst zerren dich die Damen von nebenan gleich zu sich herein.«

Er schließt angestrengt die Tür und schleift sich schwer atmend zum Wohnzimmer

Fritz liebt dieses Zimmer mit der riesigen Plattensammlung in den extra angefertigten Regalen, die nur bis Brusthöhe reichen.

»Da kannst du jetzt endlich die Regale höher bauen.« Mogens nickt eifrig. Er ist verblüfft, als Fritz auf die Frage, was er trinken möchte, Tee verlangt. Zaghaft berichtet dieser von seinem Zusammenbruch und der strikten Anweisung, keinen Alkohol zu trinken. Noch kann er den Gedanken an eine Abstinenz recht gut vertragen, aber wie lange?

»Was willst du hören? Die neuesten Platten von Joni Mitchell, David Bowie, Frank Zappa, alles fantastische Musik, aber ich kann sie in meiner Sendung nicht spielen, die Leute wollen das nicht hören, deprimierend.«

Fritz will gar nichts davon wissen, er will vor allem Mogens' Filmaufnahmen ansehen und mit ihm reden.

Der lehnt stolz jede Hilfe von Fritz zum Hinsetzen ab. Umständlich und mit verzerrtem Gesicht bugsiert er sich in den Rollstuhl, japst nach Luft beim Verstauen der Krücken, dann blickt er grinsend seinen Freund an: »Erzähle.«

Fritz beginnt bei dem Moment, in dem er in der Garderobe die Nachricht von Mogens gefunden hat: »Das Meer von Tränen …«

Wie ein Wasserfall redet er, macht kaum eine Atempause. Es tut so gut zu sprechen, ein Gegenüber zu haben, das begierig jedes Wort aufsaugt. Er vergisst auch nicht von seinen alkoholischen Ausbrüchen zu erzählen, wobei Mogens keine Miene verzieht. Sogar die Geschichte von Willi berichtet er. Das kommentiert Mogens: »Da wartet noch was auf dich, ich spür's.«

Fritz erzählt auch von seinem Verdacht in Bezug auf Georg. Da schüttelt Mogens skeptisch den Kopf: »Kannst du dir das wirklich vorstellen? So ein schwacher Mensch, so ein schwacher Charakter. Der soll aus seinem kleinkarierten Hass so ein kompliziertes Mordkomplott veranstalten? Der ist doch viel zu dumm dazu. Außerdem hat er ein Alibi.« Ratlos muss Fritz seinem Freund recht geben.

Es ist fast Mitternacht. Fritz lehnt sich entkräftet von seinem Bericht zurück. Jetzt ein Glas Wein! Der Gedanke blitzt nur kurz auf, dann verwirft er ihn wieder.

Das Telefon läutet.

»Wer kann das sein?«

»Das ist bestimmt Nicoline, die ruft öfter um die Zeit an. Außerdem weiß sie, dass du kommst. Geh nur ran.«

»Nicoline, schön, dass du … Wer? Neuber?«

Fritz hält die Sprechmuschel zu: »Andreas Neuber!«

Mogens rollt elektrisiert zum Tischchen, wo das Telefon steht und versucht mitzuhören.

»Woher haben Sie … mhm, ja, ach so … ja …morgen Abend? Ja, wenn Sie eine Behindertentoilette haben.«

Fritz legt auf. Er bekommt vor Verwirrung zuerst kein Wort heraus. Dann sagt er, dass Neuber über seine Mutter erfahren hat, wo er ist. »Der ruft nachts um zehn Uhr bei meiner Mutter an, stell dir das vor. Aber er hat sich sehr höflich entschuldigt.« Neuber möchte sich unbedingt mit ihm treffen, ob er morgen Abend in sein Café kommen könne, er habe eine Idee: Vielleicht könne man ein Gedächtniskonzert für Erich und Rosie organisieren. Er sei mit Erich befreundet gewesen und auch wenn dieser etwas Schreckliches getan hat, er muss das in geistiger Umnachtung getan haben, man kann so einen Menschen nicht einfach verurteilen.

»Als ich das mit dem Behindertenklo angemerkt habe, hat er offen reagiert und gesagt: ›Das kriegen wir schon hin, bringen Sie Mogens gern mit.‹ Er klingt im Übrigen sehr sympathisch. Weißt du, wo das Café ist?«

»Ja, er hat es mit großem Getöse vor ein paar Monaten eröffnet, Café Volland.«

»Café Volland? Das ist verrückt, weißt du wer Volland ist?«

Mogens ist müde, er reagiert nicht sehr interessiert.

»Volland ist der Teufel! Die Hauptfigur aus dem Roman ›Der Meister und Margarita‹ von Michail Bulgakow. Das ist die Geschichte von Luzifer, der nach Moskau kommt und die Menschen dort an den Rand des Wahnsinns bringt.«

Da erwacht Mogens Interesse blitzartig. Er rollt geheimnisvoll lächelnd zu seinem Plattenregal und legt eine Scheibe auf: »As tears go by«, gesungen von Marianne Faithfull.

Fritz schaut ihn fragend.

»Und jetzt? Was willst du mir sagen?«

»Ich wusste nicht mehr, dass der Teufel Volland heißt, so wie das Café vom Neuber. Und jetzt erzähl ich dir etwas, was du nicht weißt.«

Fritz kann seine Gefühle kaum noch beherrschen, das Lied und die Stimme überwältigen ihn.

»Mach es aus, Mogli, ich bin am Ende.«

»Nein, jetzt hör dir's noch bis zum Schluss an, denn die Geschichte dazu ist aufregend. Das Lied ist im Original von den Stones, wie du weißt. Als Marianne Faithfull es aufgenommen hat, hatte sie gerade ein Buch gelesen und das hat sie Mick Jagger gegeben. Rate mal welches.«

»›Der Idiot‹ von Dostojewski.«

Mogens grinst.

»Nein, aber auch was russisches: ›Der Meister und Margarita‹. Mister Jagger hat das mit Freude verschlungen …«

»Was, der kann lesen?«

»Lass das bloß nicht den Michi hören! Jedenfalls hat er daraufhin mit Keith Richards eine absolut fantastische Rocknummer geschrieben, und jetzt rate noch mal: Welche?«

»Sympathy für the devil!«

»Bingo!«

»Aber Mogli, das kann nur ein irrer Zufall sein, dass das zusammenfällt. Der Neuber nennt sein Lokal nach der Hauptfigur in dem Buch und ich bau das Lied in meiner Inszenierung … Nein, nein, man muss ja nichts überinterpretieren.«

»Wir können ihn morgen fragen. Ich bin müde, lass uns die Filmaufnahmen nach dem Frühstück anschauen, du kommst doch zum Frühstück?«

»Oh nein, ich muss morgen früh bei Mama bleiben, sonst ist sie mir sehr böse.«

»Mama. Mama. Alte Schwuchtel! Mamasöhnchen! Und ich? Wo bleib ich armer Gelähmter?«

»Du vergammelter Rollstuhlkamikazefahrer, ich komme mittags, okay?«

Sie müssen beide lachen. Dieser frotzelnde Ton unter Freunden ist für Fritz auch so etwas wie ein Nachhausekommen. Er geht abgekämpft und mit schmerzendem Bein zum nächsten Taxistand. Aber er hat das erste Mal seit dem »Blutsonntag«, wie Mogens es formuliert hatte, ein warmes Gefühl in sich, ein Gefühl von Geborgenheit.

Für einen Wimpernschlag überlegt er, ob er noch in eine einschlägige Bar gehen soll. Ihn bedrängen erotische Fantasien, aber er hat keine Energie mehr. Er malt sich einen sehnsüchtigen Traum von Willi und fährt ermattet durch die Münchner Nacht nach Hause zur Mutter.

Das Frühstück ist ein Mamawilmafrühstück. Es ist für sie die wichtigste Mahlzeit des Tages und dementsprechend zelebriert sie es, vor allem wenn Sohnemann zu Besuch ist. Tischdecke und Kerzen, Eier, Käse, Marmelade, frische Semmeln und feiner Tee. Sonnenstrahlen bringen den bunten Blumenstrauß auf dem runden Tisch zum Strahlen, aus dem Hinterhof tönt der Lärm von spielenden Kindern. Das entfernte Quietschen der Straßenbahn, Autohupen.

Fritz mag diese Wohnung mit den hohen Wänden und den Parkettböden in einem Schwabinger Altbau inzwischen sehr gern. Das war nicht immer so gewesen.

Er kann sich dunkel an das Jahr 1952 erinnern, als seine Mutter hier mit ihrem zweiten Mann, dem Goldschmied Richard Seidlein, eingezogen war. Das bereitete dem Siebenjährigen großen Kummer. Er wollte ihn nicht als Vater annehmen, aß kaum und wurde immer dünner.

Bald verdoppelte sich das Unglück, denn Konkurrenz wurde geboren: Irene, seine Halbschwester.

Der kleine Fritz wurde bockig. Aber gleichzeitig wollte er unbedingt seiner Mutter gefallen, ihr nur keine Probleme machen. Für sie war es eine große Belastung, dass er Stiefvater und Halbschwester so sehr ablehnte. Also gewöhnte er sich allmählich an die Wohnung. Und er lernte, mit seinem Stiefvater zu leben, distanziert aber respektvoll. Aus seiner Aversion gegen seine Schwester entwickelte sich letztendlich eine große Zuneigung.

Sonnenschein, schöner Schein. Der Irrsinn der letzten Tage lugt aus jedem Frühstücksei, tanzt auf dem Fensterbrett und schlingert über das blanke Parkett. Fritz hat sich so sehr auf Mama gefreut und jetzt fühlt er sich unwohl.

Er könnte heulen über ihr krampfhaftes Bemühen, es ihm schön zu machen, es gemütlich zu haben. Und es macht ihn nervös, dass sie mit ihrem Gebiss Schwierigkeiten beim Kauen hat.

Auf einmal lächelt sie geheimnisvoll und legt ihre schönen kräftigen Finger auf seinen Unterarm, streichelt mit wehmütigem Blick die Uhr seines Vaters, ihres geliebten ersten Mannes Michael. Warum ist diese Geste Fritz auch unangenehm? Er würde gern seinen Arm zurückziehen, aber er traut sich nicht, denn in Wilmas Blick wartet eine Überraschung. Sie greift seinen Finger an dem der Ehering steckt, dreht vorsichtig den Ring und sagt: »Ich hab ihn gefunden.« Fritz weiß sofort wovon sie spricht. Sie meint das Pendant seines Rings. Er war ihm nach Sigrids Flugzeugabsturz übersandt worden. Man hatte ihn in den Trümmern des Flugzeugwracks entdeckt. Er steckte an der abgerissenen Hand seiner Frau.

Fritz hatte ihn irgendwo verstaut, nie wieder hervorgeholt und schließlich hatte er vergessen, wo er ihn hingelegt hatte.

»Mama, manchmal hast du das Feingefühl eines Vorschlaghammers. Du kannst doch nicht …« Fritz will heute sicher nicht an den Albtraum vor neun Jahren denken müssen, als seine Frau mit der Volleyballnationalmannschaft bei einem Flugzeugabsturz ums

Leben kam. Es ist zu spät, die Erinnerung sprudelt rücksichtslos hoch.

Fritz hatte Sigrid Nennstiel im sportlichen Umfeld von seiner Schwester Irene kennengelernt. Sie war ein Jahr älter als er und spielte mit Leidenschaft in der Volleyballnationalmannschaft. Die außerordentlich lustige und offene junge Frau war für Fritz eine Offenbarung. Sie hatten beide sofort großes Vertrauen und Sympathie füreinander gespürt, aber … von Erotik keine Spur.

An einem alkoholischen, feuchtfröhlichen Abend unterhielten sie sich intensiv, das Gespräch wurde immer ehrlicher. Beide erzählten sich gegenseitig von ihren Neigungen zum gleichen Geschlecht und beklagten betrunken die Heimlichkeiten und Repressalien, die ihnen das Leben schwer machten.

Zwei verwandte Seelen hatten sich gefunden.

Morgens um fünf Uhr am Isarufer, unter einem Regenschirm bei romantischem Nieselregen, hatten sie beschlossen zu heiraten.

Mama und Irene waren begeistert gewesen. Mama machte sich heimlich Hoffnung, vielleicht würde ja ein Wunder geschehen … Auch der knorrige Richard, der nicht in das Geheimnis der Brautleute eingeweiht war, zeigte menschliche Regungen, und er begann, zwei wertvolle Eheringe aus Weißgold als Geschenk zu schmieden. Er schuf zwei Meisterwerke, die von seinem großen Können und Geschmack zeugten.

Bei einem Mamawilmafrühstück hatte Fritz seine Mutter aufgeklärt, dass sie sich keine Hoffnung auf Enkel machen sollte. Sie war zunächst am Boden zerstört gewesen, aber diese großartige Frau hatte es mit Nachdenken und durch ihre bedingungslose Liebe geschafft, die Situation so anzunehmen, dass Sigrid sogar zu einer Freundin für sie wurde.

Fritz und Sigrid führten ein kurioses Eheleben. Sie hatten getrennte Schlafzimmer aber ein gemeinsames Konto, wo sie ihr spärliches Geld verwalteten. Und sie hatten sich geschworen, immer pfleglich und liebevoll miteinander umzugehen.

Ab und zu leistete er sich einen Ausflug in die Schwulenszene. Sigrid hatte eine feste Freundin, die sie manchmal mit nach Hause brachte. Nach außen spielten sie heile Welt. Aber einfach gestaltete sich ihr Leben nicht, denn die Wahrheit über ihre Ehe durfte schließlich kaum jemand wissen.

Mama hatte inzwischen angefangen, im Laden von Richard mit zu arbeiten. Und sie mochte es so gern, nach Ladenschluss bei ihrer Schwiegertochter vorbeizuschauen, um mit ihr Schach zu spielen. Fritz, der für dieses Spiel nicht geeignet war, liebte diese Momente, wenn seine Mutter und seine Frau die Welt vergaßen und am Küchentisch ins Schachspiel vertieft waren. Er saß dann wie ein kleiner Junge bei den beiden und musste keinen Moment überlegen, ob er glücklich war oder nicht.

Eines Abends kam Fritz nach seinem Zivildienst im Altersheim abgespannt nach Hause. Sigrids Freundin saß in der Küche am Boden, völlig aufgelöst in einem konvulsivischen Weinkrampf.

Im Radio eine Sondernachricht: Die deutsche Volleyballdamenmannschaft ist bei einem Flugzeugabsturz umgekommen. Schockstarre.

»Aber Sohnemann, ich wollte doch nur …«

Fritz liebt seine Mutter sehr, aber dieses »Ich wollte doch nur …« macht ihn immer wieder wütend. Ihre tollpatschige Art, sich ohne nachzudenken in das Leben anderer einzumischen, bringt ihn schnell auf die Palme.

Dieses Tür-öffnen-ohne-Anklopfen, was sie besonders in seinem Zimmer gern tat. Dieses Den-Sohn-vor-allen-Freunden-mitten-auf-den-Mund-Küssen.

Fritz entgleiten wieder einmal seine Gefühle. Er steht außerhalb seiner selbst. Was ist los mit mir? Warum bin ich denn auf Mutter so aggressiv? Der Blumenstrauß auf dem Frühstückstisch sticht ihm schon den ganzen Morgen ins Auge, am liebsten würde Fritz ihn herunterwerfen. Er ist plötzlich unsäglich schlecht gelaunt. Seine Wut wird immer stärker, er faucht sie an: »Wieso kommst du auf einmal mit dem Ring! Kannst du dir nicht vorstellen, was das alles für mich bedeutet? Menschenskinder, ich zieh das Unglück an wie … wie … ein verwester Igel die Maden.«

Aber Wilma lässt sich nicht beirren, nimmt aus einem weichen schwarzen Samtsäckchen Sigrids Ring und reicht ihn Fritz.

Er sieht rot, zerrt mühsam seinen eigenen Ring vom Finger, hält ihn der Mutter vor die Nase und schreit impulsiv: »Weißt du, wem ich den gern geschenkt hätte? Weißt du es? Nein, das weißt du nicht! Mutter!«

Sie betrachtet fassungslos seinen Ausbruch.

»Diesen Ring hätte ich Rosie zur letzten Vorstellung …!« Er bricht den Satz ab, nimmt beide Ringe und stopft sie in die Blumenvase, die mit Getöse umkippt.

»Igelaasmaden!«

Gott sei Dank steht vor dem Haus eine Telefonzelle. Denn sein Wutanfall ist beim langen Abstieg vom dritten Stock schon wieder verraucht.

Das schlimmste Gefühl für alle Männer dieser Welt plagt Fritz: das schlechte Gewissen gegenüber der Mutter. Hoffentlich lenkt sie ein.

»Wilma Seidlein am Apparat.«

»Ich bin's. Mama. Bitte, bitte verzeih. Ich bin einfach nicht bei mir. Bin nicht ich. Weiß nicht, was ich tue und sage. Das war ja Blödsinn, ich wollte doch Rosie nie meinen Ehering schenken.«

Schweigen. Die schlimmste Waffe aller Mütter.

»Mama, bist du noch dran?«

Schweigen.

»Mama, bitte …«

Da kommt von ihr die schönste, böseste und weiseste Reaktion: Sie lacht. »Ach, Sohnemann, das hat wehgetan, aber ich versteh dich. Grüß mir meinen geliebten Mogli und pass auf dich auf. Noch was, die Vase bezahlst du.«

Unendliche Erleichterung bei Fritz. Aber er hat auch den Verdacht, dass Mutter wieder eine Beruhigungstablette genommen hat.

Vor Mogens' Haustür trifft er Nicoline. Sie hat es wie immer eilig, drückt Fritz innig an sich, murmelt etwas, wie leid ihr das Ganze tut und schwingt sich mit einem Winken aufs Fahrrad.

Nicki Wirbelwind, wie Mogens sie nennt. Er wäre ohne sie aufgeschmissen, denn neben ihrem Studium der nordischen Sprachen kümmert sie sich liebevoll um ihren Bruder. Er ist sehr stolz auf seine schöne, großgewachsene Schwester. Braune Beine bis zum Himmel und eine Figur, dass sämtliche Jungpaviane an der Uni Schnappatmung bekommen.

»Nicki hat den Projektor im Wohnzimmer aufgebaut«, sagt Mogens zur Begrüßung und rollt quietschend voraus in das verdunkelte Zimmer.

»Du musst den Rollstuhl wieder mal ölen.«

»Gut, dass du das sagst, Auspuff und Skigepäckträger müssen auch neu justiert werden.«

Fritz weiß nicht, ob das nur als Witz gemeint war oder eine zynische Bemerkung zu seinem Zustand. Sein Freund ist heute in brüchiger Stimmung.

»Ich hab die Kopie gestern erst bekommen, das ist also Rohmaterial. Ich weiß ehrlich gesagt noch gar nicht, wie und wo ich das veröffentlichen soll. Am liebsten würde ich es wegschmeißen.«

Fritz nickt traurig, seit wenigen Minuten haben ihn die letzten Tage wieder eingeholt.

Der Film zeigt als erstes die Stadt Würzburg, so schön in den Talkessel geschmiegt wie ein Adlerhorst. Die Festung kommt ins Bild. »Hier hat Ingrid in der Bombennacht ihrem Mann zugewinkt.« Fritz bekommt einen trockenen Mund, als er das zu Mogens sagt.

Dann flattert der Hubschrauber das Maintal entlang, direkt über dem silbernen Band des Flusses.

Randersacker, Eibelstadt, weinselig vor sich hin dampfend. Wie harmlos die Orte aus der Vogelperspektive wirken. Dann kommt Sommerhausen näher und … Schluss.

»Ich sag ja, alles noch roh und unfertig. Die weiteren Aufnahmen sind schön und gut, aber jetzt leg ich den Nachtflug vor der Premiere ein. Da musst du genau aufpassen, wenn das Bürgerhaus erscheint.«

Sommerhausen und Winterhausen bei Nacht. Der Fluss wirkt jetzt wie ein bleierner Gürtel, ja, wie ein Trennstrich. Im Vereinsheim ist helles Licht zu sehen, Straßenlaternen funzeln vor sich hin.

Das Dorf holt tief Luft vor der großen Premiere am nächsten Tag.

Fritz kann erkennen wie in einigen Häusern das Licht angeht, weil die Menschen vom Hubschrauberlärm wach werden. Jetzt kreist er direkt über dem Bürgerhaus. Was ist das? Da bewegt sich ein winziger Lichtstrahl! Steht da ein Auto in der Ecke?

»Das wollte ich dir zeigen.«

»Kannst du zurückspulen? Man kann so gut wie nichts erkennen.«

Sie schauen sich das noch einmal an. Dann noch einmal und noch einmal, aber es ist fast nichts erkennbar. Es scheint ein Auto auf dem sonst leeren Platz zu parken, aber auch das ist nur verschwommen zu sehen. Und das wandernde Licht könnte genauso gut ein Glühwürmchen sein.

Fritz zieht die Vorhänge auf und lässt Luft herein.

»Enttäuscht, Fritz?«

»Ja, klar. Ich habe gedacht, wir hätten einen Beweis, dass Erich es nicht gewesen sein kann, dass vielleicht sein Vater zähnebleckend in die Kamera winkt, aber das hier ist nichts, gar nichts. Da steht wohl ein Auto, aber man könnte ja nicht mal das Nummernschild identifizieren, auch wenn man die Filmbilder vergrößern würde.«

Er fühlt sich wie ein platter Fahrradschlauch, da fällt ihm ein, dass er Michi versprochen hat, sich bei ihm zu melden. Mogens rollt in die Küche, um Kaffee zu bereiten, während Fritz telefoniert.

Michi berichtet, dass Rosies Vater die Anzeige wegen der Zerstörung seines Weinbergs zurückgezogen hat, um, wie Hartmann sagt, nicht noch mehr Öl ins Feuer zu gießen. Aber alle wundern sich darüber, denn das passt gar nicht zu ihm. Vorher sind in einer Apfelplantage in Winterhausen alle Blüten zerschlagen worden. Der Terror geht weiter. Und die Mutter von Erich hat ihre Stimme verloren, sie kann nicht mehr sprechen.

»Und noch eine schlimme Nachricht. Franz Vocke hat versucht, sich umzubringen. Er liegt im Krankenhaus. Pulsschlagadern. Vorerst kein Telefon oder Besuche.«

»Sein Terrorerlebnis bei der Olympiade und das Unfassbare bei meiner Premiere. Das ist zu viel, er hat es nicht verkraftet.« Fritz bekommt weiche Knie. Er hatte eine böse Ahnung, als ihm der wachsbleiche Franz mit seiner Frau nach der Beerdigung von Erich geholfen hatten.

Wie in seinen schrecklich wachen Nachtstunden blitzt ein Gedanke bei ihm auf: Suizid?

Nein! Eine Möglichkeit, keine Lösung.

»Mogli, wir müssen etwas tun. Wir müssen den Mörder finden, sonst gibt es nie Ruhe in den Dörfern.«

»Du bist gut, wie willst du das anstellen? Die Lage wird sich schon beruhigen. Dann bleiben die Dörfer halt verfeindet, na und? Die Idioten sterben nicht aus. Ich muss jetzt meine Übungen machen. Ich hol dich ab mit dem Auto, dann schauen wir, was dieser Neuber von dir will. Bis dann.«

Von Mogens' Wohnung in der Blutenburgstraße ist es nicht allzu weit zur Wohnung seiner Mutter in Schwabing, also beschließt Fritz, zu Fuß zu gehen.

Sommersamstagmittag in München. Wie hat er die Atmosphäre immer geliebt in der Stadt. Wenn um vierzehn Uhr die Geschäfte schlossen, wenn mit einem Mal die Stadt ihre hektische Zwangsjacke ablegte und die Zeit für einige Momente still stand. Wenn die Menschen mit ihren Essenskörben in die Biergärten trudelten, wenn München lässig wurde.

Und heute? Heute kämpft er gegen Melancholie und die Schockstarre.

Er lässt sich durchs sonnenhelle Schwabing treiben, wo die Vorfreude auf die Fußballweltmeisterschaft, die in wenigen Tagen beginnt, mit Händen zu greifen ist. Überall Plakate und Informationsstände, aber er kann sich diesmal gar nicht daran erfreuen. Er gönnt sich in der Türkenstraße ein Eis, wirft die Hälfte in einen Abfallkorb. Setzt sich auf der Leopoldstraße in ein Café, bestellt einen Espresso, steht auf und geht, ohne den Kaffee abzuwarten.

In der Hohenzollernstraße entdeckt er ein Blumengeschäft, das noch geöffnet hat, und kauft für Mutter einen größeren Blumenstrauß als der, den er zerstört hat. Dann fällt ihm ein, dass er die Vase ersetzen muss und kauft die Vase dazu. Beim Hinausgehen erblickt er ein Schild an der Tür: »Fleurop-Service.« Das musste wohl so kommen. Willi! Er wendet sich an die Verkäuferin: »Haben Sie Kontakt mit anderen Fleurop-Geschäften?«

»Ja, natürlich.«

»Können Sie an einen bestimmten Mitarbeiter in Würzburg eine Mitteilung schicken?«

Die verdutzte Bedienung zögert, sie will Feierabend machen. Merkwürdiger Kunde.

»Ja, vielleicht, an wen soll sie denn gehen?«

Fritz will antworten, bringt aber nur einen gutturalen Laut zustande, da ihm die Absurdität seiner Frage bewusst wird.

»An niemanden, schon gut, Danke.«

Fluchtartig verlässt er das Geschäft.

Er geht in Richtung Mutters Wohnung, sehr langsam, als hätte er Bleisäcke auf den Schultern.

An einem modernen vierstöckigen Haus mit einem Schuhladen im Parterre bleibt er grübelnd stehen.

Sein Unterbewusstsein sendet Signale, die er nicht ordnen kann. Noch nicht.

Hier muss die Ruinenmauer gestanden haben, unter der er vor fast zwanzig Jahren verschüttet worden war.

In der klaren Sommerluft wehen die Glockenklänge von St. Ursula herüber, sie läuten das Wochenende ein.

Da trifft es Fritz wie der Schlag von einem Glockenschwengel: Das ist es! Dieses Läuten! Er hat es ein paar Mal vernommen als er erfrierend unter den Trümmern der eingestürzten Wand lag.

Und genau dieses Läuten hat er bei dem merkwürdigen Telefonanruf nach der Premiere im Hintergrund gehört. Es gibt keinen Zweifel. Endlich weiß er es, endlich hat er die Lösung gefunden!

Der Anruf muss aus München gekommen sein. Wenn der Anrufer der Mörder war, dann kann es Erich nicht gewesen sein! So einfach ist es. Erleichtert geht Fritz ein paar Meter, aber da bricht sein Gedankenkartenhaus schon wieder zusammen.

Das ist nix, Fritz! Das ist Wunschdenken, sonst nix! Ein Anruf, bei dem einer nur atmet mit irgendwelchen Glocken im Hintergrund? Das ist kein Beweis für nix! So ein Beweis wäre ein Witz, Fritz.

Sein Bein schmerzt stark, er nimmt für die wenigen restlichen Meter ein Taxi.

Mutter beherrscht alle Müttertricks. Sie hat Milchreis gekocht und empfängt ihren Sohn mit einem Lächeln als wäre nichts gewesen. Den Blumenstrauß nimmt sie mit kühler Selbstverständlichkeit entgegen, und nicht einmal ansatzweise zeigt sie, ob ihr die Vase gefällt. Das beweist Fritz, dass sie von dem Streit mehr getroffen ist, als sie offenbaren will.

Fritz schläft tief, bis ihn Mama weckt. »Mogli hat angerufen, er wartet in zwanzig Minuten unten vor der Tür.«

»Er hat sich gestern Abend das erste Mal auf Krücken bewegt, Mama, vielleicht kann er ja irgendwann hier in den dritten Stock hochsteigen.«

»Du weißt, dass das eine kindische Hoffnung ist. Das kommt von deinem ewigen schlechten Gewissen ihm gegenüber, hör auf damit. Aber vielleicht bekommen wir irgendwann einen Aufzug.«

CAFÉ VOLLAND steht in fetten roten Lettern auf schwarzem Grund an einem Eckgebäude in der Schwabinger Feilitzschstraße. Mogens parkt direkt vor dem Eingang und hievt sich in den Rollstuhl, den er selbst neben die Fahrertür gezogen hat. Er verbietet Fritz immer wieder, ihm zu helfen. Dass er dazu selbst fähig ist, macht ihn sehr stolz.

Zwei schwarzgekleidete Bauernschränke mit reflektierenden Sonnenbrillen stürzen herbei und rufen freundlich: »Sie san der Herr von Berg und Sie der Herr Fichte. Grüß Gott. Wir haben leider koa Behinderteneinrichtung und der Herr Neuber hat uns gebeten, Sie die Stufen nach oben zu tragen, wenn's eahna recht is.«

Mogens wird blass, das mag er gar nicht gern. »Nein danke, ich komm schon zurecht.« Die beiden blicken sich ratlos an, da zerrt Mogens seine Krücken hervor und steht mühevoll auf. Die Herren eilen diensteifrig herbei, aber Mogens faucht: »Ich kann das selber.« Und böse zu Fritz: »Das fängt ja gut an.« Der ist verwirrt. Der immer gut gelaunte, selbstironische Mogli auf einmal so humorlos. Aber es ist nicht verwunderlich, denn auch bei Mogens zeigen die letzten Tage ihre Wirkung. Für ihn stand einiges auf dem Spiel und jetzt weiß er nicht, was aus seinem Film werden soll, in den er so viele Hoffnung gesetzt hat.

Vor der Treppe kapituliert er unwirsch und bittet um den Rollstuhl. Die zwei tragen den verkrampften Mogens nach oben, als wäre er aus Papier.

Im ersten Stock bietet sich ihnen ein überraschender Anblick. Ein Lokal wie aus den Zwanzigerjahren. Palmen, Blumen und Korbmöbel, raffiniert platzierte Spiegel, geschliffenes Parkett, offene Fenster mit wehenden hellen Vorhängen und zwei große geschwungene Flügeltüren, die sich zu einer Terrasse mit weißen Lackmöbeln öffnen. Hier zeigt einer deutlich, dass er Geschmack haben will. Sogar die zahlreichen Gäste wirken wie aus einer anderen Zeit.

Auf Teakholzborden sind die berühmten Reclam-Hefte mit Theaterstücken wie kleine Kunstwerke ausgestellt. Gelbe Büchlein auf schwarzem Karton. Ibsen, Goethe, Schiller.

Shakespeare: »Troilus und Cressida«, »Coriolan« und »Romeo und Julia«.

Fritz gelingt es, gelassen zu bleiben. Er freut sich über die vielen Theaterplakate an den Wänden. Da fällt vor allem das von Shakespeares »Sommernachtstraum« ins Auge, inszeniert von dem großen Regisseur Peter Brook zu den Olympischen Spielen vor zwei Jahren.

Von dieser Inszenierung hatte Franz Vocke in den höchsten Tönen geschwärmt und vor Aufregung rote Ohren bekommen, als er immer wieder rief: »Die Schauspieler haben bewiesen, dass der Mensch fliegen kann.« Fritz wird unendlich traurig, als er an Franz denkt. Er ist so ein feinfühliger Mensch, er hatte die Tränen nie zurückhalten können, wenn er vom Mord an den israelischen Sportlern erzählte, den er unmittelbar miterlebt hatte.

An einem Abend, als bei ihrem eigenen Romeo&Julia-Projekt wieder einmal alles zu scheitern drohte, da hatte Franz gezeigt, was in ihm steckte und eine fulminante Rede gehalten: »Leute, glaubt mir, wir setzen hier mit unserem Theater im Kleinen das fort, was Bundespräsident Heinemann nach dem Olympia-Attentat gesagt hat: ›Hass zerstört nur!‹ Und wir müssen deswegen unsere ganze Kraft einsetzen, um den Hass zu überwinden. Unsere ganze Kraft, Leute!«

Und jetzt?, dachte Fritz. Jetzt versuche ich mit letzter Kraft, eine Wahrheit zu finden, die den Hass nicht überwinden wird, wahrscheinlich nicht. Aber ich muss sie finden. Trotzdem.

»Grüß Gott, Fritz Fichte! Hallo Mogens von Berg, herzlich willkommen!« Ein strahlender junger Mann kommt mit ausgebreiteten Armen quer durch das Lokal auf sie zu. Andreas Neuber.

Die Gäste beobachten ihn mit freundlicher Zuneigung.

Seine glänzenden Augen zeigen, dass er sich wahrhaftig über den Besuch freut.

Fritz ist ein bisschen überrascht, er hat Andreas vor einem Jahr bei der Brückeneinweihung ganz anders wahrgenommen. Jetzt kommt er ihm vor wie eine andere Person. Nicht wiederzuerkennen. Elegantes blaues Leinenjackett lässig über dem muskulösen Oberkörper drapiert, blendend weißes Hemd, die zwei oberen Knöpfe geöffnet, schicke Jeans, italienische Slipper, sorgfältig ausrasierter Schnurrbart und gepflegte halblange blonde Haare. Sympathische blaue Augen, die ständig in Bewegung sind, als suchten sie einen Halt. Ein gebräuntes junges Gesicht, ein bisschen Babyface, was ihn jünger wirken lässt als sechsundzwanzig Jahre. Er sieht aus wie ein Gymnasiast und nicht wie der Geschäftsführer eines solchen Lokals.

Er führt die beiden in eine ruhige Ecke, direkt am Fenster. Auf dem Tisch drei Gedecke, davor nur zwei Stühle. Er hat an den Rollstuhl gedacht.

»Ich habe alles vorbereiten lassen für den hohen Besuch. Ihr seid selbstverständlich meine Gäste. Was trinkt ihr?«

Fritz ordert nach einigem Zögern ein Bier, dabei wirft er einen schuldvollen Blick zu Mogens, der nicht reagiert und eine Saftschorle ordert. Andreas eilt beflissen zur Bar, um die Bestellung aufzugeben.

»Mogli, hast du das erwartet? Der ist ja reizend.«

Mogens nickt zustimmend: »Das Lokal, großartig! Nur, wer hat das finanziert?«

»Aber hör mal hin, eines passt überhaupt nicht – die Musik.«

»Das ist …«

»Eve of destruction.« Andreas war lautlos wie ein Kater wieder an den Tisch gekommen. »Ihr habt recht, der Song passt hier gar nicht rein.«

Er ruft durch das Lokal zur Dame hinter der Bar: »Mary, mach mal andere Musik.«

Gleich darauf ertönt der eindringliche Gesang von Leonard Cohen aus den Lautsprechern. Andreas lacht gespielt schuldbewusst: »Oh mei, das is ja der nächste Stimmungskiller. ›Love And Hate‹, das neue Album, Supermusik, aber nur an verregneten Novembertagen. Oder was sagt der Oberspezialist dazu, Herr von Berg?«

Mogens verzieht nur das Gesicht, es ist nicht sein Geschmack.

»Mary! Mach's ganz aus.«

In die plötzlich eintretende Ruhe sagt Andreas ernst: »Ja, Leute, ich muss aus ›eve of destruction‹ zitieren: ›this whole crazy world is just too frustrating‹. Es wär wirklich schöner, wenn wir uns zu einem anderen Anlass getroffen hätten. Das ist ja grauenhaft, was da passiert ist bei euch, besser gesagt, bei uns …«

Mogens unterbricht ihn freundlich. »Weil wir gerade bei der Musik waren – wir würden so gern wissen, warum Ihr Lokal ›Volland‹ heißt?«

Andreas zieht erstaunt die Brauen hoch. »Was hat das mit Musik zu tun?«

»Aber Sie wissen doch, was Volland bedeutet?«

»Ja … ach so, jetzt versteh ich, was Sie meinen. Das ist eine verrückte Geschichte. Also, ich war mal mit einer russischen Schauspielerin befreundet. Durch sie hab ich die russische Kultur kennen und lieben gelernt. Und mich hat besonders die Stalinzeit interessiert, was der für ein Despot war, was für ein überdimensionaler Verbrecher, was für ein willkürlicher Mörder.«

Das Messer, mit dem er bei diesen Sätzen spielt, fällt ihm unter den Tisch. Ein aufmerksamer Kellner eilt heran und hebt es auf. Andreas lächelt charmant.

»Danke. Bulgakow war ja einer der wichtigsten Schriftsteller zu der Zeit und hat, wie so viele Künstler damals, sehr stark unter Stalin gelitten. Tja, und sein ›Der Meister und Margarita‹ wurde sehr bald mein Lieblingsbuch. Und dann fiel vor einem halben Jahr alles auf den Punkt. Ich habe das Angebot als Geschäftsführer für dieses neue Café bekommen und ich sollte dem Chef einen Namen vorschlagen. In der Zeit hat mir Erich erzählt …«

»Was? Erich? Erich Lux? Sie haben ihn gekannt?« Fritz starrt ihn an.

»Ja, freilich, der war zwei- oder dreimal hier.«

»Allein? In München? In dem Lokal? Als Sechzehnjähriger?«

Fritz sucht Mogens' Blick. Der hat ungläubig die Augenbrauen hochgezogen.

Andreas bemerkt die Skepsis der beiden.

»Großstadt, Leute, das hat dem Erich unheimlich getaugt. Da hat er sich erwachsen gefühlt. Aber ich hab auf ihn aufgepasst wie auf einen jüngeren Bruder, das hab ich seinem Vater hoch und heilig versprochen gehabt.«

Andreas schießen Tränen in die Augen.

»Einmal hab ich allerdings nicht aufgepasst, das war letzten Sonntag.«

Er sagt das in einem solch klagenden Ton, dass Fritz wieder ein marterndes Schuldgefühl überkommt. Er schüttet sein Bier in sich hinein, rülpst aus Versehen, wird knallrot und entschuldigt sich verschämt.

»Nein, Leute, ich habe so viel geweint in den letzten Tagen, es reicht. Ich meine, man sollte kein Mitleid mit Erich haben, er ist schließlich an allem schuld … aber …«

Er steht mit dem Taschentuch vor dem Gesicht schnell auf und geht zur Tür, auf der »privat« steht.

Mogens starrt Fritz an: »Der Erich war also doch hier. Und Andreas ist fest überzeugt, dass er's war.«

Ungehalten antwortet sein Freund: »Woher willst du wissen, dass das stimmt?«

»Mensch, Fritz, dieser Andreas ist in Ordnung. Du siehst doch, wie ihn das mitnimmt.«

Fritz seufzt, er weiß nichts mehr zu sagen.

Andreas erscheint wieder mit konzentrierter Miene.

»Man kann es nicht fassen, so ein irrer Typ, der Erich, und was für Abgründe. Aber lasst es mich weiter erzählen: Also der Erich hat mir von den Proben erzählt, ganz begeistert war er von dir, Fritz.« Ohne Ankündigung wechselt er zum »Du«. »Und mit der … wie hat sie geheißen? Rosie Hartmann, mit der hat er halt sein Problem gehabt. Da war er immer wieder eifersüchtig. Dann kam die Geschichte, dass mein alter Kumpel, der Michi Schauer, den Vorschlag gemacht hat, dass nach dem Bühnentod von den beiden ›Sympathy for the devil‹ eingespielt wird. Wie mir der Erich das erzählt – da hat's bei mir gefunkt. Ich hab ja den Hintergrund von ›Sympathy‹ gekannt, hab gewusst, dass die Idee dafür aus dem Buch ›Der Meister und Margarita‹ gekommen ist. Und wie heißt die Hauptfigur, der Satan, der Teufel, Luzifer? Volland. Voilá! So sollte das Lokal heißen.«

Andreas lächelt verschmitzt: »Die Allerwenigstens wissen, was das bedeutet, das ist ja auch wurscht. Ich finde, es klingt einfach saugut.«

Der beflissene Kellner trägt mit professioneller Gebärde das Essen auf.

»Ich hab gedacht, ich mach euch eine besondere Freude. Ihr bekommt die Spezialität des Hauses: Schweinsbraten mit Knödl und Blaukraut. Entschuldigt, wenn ich euch das ungefragt kredenze, aber das müsst ihr probieren, das ist einfach saugut. Und dann müssen wir über meine Idee reden, bin gleich wieder da.«

Wieder rennt er in seine Privaträume. Mogens ist begeistert von dem Braten. Fritz hat keinen Appetit, in seinem Kopf geht es drunter und drüber.

Warum ist Andreas so fest überzeugt, dass Erich der Täter war? Und warum rennt er ständig vom Tisch weg? Und diese unruhigen Augen. Andrerseits wirkt er sehr offen, sympathisch und aufmerksam.

Der Kellner bringt Fritz ein zweites Bier. Mogens sagt ruhig, aber mit Nachdruck: »Wenn du ein drittes Bier trinkst, geh ich sofort.«

»Gehen?«

»Idiot, du weißt was ich sagen will.«

»Ich hab doch erst eins.«

»Mann!«

Auf dem Weg zur Toilette kommt Fritz an der Bar vorbei. Er grüßt Mary, die Bardame, dann stockt er, als er in der Mitte der Spiegelwand, zwischen Chivas Regal und Martini, ein Bild hängen sieht. Es ist ein Scherenschnitt in einem aufwendigen Rahmen »Schneelandschaft bei Sommerhausen«.

Also hat er nicht alle Werke seiner Mutter ins Feuer geworfen, denkt Fritz im Weitergehen.

Zurück am Tisch macht er sich nun doch an das Essen. Ein bisschen Zufriedenheit lugt aus dem Blaukraut, ein bisschen Entspannung hockt im Knödel, ein bisschen Glück, aber nur ein kleines bisschen, schmeckt er beim Biss in die Bratenkruste.

Andreas wirkt fahrig als er zurückkommt. Fritz entschlüpft ein Satz, den er gar nicht sagen wollte: »Der Scherenschnitt an der Bar ist sicher von Ihrer Mutter?«

»Menschenskinder, Leute, lasst uns duzen, wir sind doch fast gleichaltrig. Ich bin der Andreas.«

Wieder mal dieses blöde Duzen, Fritz hebt widerwillig sein Glas, Mogens ist wohlwollend einverstanden.

Andreas fängt an zu dozieren: »Also, was ich euch vorschlagen wollte …«

»Andreas, entschuldige, ich wollte nur wissen, ob der Scherenschnitt von deiner Mutter ist.«

Für den Bruchteil einer Sekunde wirkt er verunsichert.

»Ja, das ist der einzige, der erhalten ist. Sie hat nämlich kurz bevor sie gestorben ist, ihre ganzen Werke … zerrissen. Ich häng sehr daran.«

Mogens wirft Fritz einen Blick zu, der heißen soll: »Siehste, es ist doch anders, als es der Kociumaka dir erzählt hat.«

»Aber ich möchte euch von meiner Idee berichten. Zunächst mal muss ich sagen, dass es mir sehr, sehr wichtig ist, dass zwischen den Dörfern Ruhe und Frieden einkehrt. Ich habe nun den Vorschlag, dass man ein Gedenkkonzert für den Erich und die Roswitha veranstaltet. Auch wenn Erich der Verursacher von dem Schlamassel war.«

Mogens ist sofort Feuer und Flamme: »Oho, und das wird dann vom Rundfunk aufgenommen.«

»Meinst du das könnte klappen?«

»Warum nicht?«

»Super. Ich würde die Koordination übernehmen.«

Fritz ist still geworden, während Andreas und Mogens ihrer Begeisterung freien Lauf lassen.

Andreas ruft aufgeregt: »Ich habe eine komplett verrückte Idee, wir könnten die Blaskapellen von beiden Dörfern auftreten lassen und …«

»Die könnten gemeinsam ›Ich hatt' einen Kameraden‹ intonieren«, wirft Fritz sarkastisch dazwischen.

»Ach komm, Alter, nicht so negativ«, wirft Mogens ein.

»Es gibt da noch eine fantastische Band«, sagt Andreas, »›Tone Soldiers‹ heißen die. Die haben einen Superschlagzeuger und einen irren Gitarristen. Die könnten auch mitmachen.«

Wieder mischt sich Fritz ein: »Und wo soll das stattfinden? Vielleicht im blutverschmierten Bürgerhaus? Eröffnungslied: ›The End‹ von den Doors.«

Dumpf murmelt er den Text vor sich hin: »›The killer awoke before dawn. Father? – Yes, Son? …‹« – Fritz zögert. Da vollendet Andreas die Zeile mit gespielt ernstem Gesichtsausdruck: »… I want to kill you!«

Sofort verändert er sich wieder und lacht laut: »Komm, Fritz, ich versteh dich, aber lass uns ein bisserl weg von dem Trübsinn, lass uns ein bisserl träumen. Vielleicht entsteht ja etwas Kreatives, hm?« Er boxt Fritz freundschaftlich in die Seite.

»Na los, trink noch was, vielleicht einen Schnaps? Wenn dein Freund schon nix trinkt, dann kannst doch du …«

Ruckartig dreht Mogens seinen Stuhl: »Ich muss mal.«

Peinliches Schweigen. Wie soll das funktionieren? Aber Andreas sagt einfühlsam: »Mogens, wir haben keine speziellen Behindertentoiletten, noch nicht, aber ich kann dir gern helfen.« Er gibt seinen Bauernschränken ein Zeichen, die wie durch Zauberhand plötzlich im Raum stehen. Sie begleiten Mogens.

»Mogli mag es gar nicht, wenn ich Alkohol trinke, verstehst du? Er darf nichts trinken, deswegen ist er manchmal eifersüchtig. Also, Andreas, kein Alkohol mehr. Heute.«

»Okay, versteh ich. Ist ja auch vernünftiger. Übrigens, was ich fragen wollte: Habt ihr schon die Filmaufnahmen vom Mogens angeschaut? Die müssen toll geworden sein.«

»Ja, aber er weiß gar nicht, was er daraus machen soll. Die Landschaftsaufnahmen sind sehr schön, aber für eine Ermittlung sind sie kaum zu gebrauchen.«

»Was? Ermittlung? Ich dachte es wäre eindeutig, dass der Erich das war.«

Fritz schüttelt den Kopf. »Wir haben zum Beispiel ein Auto auf dem Platz vor dem Bürgerhaus gesehen, das wir nicht zuordnen können.«

»Noch mal: Die Polizei hat gesagt, dass der Erich das war, oder? Der muss sich die Pistole besorgt haben, wie er im März hier war. Ganz komisch war er, wollte alles Mögliche über Waffen wissen.

»Über Waffen? Wirklich?«

»Ja, sicher, und immer wieder hat er mich gefragt nach ... du weißt schon ...«

»Was meinst du?«

»Mann, ahnst du das nicht? Ich hab ihm ab und zu einen Joint zukommen lassen.«

Also doch Haschisch! Fritz schaut fragend in die reinen Augen von Andreas, der ihm mit charmantem Blinzeln zu verstehen gibt, dass Haschischrauchen eher ein Lausbubenstreich ist.

Dann trübt sich sein Blick wieder. »Der Erich! Mein Gott, ich hab ihn wahnsinnig gern gemocht. Deswegen würd ich eben zu gern was arrangieren, ein Gedächtniskonzert oder so was, für ihn.«

Fritz fragt erstaunt: »Für ihn? Allein?«

»Nein, natürlich nicht, auch für die Hartmann.«

Mogens kommt mit seinen Bodyguards zurück und quakt: »Andreas, die zwei kauf ich dir ab, die machen das gut.«

Einer der beiden gibt Andreas einen Wink.

»Bin gleich wieder da.« Wieder verschwindet er.

»Ich dachte, Mogli, du lässt dir so ungern helfen?«

»Erstens ist das Problem mit der Toilette schwer zu lösen, zweitens gefällt es mir hier gut. Drittens sind diese zwei Typen wirklich sympathisch, außerdem fang ich an, den Neuber zu mögen.«

»Sei mal still, was war das?« Da sie am geöffneten Fenster sitzen, können sie etwas entfernt Geräusche aus der Küche hören. »Da hat jemand geschrien ›die blöde Fotze wird entlassen‹. War das Andreas?«, flüstert Fritz. »Oder hab ich mich verhört?«

Andreas kommt schon wieder entspannt lächelnd zurück.

»Fritz, musst du nicht morgen zurück? Da könnten wir gemeinsam fahren und noch über das Konzert sprechen.«

»Ich fahr ungern mit dem Auto mit. Danke, ich nehme den Zug.«

»Ich auch. Ich hab gar keinen Führerschein. Ich muss nach Winterhausen, weil ich mich um das Grab von meiner Mama kümmern will, und ein paar Behördengänge. Und wegen dem Konzert muss ich recherchieren.«

»Ich fahr erst am Montagabend, Andreas, ich möchte nämlich am Montagmorgen im Staatsarchiv sehen, ob ich historische Dokumente von den zwei Dörfern finde.«

»Das passt hervorragend. Dann fahr ich einen Tag später. Und weißt du was? Ich würde dir gern helfen. Aber ich könnte mir vorstellen, dass das Archiv im Winterhäuser Rathaus ergiebiger ist. Wenn du willst gehen wir da zusammen hin. Ich kenn den Rainer Haas, den Bürgermeister, sehr gut.«

Mit leiser Stimme lässt Mogens einen Testballon los: »Kennst du den Sommerhäuser Bürgermeister auch sehr gut? … oder seinen Bruder?«

Andreas reagiert amüsiert, wie aus der Pistole geschossen:

»Oho! Du spielst auf das Gerücht an, dass der Werner Hartmann mein Vater ist. Das kenn ich seit ich mich erinnern kann und ich kann euch sagen, Freunde, das ist Quatsch. Meine Mutter hat mir auf dem Totenbett geschworen, dass das nicht so ist. Aus, fertig, Amen.«

Bei den letzten drei Wörtern hat sich seine so freundliche Miene ganz leicht verdüstert.

Sie nehmen noch einen Kaffee. Andreas ist ein begeisterter Theatergänger, sodass er und Fritz sich viel zu erzählen haben.

Er spricht sogar auf unterhaltsame Weise von seinem gescheiterten Versuch, an der Schauspielschule zu reüssieren.

Fritz und Andreas verabreden sich auf eine gemeinsame Zugfahrt am übernächsten Tag.

Beim Hinausgehen kommt es Fritz so vor, als hätte Mary, die Bardame, verheulte Augen. Unter fröhlichem Gelächter lässt sich Mogens die Treppe hinuntertragen.

Im Auto sagt er gut gelaunt: »Das war doch ein guter Abend, was, mein Freund. Ich habe eine Idee: Du kommst morgen Abend mit deiner Wilmamama zu mir und wir machen es wie in alten Zeiten. Ich koche, Nicoline kommt auch dazu und wir hören gemeinsam ein Hörspiel. Ein Kollege vom Funk hat von Sartre ›Die Fliegen‹ inszeniert, ich hab ihm versprochen, mir das bis Montag anzuhören.«

»›Pumuckl‹ wär mir im Moment lieber.«

Was waren das für schöne Abende, als sie noch keinen Fernsehapparat hatten und alle zusammen Hörspiele anhörten.

Was waren das für schöne Abende, als das Glück noch nicht so flüchtig war, so brüchig, so radikal untreu.

Mach dir keine Illusionen, Friedrich Fichte, nichts war früher anders, das Glück war oft genug auf der Flucht vor dir.

Er schläft wie ein Stein in Mutters Wohnung. Am Sonntagmorgen um elf Uhr wacht er auf und weiß nach einer Nacht voller verwirrender, intensiver Träume nicht, wo er ist.

Die Tür fliegt auf. Mama kommt wie immer ohne anzuklopfen ins Zimmer. Sie hat ein Tablett mit Mamawilmafrühstück dabei.

»Wie fühlst du dich, Sohnemann?«

»Geborgen.«

Sie schmunzelt, das geht runter wie Honig.

Sie blickt ihn mit kritischen Augen an.

Er braucht eine Frau! Nein, Blödsinn, einen Partner, er wirkt so verloren.

Fritz schlürft den Tee mit geschlossenen Augen, Mama setzt sich neben ihn aufs Bett, schweigt.

»Mogli hat uns eingeladen, er kocht und wir hören ein Hörspiel.«

Die Zeit bei Mutter verfliegt schnell.

Fritz hat am Nachmittag lange mit Ingrid in Sommerhausen telefoniert. Sie meinte, dass Hartmanns Rückzug der Anzeige wegen des zerstörten Weinbergs die Situation tatsächlich etwas beruhigt hat. Aber einige Winterhäuser behaupten, genauso wie Fritz, dass Erich nicht der Täter gewesen sein kann, was bedeutet, dass es weiter brodelt.

Mogens ist ein großartiger Koch. Nicoline hat ihm geholfen und so wartet ein wunderbar vorbereiteter Abend auf Fritz und Wilma. Sein Freund hat es sich nicht nehmen lassen, sie auf Krücken zu empfangen. Wilma begrüßt ihn stürmisch wie eine Geliebte, dass er fast zusammenbricht unter ihren Küssen. Nicoline umarmt Fritz lange, als wollte sie ihm etwas von ihrer Unbeschwertheit abgeben.

Sie ist die einzige, die raucht, was Mogens sehr traurig macht, aber die Hinweise auf deren Mutter Merle, die an Lungenkrebs gestorben ist, fruchten nicht. Sie steckt sich eine nach der anderen an, trinkt auch gern viel Wein.

Fritz reißt sich zusammen, trinkt sehr langsam und vorsichtig. Er will Mama und Mogens nicht enttäuschen.

Das Mahl geht unter vielen Komplimenten für den Koch und seine Assistentin zu Ende. Dann versammeln sie sich gespannt vor der teuren Stereoanlage von Mogens.

»Hier ist der Bayrische Rundfunk. Guten Abend liebe Zuhörer, wir begrüßen Sie zu unserem Hörspiel ›Die Fliegen‹ von Jean-Paul Sartre. Hier eine kurze Einführung: Mit dem Stoff eines griechischen Mythos wird die Bedeutung von Freiheit, Hoffnung, aber auch Reue aufgezeigt …«

Hoffnung? Reue? Fritz versucht sein flaues Gefühl mit Ironie zu überspielen:

»›Jim Knopf und Lukas der Lokomotivführer‹ wär auch eine Alternative, wenn ›Pumuckl‹ nicht passt.«

»Psssst!«, kommt es von drei Seiten.

»… Auf eindringliche Weise zeigt er in ›Die Fliegen‹, dass Unfreiheit nur durch die Entscheidung zur Tat aufgehoben werden kann …«

Fritz kann sich nicht konzentrieren, nur vereinzelte Sätze dringen an sein Ohr.

»… Die Fliegen als Racheengel …«

Sein Herz beginnt wieder stark zu pochen.

»… Erinnyen die personifizierten Schuldgefühle …«

Schuldgefühle! »Ich glaube …«

Erneut wird er von seinen Leuten zur Ruhe gemahnt.

»In der Hauptrolle als Orest ist Gustaf Gründgens zu hören …«

Fritz denkt an Ingrid: Sie wird das bestimmt auch hören, Gründgens, ihr Gott … ich hasse diesen Namen.

Fritz versucht sich zu entspannen, aber er kann seine Gedanken nicht fokussieren. Durch sein Hirn springen die Wörter aus dem Radio wie Flipperkugeln: »Schuldgefühle«, »Racheengel«, »Freiheit«, »Ödipus«.

Ein Satz bohrt sich in ihn hinein: »Ich muss frei entscheiden, ob ich besiegt bin oder ein freier Mensch.«

Fritz japst plötzlich nach Luft. Die anderen drei schauen ihn besorgt an.

»Du bist jung, Elektra. Wer jung ist und noch keine Zeit hatte, Böses zu tun, hat leicht richten …«

Fritz steht auf.

»… Aber gedulde dich. Eines Tages wirst du ein nicht wieder gut zu machendes Verbrechen hinter dir her schleppen …«

Fritz taumelt.

»… Bei jedem Schritt wirst du glauben, von ihm wegzukommen, und doch wird es immer gleich schwer an dir hängen …«

Fritz fällt.

Mama stürzt sich auf den schwer Atmenden, sie will ihn beruhigen, da ruft Nicoline altklug: »Fritz, Mensch, du musst das doch irgendwann verarbeiten!«

»Verarbeiten?! Verarbeiten?! Wie soll man sowas verarbeiten, du Klugscheißerin!!!«

Er rappelt sich auf wie ein Boxer, der nicht angezählt werden will und stolpert aus der Wohnung.

Wohin? Irgendwohin, wo niemand seine Geschichte kennt.

In die nächste Schwulenkneipe? Nein, nicht noch mehr Einsamkeit, noch mehr Verlorensein.

In die nächste Bar, sich besaufen? Nein, nicht noch mehr Magenschmerzen, nicht noch mehr Nebel ins Herz.

Er setzt sich in eine Straßenbahn, steigt sofort wieder aus, geht zu einer Telefonzelle und ruft Mogens an.

»Mogli …«

»Sag nichts, Fritz, ich glaube ich versteh dich. Ich möchte dir gern helfen, aber ich weiß nicht, wie …«

»Bitte sag Nicoline, dass es mir unendlich leid tut und sag Mama, dass ich bald nach Hause komme, wahrscheinlich. Servus.«

Er torkelt mehr als dass er geht, obwohl er nicht betrunken ist. Klettert wieder in eine Straßenbahn.

An der Isar steigt er aus. Steht am Ufer unter der Ludwigsbrücke. Steht lange. Die Nacht wird immer schwärzer.

Wenn's jetzt aus wär? Einfach so? Einfach reinspringen?

Ein Löwe nähert sich mit Gebrüll. Ein Löwe?! Jetzt bin ich komplett verrückt geworden. Fritz wird abrupt aus seinem Grübeln gerissen.

»Nur noch drei Tage Zirkus Sarrasani! Kommen Sie, staunen Sie, lachen Sie über unsere Clowns, bewundern Sie die größte Löwendressur der Welt ...«

Ein Zirkuswagen fährt auf der Brücke über Fritz hinweg. Aus den riesigen Lautsprechern ertönt Löwengebrüll und mit der Ankündigung der schönsten Lippizzanerherde des Universums verliert sich die Stimme in der Münchner Nacht.

Er lehnt sich entkräftet an die Mauer. Zwei Verliebte schlendern vorbei. Sie werfen ihm skeptische Blicke zu.

Nein! Nein! Und noch mal Nein! Ich mache weiter, ich kämpfe, ich finde den Mörder! Ich bin stark!

Mit einem Taxi fährt er nach Hause.

Mama schaut Fernsehen. Kein »Wo warst du?«, kein »Ich warte schon so lange!« Sie blickt ihn ernst an mit ihren warmen Augen, er windet sich in ihre Arme, sie streichelt seinen Kopf. Flanellschlafanzuggeborgenheit.

Am nächsten Morgen muss Fritz enttäuscht feststellen, dass das Staatsarchiv keine historischen Dokumente über die unterfränkischen Dörfer besitzt. Sie verweisen ihn auf das Regionalarchiv in Würzburg.

Wenigstens hat sich Mogens noch Zeit genommen für einen Kaffee mit ihm. Zu seiner großen Freude eröffnet dieser ihm, dass er in der Woche noch mal zum Drehen nach Winterhausen kommen wird.

»Der Nachdreh bekommt den Titel ›Nach der Apokalypse‹, das wird ein Hit«, fügt Mogens sarkastisch hinzu. »Aber ernsthaft, ich mache noch ein Interview mit dir, das wird dann tatsächlich der Clou, denn bis dahin hast du deinen Mörder gefunden.«

Wieder einmal weiß Fritz nicht genau, ob sein Freund einen Witz macht oder nicht.

Er geht noch bei Mama im Goldschmiedeladen vorbei. Sie versucht, die Abschiedstränen zurückzuhalten, aber es gelingt ihr nicht. Er versucht, seine Tränen zurückzuhalten, ihm gelingt es.

Am Bahnhof kommt ihm Andreas strahlend mit zwei Karten in der Hand entgegen.

»Ich hab uns schon Fahrkarten gekauft! Ich lade dich ein, Erste Klasse mit Platzreservierung.«

»Du bist verrückt.«

»Jawohl, das bin ich! Komm, der Zug fährt gleich ab.«

Sie hasten durch die Menschenmenge. Mit einem Mal verändert sich Andreas' Gesicht zu einer wutverzerrten Fratze. Er schlägt einem Passanten auf den Rücken und zischt: »Kannst du nicht aufpassen? Idiot!« Der Mann wirft ihm einen entgeisterten Blick zu und läuft schnell weiter. Als sich Andreas Fritz zuwendet hat er schon wieder ein freundliches Gesicht und sagt: »Der hat mir seinen Koffer in den Bauch gerammt. Komm!«

Kaum hat der Zug den Bahnhof verlassen, zieht Andreas eine Flasche Wein und zwei Gläser aus seiner Reisetasche. »Jetzt wäre es doch wohl möglich, ein Schlückchen zu trinken, mein Freund, jetzt, wo Mogens nicht aufpasst.«

Dann kramt er noch Oliven, Weißbrot und Salami hervor und bereitet auf einem weißen Tuch auf einem freien Sitz ein Abendmahl.

Fritz ist das peinlich, denn die ältere Dame, die bei ihnen im Abteil sitzt, schaut etwas indigniert, aber Andreas packt seinen ganzen Charme aus und lädt sie ein. Sie lächelt, lehnt dankend ab und vertieft sich in ihr Buch.

»Warum hinkst du?« Fritz ist überrascht über diese direkte Frage und fängt ohne zu überlegen an, seine Geschichte zu erzählen. Dabei trinkt er das nächste Glas Wein. Er erzählt, Andreas hört zu.

Nürnberg! Die Dame steigt aus, sie sind allein.

»Nürnberg, ich hasse diese Stadt, sie hat mich fast gekillt.«

Fritz merkt, wie ihm der Wein zu Kopf steigt. Und Andreas erzählt seine Version von dem Waldbrand und dem Tod seiner Freundin.

»Wir wollten heiraten! Ich bin immer noch nicht drüber weg. Dann zerren die mich auch noch vor Gericht! Jetzt der Tod von Erich! Überall Tod, Tod, Tod!«

Fritz reicht ihm ein Taschentuch für seine Tränen.

»Das Beste an Nürnberg war das Theater, ich war fast jeden Tag dort.«

»Dann hast du … hast du bestimmt die … Pistole auf der Bühne gesehen.« Noch während er den Satz ausspricht, merkt Fritz, wie irreal das ist, was ihm da aus dem Mund fällt, aber er kann sich nicht stoppen.

Andreas steht auf, macht das Fenster auf und zündet sich eine Zigarette an.

»Damit der Rauch nicht zu unangenehm für dich ist. Was für eine Pistole?«

»Vergiss es.«

Fritz schläft ein.

Auf dem Bahnsteig in Würzburg treffen sie auf Toni Nabholz und Pankraz Braunfels. Sie steigen zusammen in den Zug nach Winterhausen. Andreas geht automatisch zur Ersten Klasse, eine peinliche Situation entsteht. Fritz zögert, dann setzt er sich zu den beiden in deren Abteil der Zweiten Klasse. Zwei Sekunden später fliegt die Tür auf und Andreas fragt mit aufgesetzter Heiterkeit: »Entschuldigung die Herren, ist hier noch frei? Da drüben ist es so einsam!«

Ein enges Zugabteil. Vier Menschen in Bedrängnis. Vier Menschen wollen reden, können nicht. Einer betrachtet abwechselnd seine Fußspitzen und Fingernägel. Einer starrt aus dem Fenster, einer raucht hektisch, einer hat die Augen geschlossen. Sie sprechen kein Wort bis zum Bahnhof Winterhausen.

Es hat angefangen zu regnen. Klamme Dunkelheit liegt über dem Dorf. Andreas verabredet sich mit Fritz für den übernächsten Nachmittag und geht zu Fuß zu der Pension am Mainufer.

Toni fährt Fritz mit dem Auto nach Hause. Hat er sich dazu bereit erklärt, um sich mit ihm auszusprechen? Sich zu erklären für die unmögliche Beschuldigung, dass Fritz sich seinen Kindern »schamlos präsentiert« habe? Er merkt Toni an, dass er reden möchte, es wühlt in ihm, aber außer »Jetzt hats angefangen zu regnen« weiß er nichts zu sagen.

Mit einem Brummen verabschieden sie sich.

Etwas hat sich verändert. Fritz kann es im ersten Moment nicht benennen. Dann fällt ihm auf, dass der rote Farbfleck an der Tür abgewaschen wurde, nur Reste von Farbe sind noch zu erkennen.

Er trägt seine Reisetasche in das Haus, holt eine Taschenlampe und inspiziert die alte Mauer. Tatsächlich, die Farbschmierereien sind auch hier entfernt worden. Ist das ein gutes Zeichen? Er kann nur hoffen, dass das »MÖRDER« an der Schule unter dem Klassenzimmer auch nicht mehr zu lesen ist.

Die Hefte auf dem Schreibtisch erinnern ihn an den morgigen Schultag. Eigentlich müsste er den Rest noch korrigieren. Ach was, die Kinder verstehen das, wenn er nicht alle zurückgibt.

Er geht zum Kühlschrank, erschrickt. Kein Wein da! Ob er sich noch einmal auf den Weg machen soll, um etwas zu trinken zu holen? Aber dann rastet die Vernunft bei ihm ein, er kocht sich einen Tee und, oh Wunder, seine Gier nach Alkohol legt sich.

Mama wird angerufen, dass er gut angekommen ist, das Ritual darf nicht vergessen werden.

Hilf, Alltag! Das Bizarre übertünchen.

Wäsche waschen, Schuhe putzen. Post sortieren. Frau Wankel hat ihm eine Nachricht in den Briefkasten gelegt, er solle doch vor dem Unterricht noch einmal bei ihr vorbeischauen. Kommt da wieder eine dumme Anschuldigung? Was will sie?

Ein Gedanke kommt ihm in den Sinn, der bisher weit von ihm weg war. Kündigen!

Er könnte den Beruf aufgeben, fort von hier, etwas anderes machen. Vielleicht Theater. Oder Märchenerzähler auf Jahrmärkten. Kartenabreißer beim Zirkus. Einen Mann lieben, ganz und gar, bis zum Ende. Auf einer Insel? In der Wüste? Auf dem Mars?

Peng! Verzweiflung überschwemmt ihn wie eine Springflut, er rennt aus dem Haus, lässt sich ein paar Minuten nass regnen, rennt durchweicht wieder hinein, wirft sich auf das Sofa.

Angst vor dem nächsten Tag, vor der nächsten Nacht, Angst vor den Schuldgefühlen, Angst, dass es keine Rettung gibt.

Doch es muss eine geben! Es gibt eine: Die Wahrheit!

Schlaftablette. Nacht.

Nachtmahr. Um drei Uhr steht Fritz barfuß auf der verregneten Terrasse. Er geht die Namen und Personen durch, die infrage kommen, diese Verschwörung auf das Leben in den Dörfern verübt zu haben. Er stößt an die Grenzen seiner Fantasie.

Auf jeden Fall muss es jemand aus Winterhausen gewesen sein, ein Mensch mit intelligenter, krimineller Energie. Ein theatralischer Mensch, denn man hätte Rosie auf viele andere Arten töten können als auf diese komplizierte im Theater. Also kommt Erichs

Vater Georg kaum in Frage. Außerdem hat Fritz diese Spur seit Mogens Bemerkung über Georg unbewusst fallen gelassen. Vor allem hatte dieser Jemand sicher nicht damit gerechnet, dass Erich auch stirbt. War Erich es doch? Nein! Kein Zweifel! Es ist so, ich weiß es. Erich war es nicht! Und ich werde es beweisen!

Der Ruf des einsamen Käuzchens holt Fritz in die Wirklichkeit zurück.

Er geht ein bisschen ruhiger zu Bett.

*

Der Morgen ist kühl und glitschig. Es hat aufgehört zu regnen. Vorsichtig steigt Fritz auf sein Fahrrad, um zur Schule zu fahren und schlittert sofort über den nassen Asphalt. Das wäre eine gute Gelegenheit, sich krank zu melden. Eine gute Gelegenheit, sich nicht dem Leben zu stellen.

Er muss sich umziehen und startet einen neuen Versuch, seinem Beruf seriös nachgehen zu können.

Zwei Polizeiautos stehen vor dem Kindergarten.

Carolin Schellhas, die Kindergärtnerin und Darstellerin der Gräfin Montague, steht in Tränen aufgelöst inmitten von aufgeregten Eltern und Kindern. Frau Wankel läuft Fritz entgegen.

»Im Kindergarten ist eingebrochen worden. Überall haben sie mit Fingerfarben das Wort ›Rosie‹ hingeschrieben und ›Erich Mörder‹. Herr Fichte, es muss was geschehen.«

»Ich weiß, ich weiß. Sie müssen mir nicht sagen, dass ich Verantwortung habe, Sie müssen mir gar nichts sagen. Aber ich sage Ihnen, dass ich dieser Verantwortung Rechnung tragen werde. Worüber wollten Sie mit mir reden?«

»Nur, dass wir sehr behutsam mit den Schülern umgehen müssen. Manche sind traumatisiert. Helga Weidringer wird zunächst nicht zum Unterricht kommen, einige brauchen einen Psychologen. Und in meiner Klasse müssen jetzt drei Kinder auf ihre Geschwister aufpassen, weil der Kindergarten geschlossen ist.«

»Warum erzählen Sie mir das? Das ist mir alles völlig klar, Frau Wankel.« Wie manches Mal in den letzten Tagen verrutscht Fritz der Ton. Er ist viel aggressiver als er es sein möchte.

Frau Wankel schaut ihn mit einem langen stummen Blick an.

»Ich überlege, ob wir heute noch einmal den Unterricht ausfallen lassen, aber der Schulrat wird das nicht für gut halten.«

»Ich auch nicht. Wir müssen beginnen, wieder ins normale Leben zu finden.«

Was rede ich da? Ins normale Leben, als ob das überhaupt möglich ist.

Er schiebt mit bitteren Grübeleien sein Rad die wenigen Meter zur Schule. »Ausgerechnet der Kindergarten, das ist besonders mies. Ach was, die ganze Situation ist besonders mies.«

Am Schulgebäude kann er erkennen, dass das Wort »Mörder« abgewischt wurde. Ein kleiner Lichtblick.

Die Schüler warten schon auf ihn.

Ein seltsames Bild öffnet sich in seinem Kopf, denn vor einigen Wochen wurde in China eine Armee aus Tonfiguren, die sogenannten Terrakottakrieger, ausgegraben. An diese Figuren erinnern ihn seine Schüler. Steif und stumm sitzen sie versteinert in ihren Bänken. Einige waren in den letzten zwei Wochen auf Ferienlagern oder mit den Eltern unterwegs. Sie sehen braun und gesund aus, und wirken trotzdem betäubt, aber die anderen, die unmittelbar das Geschehen miterlebt hatten, haben blasse Gesichter, Ringe unter den Augen. Sie wirken verloren wie Küken, denen der Adler die Mutter geraubt hat. Fritz versucht, die Kinder aufzumuntern, aber sie reagieren sehr verhalten.

Dieser Unterrichtstag wird zur Folter für alle.

Ausgelaugt und hungrig will Fritz nach Hause radeln, aber automatisch zieht es ihn zum Friedhof. Auf einmal steht er vor dem Eingangstor. Die Sonne kämpft sich durch die Wolken und bescheint für einen Moment das Kriegerdenkmal, das in dem Kirchenvorhof steht. Ein schwarzer Obelisk mit den Namen der Gefallenen aus dem Dorf im Ersten Weltkrieg.

Irgendetwas ist verändert, irgendeine Kleinigkeit ist anders als sonst. Als Fritz näher tritt, sieht er etwas Geschriebenes, in ähnlicher goldener Schrift wie die Namen darüber, es ist kaum zu erkennen:

»ERICH LUX
GEFALLEN AM 3. JUNI 1974

IN EWIGEM GEDENKEN
EIN FREUND«

Er geht nachdenklich zu Erichs Grab. Ein provisorisches Holzkreuz steht etwas schief an dessen Kopfende. Die Erde ist frisch und nass.

Fritz steht an Erichs Grab und muss mit einem Mal leise lachen. Wie hat ein Professor in Theaterwissenschaft gesagt? Komik entsteht aus den Fehlern dieser Welt. Er stellt sich die Gesichter der Menschen in dem Moment vor, als er hineingefallen ist.

Auf dem Rückweg sieht er, dass die Grabstätte von Emmi Neuber gesäubert wurde, frische Blumen stehen darauf und der Weg davor ist geharkt.

An seiner Haustür ist ein Telegramm befestigt. Mogens schreibt, dass er morgen mit seinem Kameramann Jörg aufkreuzen wird.

Kaum ist er im Haus, läutet das Telefon: »Andreas hier. Was hältst du davon, wenn wir heute um fünf Uhr in das Archiv gehen und dort schon mal ein bisschen herumkramen? Das ist ja wieder ein Scheiß mit dem Kindergarten. Wir sollten jetzt in den Unterlagen nachforschen. Ich hab auch schon den Rainer Haas verständigt. Kommst du?«

»Hast du dem Michi Bescheid gesagt? Den brauchen wir.«

»Nein, kannst du das machen? Ich habe ja keine Telefonnummer von ihm.«

Merkwürdig, keine Telefonnummer? Er hat doch gesagt, er sei mit Michi befreundet.

Nachdem Fritz hastig etwas gegessen hat, schläft er wie ein Holzklotz.

Bürgermeister Haas begrüßt ihn mit einem schiefen Lächeln: »Das war ja eine außergewöhnliche Grabrede! Wie geht es Ihnen jetzt?«

Fritz murmelt Unverständliches. Er ist froh, dass Michi ihn wegzieht und ihn mit Andreas in ein Nebenzimmer mit hunderten alten verstaubten Aktenordnern führt. Hier könnte die Zeit stehen geblieben sein, wenn nicht mittendrin ein klotziger neuer Fotokopierer den halben Raum ausfüllen würde.

»Hier nicht rauchen!« Das ist der erste Satz, den Michi an Andreas richtet. Dessen Miene verzieht sich für eine Sekunde zu einer düsteren Grimasse, dann geht er zum Rauchen hinaus.

»Michi, dafür dass ihr alte Freunde seid, geht ihr ziemlich distanziert miteinander um, merkwürdig.«

»Freunde? Der Andreas und ich? So ein Gschmarri. Erstens kennen wir uns kaum und zweitens mag ich den Kerl nicht leiden. Aber psssst, er kommt ja schon wieder.«

Dieser betritt smart lächelnd das Zimmer, er spürt, dass über ihn geredet wurde.

»Hab kein Feuer. Wurscht, wird eben nicht geraucht. Ich hoffe, ihr habt nicht schlecht über mich geredet. Und jetzt schaun wir mal, ob wir hier den Kern dieses ganzen Wahnsinns finden können.« Er reicht Fritz eine wahllos herausgezogene Mappe.

1611 Pestepidemie in Winterhausen

»Hier noch eine andere.«

1435 Winterhausen wird an Graf Konrad von Limpurg verkauft.

»Und noch eine.«

1510 Graf Friedrich von Limpurg kauft eine Schuldverschreibung zurück.

Nebeneinander stehend arbeiten sie sich durch den Inhalt der Mappen. Nach einer Weile klappt Fritz den Ordner zu, dass der Staub aufwirbelt.

»Das ist alles gut und schön, aber wie sollen wir denn da etwas finden?« Er ist schnell verzagt, wie so oft.

Michi ist zwar stolz, dass er ihnen seine Kuriositätenstätte vorführen kann, aber diese Suche nach einer Nadel im Heuhaufen strapaziert ebenfalls seine Geduld.

Andreas forscht still und konzentriert.

»Hier, das könnte was sein«, ruft er.

6. August 1787 Besitzergreifungspatent der Grafen Rechteren-Limpurg-Speckfeld. Mit diesem Patent teilt ein neuer Landesherr seinen Untertanen mit, wer ab jetzt das Sagen im Land hat.

»Als ob man das auch nicht so gewusst hätte«, mault Fritz.

»Aber das hier ist interessant«, fährt Andreas fort, deutet mit dem Zeigefinger auf die Urkunde und zieht ihn blitzschnell wieder zurück. Fritz ist sich nicht sicher, aber war da auf der Fingerkuppe ein goldfarbener Fleck?

21. Juni 1862 wieder Fährenstreit. Die Gemeinde Winterhausen klagt beim Würzburger Landgericht

Michi schaltet sich ein: »Andreas, da ging's um den anderen

Nachbarort, das hat mit Sommerhausen nix zu tun gehabt, lass gut sein.«

»Aber Erich hat die … hat das nicht aus Spaß gemacht, er muss aus einem tieferen Grund gehandelt haben. Da muss doch mehr dahinter stecken als so eine blöde Eifersucht auf die … diese Julia. Ich bin der Meinung von Fritz, dass es gut für alle wäre, wenn wir den herausfinden.«

Ein fleckiges Blatt aus dem Jahre 1538 weckt das literarische und geschichtliche Interesse von Fritz.

»Hier steht, dass der Nürnberger Poet und Schuhmacher Hans Sachs einen Schwank geschrieben hat, der in Winterhausen spielt. Ein Schinkendieb erhängt sich beim Stehlen aus Versehen selbst. So klingt der Anfang:

›*Einsmals ein armer Hecker was / in Franckenland derselbig sass / in einem Dorf genannt Winterhausen / nit weit von der Stadt Würzburg daussen …*‹«

Die drei amüsieren sich königlich über das alte Theaterstück.

Mogens ruft: »In dem Stil solltest du dein historisches Stück schreiben, von dem du mir erzählt hast.«

Fritz schaut ihn traurig an, diese Idee ist völlig aus seinem Kopf verschwunden.

»Ich kann mir absolut nicht vorstellen, dass ich das noch machen kann. Aber ich glaub, wir finden hier nichts, was uns weiterbringt. Vielleicht versuche ich's im Regionalarchiv in Würzburg.« Fritz wird ungeduldig, er will raus aus diesem staubigen Raum. Noch dazu macht ihn seine Beobachtung an Andreas' Finger nervös. Hat er sich diesen Farbfleck eingebildet? Er muss es wissen.

»Hast du da einen goldenen Fleck auf deinem Finger?«

»Ach«, sagt Andreas. »Da ist etwas Blödes passiert, ich habe die Schrift auf dem Grabstein mit so einem sauteuren Goldlack nachgezogen und habe ihn dort vergessen; und wie ich ihn holen will, ist er weg.«

Fritz Argwohn ist besänftigt über diese einfache Erklärung.

Andreas öffnet die Tür zum Bürgermeisterzimmer, wo Rainer Haas in seinem Sessel eingeschlafen ist.

»Rainer, alter Penner, darf ich noch kurz ein paar Fotokopien machen?«

»Ein paar? Für was?«

»Mann, du stellst Fragen.« Er hält theatralisch die Hand an den Mund: »Hauptsächlich die Rechnungen fürs Grab von meiner Mama, fürs Finanzamt.«

»Wieso, hast du keinen Kopierer in München?«

»Schon, aber der ist kaputt.«

»Ich glaub dir kein Wort, du Geizhals willst hauptsächlich ein paar Pfennig sparen. Also mach schon.«

Fritz wundert sich über den freundschaftlichen Ton von Andreas.

»Dann gehen wir schon mal vor ins Vereinsheim, kommt ihr nach?«, fragt Michi.

Die leere und ungemütliche Kneipe schlägt Fritz aufs Gemüt. Michi ist ausnahmsweise auch nicht sehr gesprächig, also kippt er seinen Schoppen Wein hinunter und will sich verabschieden, da erscheint Andreas mit dem Bürgermeister im Schlepptau.

Noch bevor er sich setzt, redet er mit wichtiger Miene auf Fritz ein: »Ich mach dir einen Vorschlag. Ich habe morgen einiges zu erledigen in der Stadt. Da kann ich für dich in Würzburg ins Archiv gehen. Du hast ja Unterricht und die machen um dreizehn Uhr zu. Am Abend treffen wir uns hier und ich erzähle dir, was ich gefunden habe.«

Fritz reagiert ein bisschen mürrisch; er lässt sich ungern die Initiative aus der Hand nehmen. Aber er hat keine Möglichkeit, selbst hinzugehen, also stimmt er dem Vorschlag zu. Er verabschiedet sich. Michi wirft ihm einen hilfesuchenden Blick zu, steht schnell auf und geht mit ihm hinaus.

»Ich mag ihn nicht. Ich mag ihn einfach nicht«, flüstert er.

Andreas Neuber sieht sehr einsam aus in dem kalten, halbdunklen Lokal.

Die Schlaftablette hat Fritz diesmal gut schlafen lassen. Nicht einmal der laute Sturm, der aufgekommen ist, konnte ihn wecken. Mürrisch sitzt er vor seinem Frühstück und schaut beklommen in die heftigen Regenböen vor seinem Fenster. Bei solchem Wetter kann er nicht mit dem Fahrrad fahren, der Gedanke behagt ihm gar nicht.

Der Regenschirm hat ein Loch und das Regencape müsste gewaschen werden, aber egal. Endlich ist er fertig zum Gehen, da ruft Mogens an. Er ist schon im Hotel angekommen. Hastig verabredet er sich mit ihm für den Nachmittag im Bürgerhaus wegen des Interviews.

»Kannst du mich im Rathaus abholen? Ich will dort noch im Archiv herumkramen und einen alten Theatertext fotokopieren.«

Beim Teezubereiten haben sich nämlich die Theatergeister bei ihm zurückgemeldet. Vielleicht könnte er diesen Hans-Sachs-Text verwenden? Irgendwann könnte er trotz allem seine Idee von einem historischen Theaterstück verwirklichen. Irgendwann, wenn die letzten bösen Lemuren im Nebel der blassen Erinnerung versunken sind.

Mogens kichert: »Mein Kameramann wird dich abholen. Er hat sich ein Auto gemietet, denn er weigert sich nach dem letzten Mal vehement, mit mir Kamikaze zu fahren.«

Der Unterricht verläuft besser als gestern, die Kinder sind entspannter und so entspannt sich Fritz auch, zumindest ein bisschen.

Nach dem Unterricht kauft er sich beim Dorfmetzger eine belegte Semmel und humpelt zum Rathaus. Die Hüfte schmerzt stark, das nasskalte Wetter tut ihm nicht gut.

Seine Stimmung bessert sich etwas, als er sieht, dass der Bürgermeister nicht anwesend ist. Dessen Assistentin grüßt ihn brummig und lässt ihn widerwillig in das Archiv.

Hier ist es so still wie im Grab, denkt Fritz. Er setzt sich mangels eines Stuhls auf die Heizung, und versucht ruhig zu atmen. Sein Herz klopft wieder wie eine Turbine, er fängt an zu schwitzen und weiß nicht warum. Er sucht die Mappe mit dem Hans-Sachs-Text vom Schinkendieb heraus und schaltet den Fotokopierer ein.

Im Kopierfach liegt ein vergessenes Formular. Bei so wenigen Leuten, die das Archiv aufsuchen, könnte es Andreas gehören. Fritz wirft einen flüchtigen Blick darauf, tatsächlich, da steht sein Name. Fritz steckt es in die Jackettasche, um es ihm später geben zu können.

Seine theatralische Fantasie fängt an zu fliegen, als er die Textblätter kopiert. Er baut schon Szenen und entwirft im Kopf ein Bühnenbild. Er fängt an, vor sich hin zu pfeifen. So gut gelaunt war er seit zehn Tagen nicht mehr.

Die Assistentin pocht laut an die Tür und meldet, dass er abgeholt wird. Sie verlangt zehn Pfennig pro Kopie, die Fritz gerne zahlt, mit Trinkgeld.

Der wortkarge Kameramann Jörg Busch wartet gelassen in seinem Opel-Mietauto und verzieht keine Miene, als Fritz mit seinen verdreckten Schuhen einsteigt.

»Entschuldige, Jörg, ich mach ja alles schmutzig.«

»Macht nix, Avis macht wieder sauber.«

Bei dem Wort »Avis« überkommt Fritz ein seltsames Gefühl, irgendwo hat er das Wort vor Kurzem wahrgenommen.

Er zieht das im Kopierer vergessene Formular aus der Jackettasche. Ja! Hier steht es schwarz auf weiß!

RECHNUNG AVIS-AUTOVERMIETUNG
Mieter: Herr Andreas Neuber
Zeit: Abholung 1. Juni 1974 18h München HBF
Rückgabe 2. Juni 1974 5h München HBF
Gefahrene Kilometer 570.

Wohin ist Andreas in einer Nacht hin- und wieder zurückgefahren? Von München nach Winterhausen und zurück sind es ziemlich genau fünfhundertsiebzig Kilometer. War Andreas in der Nacht vor der Premiere in Winterhausen? Nein, er kann irgendwo gewesen sein. Das ist kein Beweis. Aber er hat gelogen! Er hat behauptet, keinen Führerschein zu besitzen!

Und diese merkwürdige Zeit!

Er war hier. Er hat die Pistole ausgetauscht.

Fritz muss heftig schlucken, er wird mit einem Mal so aufgeregt, dass sein Chauffeur Jörg ihn merkwürdig anschaut.

»Is was?«

»Allerdings, ich muss sofort telefonieren.«

Fritz versucht, sich zusammenzureißen. Er muss jetzt kühlen Kopf behalten. Birringer anrufen! Der muss Andreas in Würzburg ausfindig machen.

Das nächste Telefon ist im Bürgerhaus. Dort angekommen rennt Fritz so schnell er kann zum Bühneneingang, ohne sich um Jörg zu kümmern. Er zittert so sehr, dass er kaum den Schlüssel in das Schloss stecken kann. Die Eingangstür schlägt hinter ihm zu, sodass Jörg nicht hinein kann.

Während er zum Telefon auf dem Gang zu seiner Garderobe rennt, fummelt er aus dem Geldbeutel die Visitenkarte von Birringer heraus. Es ist duster im Haus, er kann die Telefonnummer kaum lesen. Endlich!

»Kommissar Birringer am Apparat.«

»Herr Birringer, ich habe eine ungeheure Entdeckung gemacht.«

»Ach du lieber Gott, unser Bonsai-Sherlock-Holmes.«

»Machen Sie sich nicht lustig …«

Und Fritz berichtet von seiner Entdeckung.

Jetzt bekommt Birringer spitze Ohren, fragt interessiert nach. Fritz erzählt nun auch von seinen Bedenken gegenüber Andreas Neuber.

Dass er gelogen hat in Bezug auf seine Freundschaft zu Michi. Dass er sagt, er sei am Totenbett seiner Mutter gesessen, obwohl Ingrid von Unbühl etwas anderes erzählt hat.

»Und, Herr Birringer, er behauptet, er sei kurz vor der Heirat gestanden, obwohl ihm seine Freundin den Laufpass gegeben hatte!«

»Stimmt nicht! Sie hat mich geliebt!«

Andreas! Seine Stimme!

Wo kommt die her? Fritz kann nur noch ins Telefon flüstern: »Das ist er!«, da wird ihm der Hörer aus der Hand gerissen und das Kabel herausgefetzt.

Im Halbdunkel steht Neuber mit einer Pistole in der Hand. Sein Gesicht ist zu einer wüsten Fratze verzerrt. Die Augen weit aufgerissen, die Pupillen riesengroß und schwarz.

In einer Zehntelsekunde denkt Fritz: Drogen! Ich habe es geahnt.

Andreas presst heraus: »Ach Fritz, was du alles weißt, nicht schlecht.«

Nach dem ersten Schock ist Fritz mit einem Mal ganz ruhig. Er geht langsam auf Andreas zu. »Andreas, das ist die Spielpistole von Rosie. Das weißt du am besten. Gib sie mir, ich muss sie dem Theater zurückgeben.«

Andreas lacht frei heraus ob dieser absurden Argumentation.

»Mach dich nicht lustig über mich«, kreischt er und tritt Fritz unvermittelt mit dem Schuh in den Unterleib. Ein unsäglicher Schmerz durchfährt ihn.

»Niemand macht sich lustig über mich!« Andreas schlägt dem zusammengekrümmten Fritz mit der Pistole hinter das Ohr, sodass er fast ohnmächtig wird und zu Boden geht.

Jetzt drischt Andreas ihm mit dem Fuß in den Magen. Fritz übergibt sich. Andreas packt die Telefonschnur, wickelt sie ihm um den Hals und zerrt sein wimmerndes Opfer über den Gang zur Bühne. Fritz kann kaum noch etwas wahrnehmen, seine Augen sind blutverschmiert, in seinem Kopf und seinem Unterleib hämmert ein brutaler Schmerz. Sein Kreislauf ist am Zusammenbrechen. Verzweifelt versucht er, nicht ohnmächtig zu werden. Noch einmal prügelt sein Peiniger mit dem Fuß auf ihn ein. Dann fesselt er ihn an das Bühnenportal.

Aber was macht er jetzt?

Er schaltet alle Scheinwerfer ein, stolziert wie ein Schmierenkomödiant in die Mitte der Bühne, zieht mit großer Geste das Textbuch von »Romeo und Julia« aus der Tasche und deklamiert:

»Gott weiß, wann wir uns wieder sehen
Kalt rieselt matter Schauer durch meine Adern
Mein düstres Spiel muss ich allein vollenden ...!«

Plötzlich hat er ein Feuerzeug in der Hand, zündet diabolisch grinsend das Reclam-Heft an, schreitet damit zum Bühnenvorhang, will ihn anzünden.

Fritz lacht mit letzter Kraft auf: »Was bist du für ein unbegabter Schauspieler. Klar, dass sie dich in der Schauspielschule nicht genommen haben. Wie blöd bist du? Der Vorhang ist feuerfest!«

Das ist zu viel der Provokation. Andreas kreischt außer Rand und Band im höchsten Falsett: »I kill you, I hate you!«, der Geifer läuft ihm aus dem Maul, er trägt das brennende Heft wie eine Fackel vor sich her und stürzt sich auf Fritz.

Etwas Blaues zischt kometenartig durch die Luft und trifft den Tobsüchtigen genau auf der Stirn. Er stürzt um wie ein gefällter Baum. Der blaue Gegenstand kullert vor die Füße von Fritz. Das Steinei! Erichs Premierengeschenk für Rosie.

Aus dem Bühnenhintergrund tritt Jörg, breitbeinig wie ein Cowboy, auf der linken Schulter die Kamera, mit der rechten Hand winkt er wie ein Sportstar.

»Gestatten, Handballregionallligaauswahlspieler. Hat sich endlich mal gelohnt.«

Polizeisirenen kommen näher.

Hastig bindet Jörg Fritz los, der ihn keuchend fragt: »Wo hast du das Ei her? Wie bist du überhaupt hereingekommen?«

»Du hast mir ja die Tür vor der Nase zugeknallt, da bin ich durch das kaputte Flurfenster, dort lag das Ei vor der Garderobe auf dem Boden.«

Fritz kriecht müde zu dem ohnmächtigen Andreas: »Warum? Du Irrer. Warum?«

Die Saaltür fliegt krachend auf. Birringer steht mit vier Polizisten im Raum, die Pistolen in der Hand. Er winkt ab, als er die Szenerie überblickt.

Mogens kommt hektisch angerollt und hinter ihm, Fritz traut seinen Augen kaum, Werner Hartmann. Er hat seinen blauen Arbeitsoverall an. Den Blick gesenkt, schlurft er zögernd heran, blass und abgemagert.

Zwei Sanitäter und ein Notarzt bemühen sich um Fritz und seinen Widersacher. Der kommt langsam zu sich, betrachtet mit starrem Blick die Handschellen, die er angelegt bekommen hat und flüstert vor sich hin: »Die Bühne brennt, Bühne … brennt. Muss Ordnung schaffen … brennt.«

In dem Moment verliert Fritz jede Beherrschung, er springt trotz seiner Schmerzen auf, schlägt Andreas ins Gesicht und schreit: »Warum?«

Birringer umklammert Fritz, worauf Mogens ruft: »Lasst ihn doch, das Arschloch darf man nicht schonen.«

Die Polizisten wollen Andreas abführen, aber der fällt mit einem theatralischen Schwung auf die Knie und fängt an, hemmungslos zu weinen.

»Ich wollte das nicht!« Bei diesem Satz löst sich Werner Hartmann aus seiner Erstarrung. Er flüstert fassungslos: »Was hast du nicht gewollt? Meine Rosie umbringen, das hast du nicht gewollt?«

Andreas wirft ihm einen hasserfüllten Blick zu.

»Doch! Doch, das hab ich gewollt! Vati!«

Dann schluchzt er laut auf: »Aber mein bester Freund Erich! Das hab ich nicht gewollt! Wieso hat er mir das angetan?«

»Also doch: Vati!«, Birringer dreht sich zu Werner Hartmann um. »Ich habe Sie gebeten mitzukommen, damit Sie hier mal ein bisschen Ordnung schaffen, wie wär's wenn Sie damit jetzt anfangen?«

Werner sitzt zusammengesunken am Bühnenrand, von seinen schmutzigen, nassen Arbeitsschuhen tropft es auf das Parkett. Er spricht so leise, dass der stürmische Regen, der an die Fensterscheiben prasselt, ihn beinahe übertönt.

»Ja, ich bin sein Vater, aber das weiß jeder. Bitte, das muss aber jetzt nicht gefilmt werden.«

»Lassen Sie mal, Herr Hartmann«, sagt Birringer, »es schadet Ihnen bestimmt nicht.«

»Ich hab der Emmi immer Geld gegeben, immer.«

Andreas schmeißt ruckartig seinen Körper herum, sodass ihn die Polizisten nur mit Mühe festhalten können.

»Zu wenig, du Sau!«

»Halten Sie den Mund«, fährt ihn Birringer an.

Werner wird noch leiser.

»Ich glaube, ich … ich habe die Emmi geliebt, aber … es war halt unmöglich, mich zu ihr zu bekennen.«

Andreas stöhnt laut auf.

»Und dann die Brandstiftungen von meinem Herrn Sohn, da hab ich viel Geld gezahlt, damit das unter den Tisch gekehrt wurde.«

»Von deinem Schwarzgeldkonto in der Schweiz, das hat dir nicht wehgetan, du Verbrecher, du bist der Brandstifter.«

Niemand sagt etwas. Der Sturm heult stärker ums Haus, der Regen wird zum Trommelfeuer.

Langsam tröpfeln Dorfbewohner in den Saal, das Ereignis hat sich in Windeseile herumgesprochen. Viele haben Arbeitskleidung an.

Hartmann fährt fort, immer weniger stockend. Es ist ihm anzumerken, dass diese Beichte ihn erleichtert.

»Emmi und ich haben dann einen großen Streit gehabt, weil sie ja mit ihren Scherenschnitten ein wenig dazu verdient hat. Und deswegen wollte ich die Zahlungen ganz einstellen, und …«

»Ja, dann habe ich dir das Messer auf die Brust gesetzt und habe dich erpresst, sag's doch, sag's doch, mir macht das nichts aus.«

»Ich habe dann mit meiner Frau gesprochen und ihr alles erzählt. Sie hat großartig reagiert, aber ihre spitzen Bemerkungen gingen mir oft auf die Nerven.«

»Hast du ihr auch erzählt, was du in diesem Kaff gemacht hast? In Bad Neuenahr?«, quäkt Andreas.

»Woher weißt du …?«

»Ha, ich weiß mehr als du denkst. Ich freu mich schon auf die Gerichtsverhandlung, wenn ich angeklagt werde, wegen Totschlags.«

»Wegen Mordes, Herr Neuber, aber es reicht jetzt«, zischt Birringer.

Doch Andreas kommt immer mehr in Fahrt.

»Es reicht noch lang nicht, es …«

Fritz geht auf einmal hinkend zum Eingang, alle Augen folgen ihm.

Er hat Ingrid von Unbühl entdeckt in der Menschenansammlung, die immer größer wird und in den Saal hineindrückt.

»Inge, sagen Sie ihm, dass er ein notorischer Lügner ist, wenn er beispielsweise behauptet, dass seine Mutter die Scherenschnitte zerrissen hat.«

Birringer mischt sich wieder ein: »Das ist jetzt unwichtig, ich möchte gern den Herrn Hartmann weiter hören.«

Ingrid aber wendet sich mit unterdrückter Wut in der Stimme an Hartmann: »Ich will nur wissen: Warum erzählen Sie uns das alles jetzt und hier, Werner?«

Dieser blickt hilfesuchend um sich: »Weil ich reinen Tisch machen will, weil ich … Ihr wisst ja nicht, was ich durchmache, ich und Gunda, Heinz und Gerlinde. Ich will nur Ruhe und, ja, ich will … Versöhnung. Frieden.«

Da plärrt Neuber: »Versöhnung ist eine Fiktion. Versöhnung ist Quatsch.«

Birringer schneidet ihm das Wort ab. »Zurück zu Ihrer Geschichte, Herr Hartmann.«

»In Bad Neuenahr habe ich bei den Tagungen der Winzervereinigung in der Spielbank gespielt, das ist ja nicht verboten.«

»Mit Schwarzgeld, Vati, mit meinem Geld, Vati.«

Werner fährt leise fort.

»Dann ist Emmi gestorben aus Kummer über ihren … verkommenen Sohn und die Sache ist eskaliert. Andreas hat alle Unterlagen in ihren Papieren gefunden, kam zu mir und hat mir, wie soll ich sagen, die Daumenschrauben angezogen. Daraufhin hat er von mir ein großes Paket mit Wertpapieren bekommen, die aber dann bedauerlicherweise an der Börse zusammengekracht sind, das tut mir sehr leid, aber das konnte ich nicht ahnen.«

»Bedauerlicherweise, ha! Du Drecksack hast das ganz genau gewusst, du bist der notorische Lügner, nicht ich.«

Birringer gibt dem Polizisten, der Andreas hält, ein Zeichen. Dieser packt ihn im Nacken wie eine Katze und schüttelt ihn, dass er nicht mehr sprechen kann.

»Nachdem das Geld futsch war ist er völlig durchgedreht, er hat mich bedroht, hat gesagt, er wird meine Familie zerstören. Er wird meinen Sohn und meine Tochter entführen und umbringen.«

»Sie hab ich geschafft, er kommt noch dran«, stößt Andreas unter dem Polizeigriff mit gepresster Stimme hervor.

Da springt Hartmann auf wie eine Rakete und will sich auf Andreas stürzen, der kann sich losreißen, rennt zur Bühnenrampe, will hinaufspringen, kann sich wegen der Handschellen nicht festhalten, rutscht aus, fällt mit dem Gesicht voraus auf den Boden, will sich mit den gefesselten Händen abstützen. Das Splittern seiner Armknochen klingt, wie wenn man eine Plastikflasche zusammenknüllt. Andreas brüllt auf wie ein verwundetes Tier, zwei Polizisten packen ihn unsanft, und während sie ihn durch die Menschenmenge schleifen, keucht er: »Freut euch nicht zu früh. Ich komme wieder!«

Der Regen hat sich zu einem leisen Landregen gewandelt.

Stille.

Die Dorfbewohner stehen stumm und warten. Ihre Schirme tropfen, die Haare sind nass, die Schuhe bilden Pfützen, ihre Kleider dampfen feucht.

Mogens kommentiert das leise: »Sehen aus wie begossene Pudel.«

Michi korrigiert: »Wie Ratten auf einem untergehenden Schiff.«

Fritz meint: »Oh nein, wie Schiffbrüchige, im letzten Moment gerettet.«

Das Polizeiauto entfernt sich schnell, noch lange ist die Sirene zu vernehmen.

Langsam bewegen sich die Menschen aus dem Bürgerhaus heraus, schütteln die Schirme trocken und recken die Gesichter in die Sonnenstrahlen, die sich, wieder einmal, triumphierend durch die tiefhängenden Wolken kämpfen.

Doch Leidenschaft gibt Kraft, Zeit weist die Wege, der Liebe Süße schwächt die schlimmsten Schläge

Ein Jahr später. Es ist Sonntag der 1. Juni 1975.

Nachmittag. Einer dieser goldenen Frühsommertage im Fränkischen, die Friedrich Fichte so sehr liebt.

Er ist mit Mama Wilma an der Seite auf dem Weg zum Mainufer. Mama summt leise vor sich hin und zupft ab und zu an ihrem schönen neuen Kleid, das ihr Sohn ihr für den heutigen Anlass geschenkt hat.

Am Fluss ist auf einer großen Wiese eine Bühne aufgebaut. Fritz ist früh dran, ihm bleibt viel Zeit bis zum Konzert, also kann er noch verschnaufen.

Nachdenklich betrachtet er die Plakate:

»IN MEMORIAM ROSIE UND ERICH.

WIR ERINNERN UNS GEMEINSAM AN ROMEO UND JULIA. GEMEINDE WINTERHAUSEN/GEMEINDE SOMMERHAUSEN –

DIE BÜRGERMEISTER.«

»... und an Andreas Neuber Zuchthaus Straubing« ist auf einem Plakat mit roter Farbe geschmiert.

Fritz reißt es schnell herunter. Der Prozess gegen Andreas hat viele Emotionen aufgewirbelt. Er wurde schließlich zu lebenslänglich verurteilt, mit Unterbringung in der geschlossenen psychiatrischen Abteilung.

Liebevoll beobachtet Fritz seine Mutter, wie sie am Flussufer steht, ein hellblaues Taschentuch aus ihrer Handtasche holt, es akkurat auf den Boden legt und sich darauf setzt. Entspannt wirft sie Steine ins Wasser.

Da erscheint Michi. »Das einzig Gute von ihm war die Idee mit dem Konzert. Schau, das Wetter stimmt und die Bühne ist wider Erwarten rechtzeitig fertig geworden. Du wirst sehen, Fritz, danach geht's uns allen besser.«

In drei Stunden wird das Gedenkfest beginnen.

Die Austreibung des Beelzebub, die Vertreibung der bösen Geister.

Mit viel Überredungskunst haben es die Winterhäuser geschafft, die Sommerhäuser von einer gemeinsamen Aktion zu überzeugen. Letztendlich war die Tatsache ausschlaggebend, dass die Schuld an der Katastrophe von außen kam, von einem Außenseiter.

Ein übersteuertes Mikrofon fiept. »Odin … twa … tschitiri … eins … zwei …«, tönt es aus den Lautsprechern.

»Die Stimme kenn ich!«, sagt Fritz zu Michi, während sie zur Bühne laufen.

»Alexej! Was machen Sie denn hier?«

Ein russisches Bärenlachen kommt von dem Podest, wo Alexej auf einer Balalaika zupft während er ins Mikrofon spricht.

»Mach ich Soundcheck, moy drug. Bist du iberrascht?«

»Allerdings, werden Sie denn auftreten?«

»Chab ich dir doch gesagt, bin ich Musiker und Tonmeister.«

»Ich dachte Sie sind Konzertpianist.«

»Auch, auch, bin ich aber auch Konzertbalalaikist und ich spiele mit die Tone Soldiers zusammen, Satisfackdschon, für Michi.«

Michi verzieht das Gesicht: »Um Gottes willen, auf der Balalaika.«

»Natirlich haben wir nix geprobt. Is besser.« Beide lachen so laut, dass die Tonanlage wieder zu fiepen anfängt.

In das Lachen stimmt Mogens ein, der auch auf der Bühne steht. Ja, steht. Er bewegt sich äußerst vorsichtig auf Krücken, aber er hält sich aufrecht. Er ruft: »Das wird die chaotischste Sendung, die ich je gemacht habe. Und der Übertragungswagen ist auch noch nicht da. Scheiß drauf! Wir leben!«

Fritz spürt eine Hand auf seiner Schulter, als er sich umdreht, steht Willi vor ihm. Daneben die Frau, mit der ihn Fritz vor einem Jahr im Lokal gesehen hat.

»Mein Lieber, ich hab dir einmal gesagt, dass das meine Schwester war damals, aber du hast sehr ungläubig reagiert. Beate, sag's ihm endlich persönlich, bitte.«

Sie verbeugt sich steif:

»Guten Tag, Herr Fichte, mein Name ist Beate Häuser, geborene Zettel, wohnhaft in Wien …« Dann unterbricht sie mit einem sympathischen Lachen ihr Spiel und umarmt Fritz liebevoll.

Er wendet sich an Michi und Bettina, die sich nun auch dazu gesellt hat. »Ihr sollt es als Erste wissen, wir müssen euch was sagen.«

Michi entfährt es auf seine unnachahmlich charmante Weise: »Ihr müsst heiraten, weil der Willi schwanger ist.«

Willi wird knallrot, Beate wendet sich diskret weg, Fritz wirft einen schnellen Blick zu seiner Mutter am Ufer, Mogens wedelt kichernd mit einer Krücke und Alexej, der das auch mitbekommen hat, brüllt vor Lachen ins Mikrofon.

»Schlimmer, Michi. Ich verlasse euch! Ich geh zum Ende vom Schuljahr mit Willi nach München. Er besucht die Schauspielschule und ich werde am Residenztheater als Assistent arbeiten.«

Michi glotzt ihn mit offenem Mund an, Bettina schießen Tränen in die Augen. Fritz sagt: »Bevor hier das große Heulen ausbricht, gehen wir lieber einen Kaffee trinken.« Im Eilschritt kommt Rainer Haas mit seiner miesepetrigen Assistentin auf die Gruppe zu: »Leute, da habt ihr mir was aufgeladen mit der Organisation, ständig wird was verändert, ich werde verrückt. Aber jetzt hab ich den Ablauf, lasst es uns durchgehen.«

Nach und nach wandern Zuschauer aus allen Himmelsrichtungen herbei. Auf der Brücke stauen sich schon die Autos aus Sommerhausen.

Der BR-Übertragungswagen ist jetzt doch angekommen, Kociumaka dirigiert ihn aufgeregt fuchtelnd durch die Menge und Alexej hilft beim Soundcheck.

Die meisten haben Campingstühle, Decken oder einfache Kisten mitgebracht. Weinflaschen werden herumgereicht, Thermoskannen mit Kaffee, Würste und Brezen ausgepackt.

Es herrscht ein Gewusel und aufgeregtes Rufen und Geschnatter, aber dennoch: Die Stimmung ist nicht heiter, eher gefasst. Es wird still, als die Familie Hartmann erscheint. Werner und seine Frau Gunda halten sich demonstrativ an den Händen als sie zu ihren Plätzen gehen.

Nun wenden sich alle Blicke auf Georg Lux. Er schiebt sehr bedächtig und ernst wieder einen Rollstuhl. Diesmal sitzt seine Frau, Erichs Mutter drin. Beklommenheit liegt über der Wiese, die Zeit hat noch nicht alle Wunden geheilt, noch lange nicht.

Und immer wieder spürt man Distanz zwischen den Einwohnern der Dörfer, obwohl sich viele bemühen, freundlich zu sein. Aber es ist Fritz und den anderen Initiatoren dieser Veranstaltung klar, dass man nicht von heute auf morgen alles abschütteln kann, was sich in langer Zeit aufgestaut hat.

Die Musiker der Tone Soldiers betreten die Bühne. Der Schlagzeuger als Rampensau kann es nicht lassen, er grüßt mit dem Siegeszeichen und wirbelt die Sticks durch die Finger, bis er einen bösen Blick von seinem Gitarristen erwischt.

Dieser beginnt leise auf der Akustikgitarre, die anderen setzen verhalten ein. Fritz braucht lange bis er erkennt, dass der Song »As tears go by« heißt.

Dann gesellt sich wahrhaftig Alexej mit der Balalaika dazu – von da an geht's bergab. Sie verheddern sich fürchterlich in der Tonart und im Takt bis sie wild gestikulierend abbrechen. Alexej geht feixend an das Mikrofon und entschuldigt sich so charmant, dass fröhlicher Applaus aufkommt.

Jetzt kommen die beiden Bürgermeister auf die Bühne. Wolfgang Hartmann, der Onkel von Rosie, steif und mit staatstragendem Gesicht und Rainer Haas wölfisch locker. Er sagt, dass diese verrückte Musik dem Erich bestimmt gefallen hätte, dann lesen beide ein Papier vor, in dem es um Aussöhnung, Frieden und Freundschaft geht. Allerdings klingt das so dröge, dass unter den Zuschauern Unruhe aufkommt. Als sie fertig sind, spielt die Band, mit Alexej am Klavier, einen wilden Rock 'n' Roll. Sofort bessert sich die Stimmung.

Nun stehen beide Pfarrer auf der Bühne und lesen gemeinsam aus der Bergpredigt. Am Schluss herrscht ergriffene Stille, da ruft Tom Weidringer: »Das könnt ihr öfter machen!« Großer Applaus.

Ingrid von Unbühl steigt mit schweren Schritten die Stufen hoch. Sie hat einen Korb dabei, den sie in die Höhe hält. Drinnen sitzt maunzend Kater Montag. Sie deutet in den Himmel und ruft pathetisch: »Wir vergessen dich nicht, Rosie. Dich auch nicht, Erich.« Sie wollte eigentlich aus ihrem Theaterstück zur Würzburger Bombennacht etwas vortragen, aber die Stimme versagt ihr. Sie beginnt zu schluchzen und läuft hastig von der Bühne ab.

Auf einmal reißt es alle Köpfe herum, hoch zur Brücke. Ein gewaltiger Akkord ertönt von dort, so müssen die Trompeten von Jericho geklungen haben. Dann setzt ein Marsch ein, gemeinsam gespielt von den Blaskapellen aus Winter- und Sommerhausen, die im Gleichschritt auf die Wiese zu marschieren.

Rainer Haas flüstert dem verdutzten Fritz zu: »Das ist meine Überraschung. Super, oder?«

Es ist Musik, die Fritz gar nicht leiden kann, die er völlig unpassend findet. Als sie auch noch anfangen mit »Ich hatt' einen Kameraden«, da möchte er am liebsten schreien: »Aufhören!« Aber da passiert etwas Unglaubliches: Die Band spielt das Lied mit.

Rainer Haas zuckt zusammen, das war nicht geplant. Der Schlagzeuger hackt wie auf einen Amboss, der Gitarrist beugt sich über die Gitarre in wilden Zuckungen. Die Zuschauer springen auf, die Blasmusiker sind total verunsichert. Jaulend übernimmt die Gitarre das Thema, wimmernd und ungeheuer aggressiv

»Er ging an meiner Seite …« – zerstört. »… als wär's ein Stück von mir …« – zerfetzt. Der Gitarrist stampft das Lied in Grund und Boden, zerreißt es, schlitzt es auf, seziert es, verbrennt es bis auf die Grundmauern.

Die älteren Zuschauer halten sich die Ohren zu, einige beschimpfen wütend die Musiker, der Dirigent der Sommerhäuser Blaskapelle will auf die Bühne springen, den Strom abschalten. Viele von den Jüngeren lachen. Doch da werden die Musiker immer leiser, ein eindringlicher langsamer Rhythmus baut sich auf. Franz Vocke tritt ans Mikrofon. Er ist dick geworden, aufgeschwemmt von Tabletten, er hat trotz der Hitze eine Strickjacke an. Aber er strahlt vor Glück und schickt seiner Anita in der ersten Reihe einen Kuss mit der Hand zu, dann singt er sehr falsch und eindringlich das jüdische Lied »Hava nagila – lasst uns glücklich sein«. Fritz kann es nicht glauben, viele Dörfler singen ergriffen mit.

Als Franz' Auftritt zu Ende ist liegt eine gefühlvolle Stille über der Wiese.

Träge strömt der Fluss vor sich hin, die tiefstehende Sonne spiegelt sich auf der Oberfläche.

In Sommerhausen und Winterhausen läuten jetzt die Glocken den Abend ein.

Während sie leiser werden und ausklingen treten Fritz und Willi von hinten auf die Bühne. Mogens kommt von der Seite angehumpelt.

Mit ruhiger Stimme kündigt Mogens an:

»Shakespeare Sonett Nummer Eins.«

Willi rezitiert:
»Wir möchten, dass das Schönste sich vermehrt,
die Rose Schönheit darf uns nie vergehen.«
Fritz flüstert:
»Wenn eine Blüte welkt, soll unversehrt
die Schönheit noch im neuen Trieb bestehen.«
Lange Pause.
»Der Rest ist Schweigen.«

Weitere Franken-Krimis

Billie Rubin

Foules Spiel

Ein Nürnberger Fußballkrimi

156 S., Paperback, ISBN 978-3-86906-134-4

Charlotte Braun, Polizistin aus Leidenschaft, hat nach internen Querelen bei der Münchner Kriminalpolizei gekündigt und arbeitet jetzt als Bodyguard in Nürnberg. Sie soll Dana Reed beschützen, Model und Freundin von Eric Rasmussen, Stürmer beim »Club«. Charlotte hat das Gefühl, dass Dana ein Geheimnis hat, aber sie kommt nicht an die junge Frau heran. Und dann eskalieren die Ereignisse: Eine Paketbombe erreicht das Haus von Dana und Eric, im easyCredit-Stadion geht eine Bombe hoch und ein aufstrebender Jungstürmer des 1. FCN wird bei einem Autounfall schwer verletzt – und bald stellt sich heraus, dass es kein Unfall war ...

Billie Rubin

Dunkle Rache

Ein Nürnberg-Krimi

184 S., Paperback, ISBN 978-3-86906-165-8

Die ehemalige Kommissarin Charlotte »Charly« Braun arbeitet als Bodyguard in Nürnberg und nimmt einen riskanten Job an: Sie soll Farid Nizami beschützen, einen bedrohten oppositionellen Autor aus dem Iran, den die internationale Schriftsteller-vereinigung P.E.N. in die Frankenmetropole eingeladen hat. Nizami akzeptiert Charlys Regeln nur zögerlich, denn er will sich nicht von einer Frau beaufsichtigen lassen und fühlt sich zudem auch ohne sie sicher. Doch Charly durchleutet Nizamis Vergangenheit und stößt auf eine schockierende Begebenheit, die zeigt: Die Gefahr lauert ganz in der Nähe des Iraners – und damit auch in ihrer ...

Billie Rubin

Kaltes Dorf

Ein Franken-Krimi

220 S., Paperback, ISBN 978-3-86906-481-9

Die ehemalige Kommissarin Charlotte »Charly« Brown arbeitet als Personenschützerin und braucht nach einem aufreibenden Auftrag dringend eine Auszeit. Auf einem Biobauernhof im Knoblauchsland, in der Mitte des Städte-Dreiecks Nürnberg-Fürth-Erlangen, erholt sie sich von den Strapazen, doch der Urlaub wird bald berschattet: Charly erfährt, dass in einer Familie im Dorf schreckliche Dinge vor sich gehen, die allseits bekannt sind. Sie ist schockiert von der Gleichgültigkeit der Bewohner und beginnt, eigenmächtig zu ermitteln. Doch sie hat die Lage falsch eingeschätzt, und ihr Eindringen in die hermetisch abgeschottete Familienstruktur führt zu einer furchtbaren Katastrophe.

Höverkamp

Tödlicher Tee

Ein Nürnberg-Krimi

152 S., Paperback, ISBN 978-3-86906-115-3

Bei seiner nächtlichen Rückkehr aus Berlin findet Professor Seeger seine Frau Vera tot in der gemeinsamen Villa im Nürnberger Stadtteil Erlenstegen auf. Die Kommissare Fuchs, ein Urfranke, und sein junger Kollege Ritter, ein »Nordlicht«, übernehmen den Fall. Die Ermittlungen gehen schleppend voran, denn es gibt keine Zeugen und auch das Motiv liegt im Dunkeln. Erst nach akribischer und langwieriger Spurensuche, die weit über die fränkischen Grenzen bis nach Amerika reicht, fügt sich das Puzzle zu einem Ganzen – und bringt eine dunkle Vergangenheit ans Tageslicht.